町人Aは悪役令嬢をどうしても救いたい

2

一色孝太郎
イラスト／Parum

町人Aは悪役令嬢をどうしても救いたい 2

ents

Cont

アナスタシア
Anastasia
前世でいうところの乙女ゲームの「悪役令嬢」。だが考え方、姿勢、態度どれを取ってもまともなので、アレンは彼女を救うことを目標とする。
アレン
Allen
転生者。前世は日本の航空エンジニアで、8 歳で前世の記憶を取り戻す。以降、母との平穏な暮らしを守るために、ヒロインのルートを阻止しようと奮闘。
カールハインツ
Karlheinz
乙女ゲーム上の「攻略対象」。セントラーレン王国王太子。
エイミー
Amy
乙女ゲーム上でいう「ヒロイン」。元平民の男爵令嬢。転生者のようだが？
クロード
Claude
「攻略対象」かつ、隣国ウェスタデール王国の第三王子。
オスカー
Oscar
「攻略対象」かつ、王国一の大富豪の息子。
レオナルド
Leonardo
「攻略対象」かつ、近衛騎士団長の息子。
マーガレット
Margaret
アナスタシアの親しい友人。伯爵令嬢。
character
マルクス
Marcus
「攻略対象」かつ、宮廷魔術師長の息子。

あらすじ

乙女ゲーム世界に、モブでもない町人Aとして転生してしまったアレン。

8歳で取り戻した前世の記憶によると、このままではゲームヒロインのせいで隣国からの侵略を受け王都が壊滅的被害を受けてしまう。それを阻止すべく、アレンはどぶさらいをしてヒロインより先にスクロールを手に入れたり、冒険者としての実力を磨き、着実な基盤を築いていく。

成長したアレンは史上最年少のCランク冒険者となり、王立高等学園への入学を果たす。

ヒロインエイミーは予期せぬキャラクターの出現とシナリオの食い違いに戸惑うものの、アレンの策略には気づかずにカールハインツ王太子以下、攻略対象たちをコントロールし、アナスタシアを窮地へ追い込む。

一方、アナスタシアは優秀すぎる平民アレンのことが気になり始めていた。底知れぬ実力を持っており、絶妙なタイミングで助け舟を出すこの男は一体何者なのか？　と。

そして、ついにカールハインツがアナスタシアに婚約破棄を突きつける断罪イベントが始まろうとしていた――

story

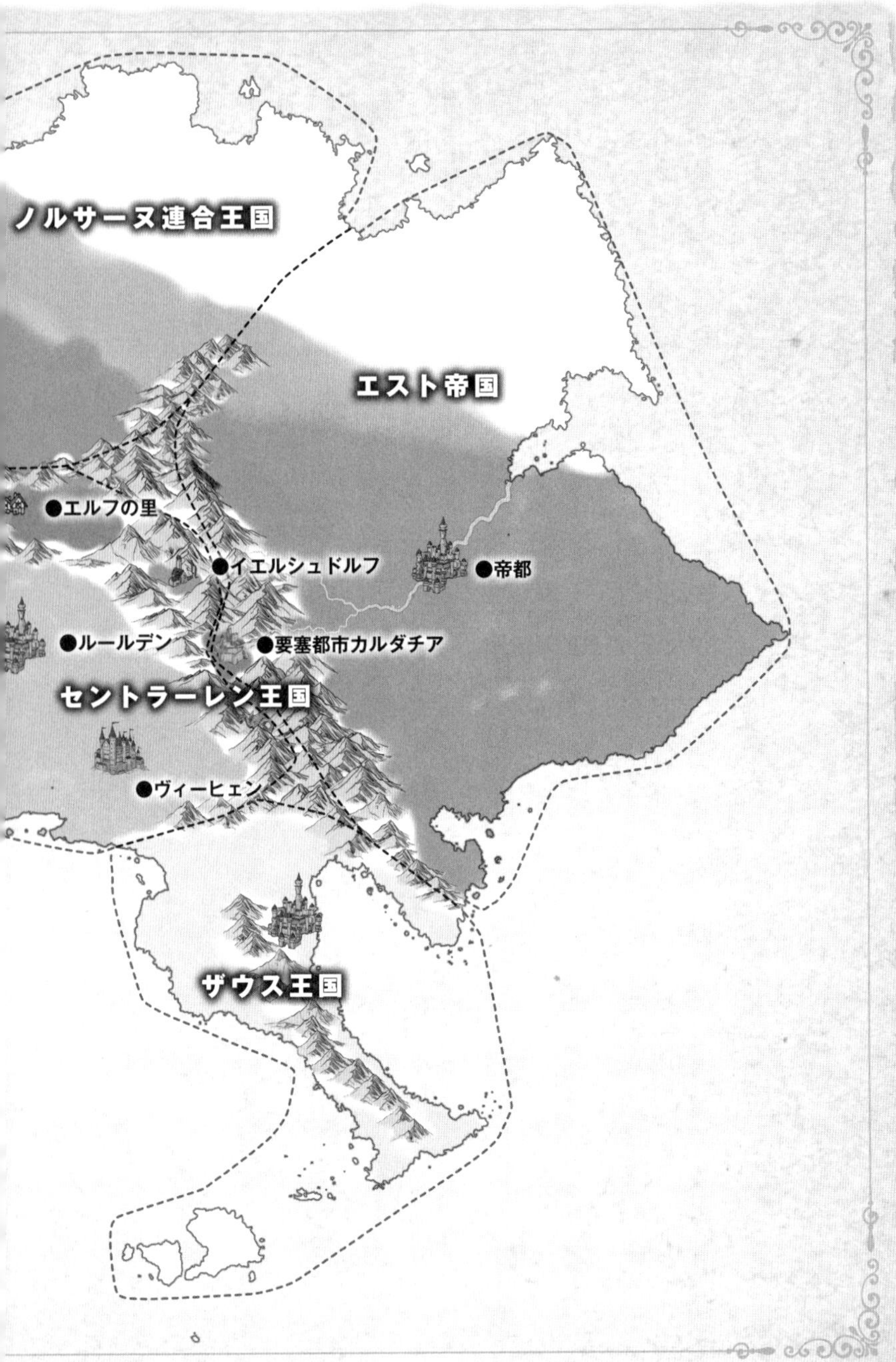
ノルサーヌ連合王国
エスト帝国
●エルフの里
●イエルシュドルフ
●帝都
●ルールデン
●要塞都市カルダチア
セントラーレン王国
●ヴィーヒェン
ザウス王国

S
E
W
N
ウェスタデール王国
海賊の島
Map of this world

第一話　町人Aは断罪イベントに臨む

「アナスタシア・クライネル・フォン・ラムズレット、前へ出ろ」

その言葉にさっと人垣が割れ、アナスタシアが冷たい表情のまま前へと歩み出る。

「アナスタシア、今この時をもってお前との婚約を破棄する！」

イベントの通りの台詞で、壇上からアナスタシアを見下ろしている王太子が高らかに宣言した。

「殿下、本気ですか？」

アナスタシアには動揺した様子はまったく見受けられない。その口調はまるで事務手続きでもしているかのように淡々としている。

「ふん。相変わらず理解の悪い女だ。お前のような性根の腐った女ではなくこの心優しく癒しの力を持ったエイミーこそが俺の婚約者に相応(ふさわ)しい」

小馬鹿にしたような表情と態度でそう言うが、アナスタシアの表情は一切変わらない。再び淡々とした口調で問いかける。

「殿下、礼儀作法も貴族のなんたるかも、国とは何かをも知らぬその女で良いのですね？　殿下はその女に国母が務まると本気でお考えなのですね？」

　アナスタシアは表情を崩さぬまま、冷たい視線をエイミーへと向けた。

　その視線を受けたエイミーはピクリと縮みあがるが、王太子が優しく抱き寄せる。

「馬鹿なことを言うな！　彼女の優しさこそがこの国には必要なのだ。いちいち下らん理屈をコネ回すお前など必要ない。そもそも、俺たちはお前がエイミーに対して行ってきた数々の嫌がらせを知っている！　お前のような性根の女こそ国母に相応しくない！」

「そうですか。ではその結果に対する責任は殿下がお取りになるのですね？」

　淡々とした様子もそうだが、アナスタシアの台詞回しもゲームとは随分と違っている。

　やはり、アナスタシアの中で王太子はとっくに見切りをつけられていたのだろう。そこになんらかの未練がある様子は一切見受けられない。

「何を言うのかと思えば、これだから頭でっかちのラムズレットは困る。そんなだからいつまでもラムズレットは麦しか作れぬ田舎者なのだ」

　王太子はそう言って、アナスタシアだけでなくラムズレット公爵家を侮辱した。

　アナスタシアは貴族の令嬢だ。だから、王太子による公爵家への侮辱を見過ごすことはできないのだろう。

　これまでまるで取り合っていなかったアナスタシアが冷静に抗議した。

「殿下。私のことはどう言おうと構いません。ですがラムズレット公爵家に対する侮辱は看過できません。今の発言は取り消してください」

「何を言っているのだ？　事実を言ったまでだ」

「そ、そうですよぉ。そんなだから田舎者の家のアナスタシア様はカール様に愛想をつかされちゃうんですよぉ？」

ここぞとばかりにエイミーが挑発してきた。

もしや、これがアナスタシアを怒らせるチャンスだとでも思ったのだろうか？

だが冷静なアナスタシアは怒るどころか呆れたようで、エイミーに冷たい視線を送ると小さくため息をついた。

「エイミー。お前も我がラムズレット家を侮辱するつもりか？」

「カール様が言ってるんだから事実ですぅ」

「では、ラムズレット家からブレイエス家に対して正式に抗議をさせてもらおう」

「実家の権力を使うなんて卑怯ですぅ」

相変わらずの口調で、うるうると目に涙を溜めると王太子の服をぎゅっと摑んだ。

いやいや。こいつは一体何を言っているんだ？

やり取りを聞いているこっちの頭が痛くなってきた。

まあ、怒らせようと思ってやっているのはわかる。だがエイミーは名誉を重んじる貴族家全体を侮辱したのだ。であれば家として抗議するのは当然の流れだろう。

それが卑怯というのは一体どういう理屈なのだろうか？

「話にならんな。失礼させてもらう」

アナスタシアはまるで吐き捨てるように言い放った。そしてさっと踵を返すと、出口へと向かって歩きだす。

だが、そんな彼女を王太子は呼び止めた。

「待て！　エイミーの言うとおりだ。お前にも貴族としての誇りがあるなら親に泣きつく前に自分で解決しろ。それまではこの場から去ることは許さん」

「殿下、一体何を仰っているのですか？」

振り返ったアナスタシアは怪訝そうに眉を顰めている。

おそらく、本当に意味がわからないのだろう。俺だってさっぱりわからない。

「お前の手袋は何のためにある？」

ああ、ここでそんな流れになるのか。

いやいやいやいや。いくらなんでもこの流れは無茶苦茶だ。

アナスタシアも同じことを思ったようで、きっぱりとその要求を否定する。

「少なくともこのようなことで軽々しく使うためではありません」

「なるほど。ラムズレット公爵家の娘は家の誇りと名誉を賭けて戦うことすらできないのか。公爵閣下は子育ての才も無いようだ」

そう言うと王太子はアナスタシアに向かってこれ見よがしに鼻で笑った。それを見た来賓の一部からも笑い声が聞こえてくる。

「殿下は決闘を申し込めと仰るのですか？」

「自分で考えろ。王太子である私に全て言われねばわからんのか？　相変わらず可愛げのない女だな」

そう言われたアナスタシアの表情に悔しさが滲（にじ）んだ。

要するに「自分で決闘を申し込んだことにしろ」と王太子の名の下に命令されているのだ。

身分の差から逆らえないことがわかっているというのに！

「かしこまりました」

まるで悔しさを絞り出すような声でそう言うと自らの手袋を取り、無造作にエイミーへと投げつけた。

「ひゃっ。あ、あの、これ……」

投げつけられた手袋に大げさに驚いたエイミーは、それを拾い上げるとアナスタシアに向かっておずおずと差し出した。

「お前はどこまで私を侮辱すれば気が済むのだ？」

アナスタシアは激昂（げきこう）するでもなく、冷たい目でエイミーをじっと見つめている。

「エイミー、これは侮辱されたと感じたあの女がお前に決闘を挑んできたということだ」

「えっ、そうなんですかぁ？　あたし、戦いなんて……」

甘えたような声でエイミーは王太子にそう聞き返した。

下らん。お前は絶対にこの意味を知っていたはずだ。

そもそも、断罪イベントでアナスタシアを追放するためにわざと決闘をさせるよう仕向けようとしていただろうが！

「エイミー。安心してくれ。この決闘は俺が代理人を引き受けよう」

ゲームの通りに王太子が代理人に立候補した。

「なっ？　殿下？　女性に決闘を命じておきながらその決闘の代理人をご自身でなさるなど、正気ですか？」

さすがのアナスタシアもこれには驚いて抗議したが、王太子はどこ吹く風だ。

もはや恥も外聞もあったものではない。

「何を言っているのだ？　お前が勝手に決闘を申し込んだのだ。俺はエイミーを守りたいから代理人となる。それだけの話だ」

「……」

あまりの言い草にアナスタシアは閉口している。

ゲームでも醜悪だと思ったが、実際に見せられるとあまりにもひどい。

こんなことを平然とできるなんて一体どういう思考回路をしているのだろうか？

「俺も代理人をやらせてもらうぞ」

「オレもやらせてもらうぜ」

「私もやりましょう」

「当然、僕も戦うよ」

ゲームのとおりに攻略対象者の五人全員が代理人として立候補してきた。

「お前はどうするのだ？　俺たち五人を相手に戦ってくれる代理人はいるのか？」

　そう言われたアナスタシアは辺りを見渡した。だが当然のことながらこの場にいる男子生徒たちは揃って目を逸らしてしまう。

「どうやら人望も無いようだな」

　まるで見下しているかのような口調で王太子はそう言ったが、どう考えても権力の問題だろう。

　まあ、誰だって王太子に隣国の王子なんてものと戦いたいわけがないだろう。

　……この時のために準備していた俺以外はな。

　ふぅと大きく息を吐くと、すっと手を上げて歩み出る。

「俺が代理人をやりますよ」

　一瞬にしてざわついていたダンスホールが静まり返り、視線が俺に集中した。

　さっと人垣が割れてアナスタシアたちのところまでの道ができ、視線を浴びながらゆっくりと歩いていく。

　そうしている間にダンスホールは再びざわめきに包まれる。来賓たちの様子を横目で確認すると、好奇の目で見ていた者もいれば眉を顰めている人もいる。それ以外にも表情を隠してひそひそと何かを話している人もいて、この茶番に対する反応は様々なようだ。

　それに対し、生徒たちと先生たちは唖然とした様子で見守っている。

　やがてアナスタシアのもとに到着した。アナスタシアはまるで鳩が豆鉄砲を食ったような顔で俺のほうを見つめている。

「ア、アレン？」

「はい」

ようやく絞り出されたその言葉に俺は短く返事をする。

「お前は……いつぞやの平民か？」

一方の王太子はどうやら俺のことなどすっかり忘れていたようで、しばらく考えてようやく思い出してくれたようだ。だが、いくらなんでもその言い草はあんまりじゃあないだろうか？

同じクラスなうえに、評価された夏休みのレポートの大部分は俺たちが書いたんだがな。

「やれやれ、これでも一応殿下と同じクラスなんですけどね。まあいいです。そんなことより、アナスタシア様。早く代理人として認めてください」

「え？　あ、ああ。認める」

きっと条件反射だったのだろう。アナスタシアはあっさりと認めてくれたが、どこかぼうっとした様子だ。

だが認めてもらえたのならそれでいい。さっさと話を進めることにしよう。

「で？　それぞれの決闘ではお互い何を要求するんですか？　アナスタシア様の要求はなんですか？」

「き、決まっている。ラムズレット家への侮辱を取り消し、謝罪しろ」

「はい。それでエイミー様は？」

「え？　ええとぉ。もうあたしたちに近づかないでください」

ああ、これはゲームの台詞そのままだな。まったく。

「はい。ではアナスタシア様が勝ったらエイミー様たちはラムズレット家に対する先ほどの発言を侮辱と認め、正式に謝罪する。エイミー様が勝ったらアナスタシア様はエイミー様に近づかない。これで良いですね？」

「違うな。エイミーと俺たち五人に近づかない、だ」

「わかりました。ではそのようにしましょう」

決闘の方式や勝利条件の確認は事務的に終わらせてしまおう。変に配慮されて長引かせるよりも、こちらの手の内を知られていないうちに終わらせたほうが安全に勝てるはずだ。

「決闘の方式はどうしますか？」

「そちらは一人だ。あと四人代理人を立てろ。できないなら毎日一対一をやってお前が五連勝したらそちらの勝ちでも構わんぞ？」

王太子が俺を、いや俺たちを見下したような態度でそう言った。

どうやら、さすがに五対一でリンチする気は無いようだ。

いや、単に格下だと思ってなめているだけかもしれないな。

「ああ、そういうのは面倒ですからね。五人まとめてかかってきてもらってもいいですよ？　一対五で、殺す以外は何でもありでどうですか？」

その言葉にクロードが反応する。

「オイオイ、オレらと戦って勝てると思ってるのか？　剣術も魔法も平凡なお前がか？」

なるほど。これはちょうどいい。どうやってこいつらの冷静さを奪おうかと色々考えていたのだが、向こうから口喧嘩を吹っ掛けてくれるとは。

それにこれで最後になるのだ。どうせなら今までの分も含めて思いっきり煽ってやるとしよう。

相手が怒っていればそれだけこっちはやりやすいからな。

「あれ？　クロード殿下。もしかして俺にビビってるんですか？」

「なんだと？」

明らかにクロードが語気を強めた。多分、漫画やアニメだったら怒りマークが額に浮かんでいることだろう。

「まあ、落ち着いてください」

マルクスが横から口を挟んできた。そして冷静に俺を諭し始める。

「ですが、クロード王子の言うことは正しいですよ？　魔法では私や殿下に及ばない、剣術でもレオ、殿下、そしてクロード王子にも及ばない。さらにこちらには弓の名手のオスカーもいる。そんな君に勝ち目はありません。決闘に名乗り出たその勇気は認めますが、もう十分でしょう。悪いことは言いませんから引きなさい」

こちらのことをちゃんと知らなければそういう結論になるだろうし、一見正論のように見える。

だが、これはこれで中々に酷い言い草だ。

そもそも、そっちから無理やり決闘を申し込ませたのだ。そのうえ権力で上からねじ伏せようとしたくせに、いざ代理人が出てきたらそいつに辞退しろなどとは馬鹿にしているにも程がある。

さすがに憤りを覚えるが、俺が怒ってしまうのは良くない。今はこいつらにだけ冷静さを無くしてもらう必要があるのだ。

　それに、余計な介入を受け、この流れが変わってしまうことだけは避けたい。そのためにもさっさと決闘を終わらせてやるのだ。

　そんなわけでマルクスに恨みがあるわけではないが、挑発をしてやる。

「あれ？　平民の俺にお勉強で負け続けている人にそんなこと言われても説得力ゼロなんですがねえ？　マルクス様？」

「なっ！　こちらがせっかくそちらの身を案じてやったというのに！」

　煽ってやると面白いように乗ってきた。

　もともと煽り耐性が低いのか、それとも下に見ている存在に煽られることが耐えられないのか。どちらにしてもこの沸点の低さでは未来の宰相様失格だろう。

「あんまり美しくないよね、そういうの。やっぱり平民だとどうしても野蛮になるのかな？」

「なるほど。貴族だと顔だけになるんですかね？　あ、でもそうでない貴族の方も多いですからオスカー様たちだけなんでしょうか？」

　オスカーの眉がピクリと動いた。たしかこいつは顔と実家の金に女が群がってくることに嫌気が差していたという設定だったはずだ。ピンポイントでコンプレックスをついてやったので、どうやらカチンと来たようだ。

　よし。もう一押ししてやろう。

「それに一人の女性を取り囲んで婚約者をないがしろにするほうがよっぽど野蛮だと思いますよ？

あとは……そうだ。一人の女性を男性が取り囲むっていうと、たしかミツバチなんかもそんな感じじゃなかったでしたっけ？」

「なっ」

オスカーが顔を真っ赤にして反論しようとするが、そこに被せるようにレオナルドが食って掛かってきた。

「そのような愚劣な口ぶりは聞くに堪えない。訂正しろ」

「そうは言われましても。先に言いがかりをつけてきたのはそっちですよ？　それに前なんてアナスタシア様を取り囲んで、証拠もないのに力ずくで罪を自白させようとしてたじゃないですか。騎士団長の息子のくせにどっちが愚劣なんですかね？　レオナルド様？」

「なんだと!?」

なんだかポンポンと面白いように怒りのスイッチが押せる。

これはこれで面白いといえば面白いと言えなくもないが、やはりあまり気分が良いものではないな。

後で自己嫌悪に陥ってしまうかもしれないから、さっさと話を終わらせてしまおう。

「さて、カールハインツ王太子殿下。まさか一対五なんていうそっちに大幅に有利な条件なのに、逃げ出すなんて言いませんよね？」

「なんだと!?　このっ、ぐ、わかった。いいだろう。間違って死んでも後悔するなよ？」

「あれ？　殺しを禁じたルールを今から破るって宣言ですか？」

すると王太子はものすごい形相で俺のことを睨みつけてきた。

「……お前こそ逃げるなよ？　今から訓練場に来い」

よし。これ以上ないほどうまく行った。

「おい、誰か決闘の立ち合いを！」

「では私めが」

王太子がそう言うと来賓席から一人の中年の男が立ち上がった。先ほど王太子に合わせてアナスタシアを笑っていた男の一人だ。

審判不正でもする気か？

まあいい。その場合はこいつらが再起不能になるだけだからな。

「では、俺たちは先に訓練場で待っている。逃げるなよ！」

そう捨て台詞を吐くと彼らは足早に立ち去っていった。

「それでは、アナスタシア様。俺は一度寮に戻って武器を持ってきます。訓練場でまたお会いしましょう」

呆然としているアナスタシアにそう伝える。

ちなみに俺は今、武器を持っていない。というのも王城内はそもそも帯剣禁止だということに加え、ここから学園までは目と鼻の先だからだ。

「それではいったん、失礼します」

早速自室に戻ろうとすると、俺の声で我に返ったアナスタシアがものすごい剣幕で詰め寄ってきた。

「な、何を馬鹿なことを言っているのだ。今からでも遅くない。代理人を辞退するんだ。この状況なら誰も責めない。それに決闘でお前の身にもしものことがあってもただの事故として処理されるだろう。お前ほどの才能を持った男をこんなところで死なせるわけにはいかない！」

「あれ？　もしかして心配してくれているんですか？　大丈夫ですよ。俺は死にません。というか、あの程度の相手なら何人来たって余裕で勝ちますよ」

「な!?　アレン……？」

「聞いたことありませんか？　この王都に最年少Cランクの記録を持つ冒険者がいるって」

「え？　あ、ああ……」

「それ、俺のことですから。最年少Cランク冒険者にしてゴブリン迷宮の踏破者、そしてゴブリンスレイヤーにしてオークスレイヤーというのが俺の実績です。さらに、ブリザードフェニックスの単独討伐にだって成功しているんです」

「え？」

今日二度目のアナスタシアのポカンと呆けた表情を見ることができた。

きっとこの表情も、もうこれで見納めなのだと思うと寂しさがこみ上げてくる。

だが、このために準備してきたのだ。全てを出し切り、この戦いに勝ってみせよう。

「というわけで、勝ち確なんで大船に乗ったつもりでいてください」

◇◆◇

冒険者としての装備一式を着込んだ俺はカムフラージュ用の短剣を手に訓練場へとやってきた。懐には、この日のために用意しておいた特製の自動拳銃を忍ばせている。

訓練場にはすでに生徒やパーティーの来賓を中心に多くの観客が集まっていた。上空には月が煌々（こうこう）と輝いており、まるで決闘の様子を見守っているかのようだ。

「アレン！」

「アレン君」

「アレンさん」

アナスタシアとマーガレット、それにイザベラが心配そうに俺に声をかけてきた。

ゲームではこの時点でアナスタシアは一人になっていたが、マーガレットとイザベラはついてきてくれている。

「よかった」

アナスタシアが孤立していないことに安堵して思わずそう呟（つぶや）いてしまったが、それを聞いたアナスタシアはしかめっ面になった。

「何がよかった、だ。この馬鹿者が」

「あ、いえ。アナスタシア様がお友達に大事にされているなって思ったらつい」

「なっ」

今日三度目の驚いた顔が見られた。しかも今度は顔が赤くなっており、そんなアナスタシアをマーガレットとイザベラがニコニコしながら見つめている。

「では、アナスタシア様。あなたのために勝って参ります」

「あ、ああ。それと、アレン。あの立会人の男は我がラムズレット家に敵対する派閥の男だ。注意しろ」

やはりそうか。

だがその手口はゲームで知っている。

「はい。ありがとうございます。ですが、なんの問題もありませんよ。俺は容赦する気なんてありませんから」

そう言って俺は訓練場の中央へと歩を進める。

そこには王太子たち五人の攻略対象者とエイミー、そして立会人の男がすでに揃っていた。

王太子たちはやはり俺のことをかなりナメているようで、鎧も着ていなければ手に持つ武器もおそらく借り物だ。

おそらくだが、騎士団あたりから予備を借りてきたのではないだろうか？

「逃げずに来たことは褒めてやろう。だが、勝ち目はないぞ？　今ならまだ不問にしてやれるが――」

王太子が御託を並べ始めたが、ここからはもう粗暴な冒険者モードだ。

敗北の可能性をゼロにするためにも、相手には冷静さを失ってもらう必要がある。

そのためにさっきのやり取りであれだけ煽って怒らせたのだ。

「あー、もう。うっせぇな！　弱い犬ほど良く吠えるとはよく言ったもんだ。いいからさっさとかかってこいよ。全員まとめてボコボコにしてやるから。それとも自信が無いからそうやって辞退させようとしてるんですか？　で・ん・か？」

「貴様！　後悔しても遅いぞ？」

俺の安い挑発にあっさりと乗った王太子が怒り狂う。他の攻略対象者達も怒り心頭なようで、すぐにでも俺に襲い掛かってきそうな様子だ。

そんな彼らの後ろではエイミーが両手を前で組み、まるで祈るようなポーズでこちらを見つめている。

そんな彼女に視線を合わせ、俺はニヤリと笑ってやった。

どうやらそれに気付いたらしいエイミーの顔はさっと赤くなり、そしてすぐに怒りの表情が浮かぶ。

さあ、宣戦布告は済んだ。やってやろうじゃないか。

俺は今日、この場で運命（シナリオ）を破壊してやる！

◇◆◇

俺は王太子たちから距離を取ると短剣を構えた。

「それでは、アナスタシア・クライネル・フォン・ラムズレットとエイミー・フォン・ブレイエスの決闘を行う」

審判の男が大きな声で決闘の宣言をする。

「アナスタシア嬢の代理人はアレン、エイミー嬢の代理人はカールハインツ・バルティーユ・フォン・セントラーレン、クロード・ジャスティネ・ドゥ・ウェスタデール、オスカー・フォン・ウィムレット、マルクス・フォン・バインツ、レオナルド・フォン・ジュークスの計五名。アナスタシア嬢側の要請により一対五の変則方式とし、殺害以外の行為はすべて認めるものとする！　始め！」

立会人の男の合図に合わせて俺は煙幕を作り出し、すぐに【隠密】を使って隠れる。そして固まっている五人のすぐ近くまで移動し、至近距離から弾丸をプレゼントしてやった。

弾はこの日のために開発した特製の非殺傷弾だ。しかもこの自動拳銃は風魔法の強さを調整して弾が音速を超えないようにしてあるため、ドンという発砲音がそもそも発生しない。その上さらに発砲音を小さくするためのサプレッサーまで取り付けられているため、発砲音がほとんどしない。

もちろん完全に無音というわけにはいかないが、銃とは思えないほどのレベルだ。

これならいくら前世の記憶を持つエイミーといえども、銃撃されたとは夢にも思わないはずだ。

そして特製の非殺傷弾なので、よほど当たりどころが悪くない限り死ぬことはない。

まあ骨ぐらいは折れるかもしれないが、そこはエイミーがなんとかするだろう。

やがて煙幕が晴れた。

蜂の巣にされたレオナルドとクロードが泡を吹いて倒れている。

接近戦を得意としているレオナルドとクロードには特に念入りに撃ち込んでやったからな。

当然の結果だろう。

残るマルクスとオスカーと王太子も苦しそうに膝をついている。

「ぐ、ううう。な、なんだ……今のは……」

苦しそうにそう言った王太子には取り合わず、懐でこっそりとトウガラシ成分の溶け込んだ水風船を錬成した。

昔、ゴブリン迷宮でお世話になったアレだ。それをオスカーの顔面に投げつける。

吸い込まれるように顔面にクリーンヒットした水風船はパシャッという音と共に破裂し、トウガラシ成分入りの目潰し液が容赦なくオスカーを襲う。

「ぎゃぁぁぁぁぁ、目が、目がぁ！」

倒れ込んだオスカーに近づいてその首筋に短剣を当てる。

「ほら！　立会人！」

「あ、ええと……」

「これで認めないならこのまま首を刺すぞ！　アンタは責任取れるのか？」

「わ、わかった。レオナルド、クロード、オスカー、戦闘不能」

それを聞き届けた俺は、組みつかれないように急いで距離を取った。

一分も経たずに三人がノックアウトされ、王太子とマルクスは何が起こったのか理解できていない様子だ。

ちなみに、この二人を最後に残したのは、改心してまともになってもらわないと困るからだ。王太子は次期国王だし、マルクスは次期宮廷魔術師長でゲームでは将来宰相になったという設定があった。

だから、この二人がこのままでは、いずれ同じような馬鹿をやらかして結局国が滅んでしまうかもしれないのだ。

そうでなければいずれ同じような馬鹿をやらかし、結局国が滅んでしまうかもしれない。

それに比べてクロードは隣国の王子だからどうでもいい。

レオナルドはこんな状況で負けたとなると、騎士団長の後継者としての立場は怪しくなるはずだ。

だからこいつも後回しでいい。

オスカーは……まあ、侯爵家とはいえこの二人に比べれば優先度は落ちるんじゃないかな？

三人の敵を残すよりは二人のほうがいいし、俺の説教を意識がある状態で聞いていればそれでよしとしよう。

俺は再び煙幕を出すと【隠密】で隠れ、一発ずつ王太子とマルクスに弾を撃ち込む。

「がっ」

「ぐっ」

膝をついた二人に俺は見下すような口調で語りかける。

「さて、王太子殿下、マルクス様。格下だと思っていた奴に膝をつく気分はいかがですか？」

「き、貴様……」

「この……こんなことをしてただで済むと思っているのですか？　我々に歯向かえばあなたの家族だって」

「あれ？　マルクス様？　決闘で負けそうになったら今度は身分を使って脅すんですか？　先ほどのはやはり、負けるのが怖くて俺を辞退させようとしていたんですか？」

「なっ」

「でも今の俺はラムズレット公爵家のご令嬢、アナスタシア様の代理人ですからね。マルクス様の今の言葉はアナスタシア様とラムズレット公爵家に向けた言葉でもあるんですけど、そのことはわかっていますか？　もしかして、ラムズレット公爵家の人を暗殺でもするつもりですか？」

「う、ぐっ」

マルクスは悔しそうに唇を噛む。

「大体ね。マルクス様は本音を言えば、どっちに理があるかなんてわかってるんじゃないですか？」

「わ、私は……エイミーを……」

しっかりと反論できない辺り、やはりそういうことなんだろう。

だが、わかっててやっていたなら尚のことたちが悪い。

「守りたいからって一方的に証拠もなしに決めつけるんですか？　少なくとも俺の知る限りアナスタシア様はエイミー様をいじめるどころか、それを止めていましたよ？」

「う、ぐ……」

「しかも、アナスタシア様を挑発して手を上げさせようとしていたのはエイミー様のほうですよね？」

「な……エ、エイミーは……そんな、はず……」

感情を優先して理を犠牲にする、そんな奴が将来の宰相とはな。

「はあ、信じられませんか。そうやって色眼鏡で判断して、将来冤罪と汚職の蔓延する国を目指すつもりですかね？」

「な、わ、私は……そんな……」

言い返せなくなったマルクスが口ごもる。

「まあいいですけど。アンタらはラムズレット公爵家に、そしてアナスタシア様に謝罪する。これが結末だよ。お前みたいな短慮な奴が将来の国の重鎮じゃ、俺たちは死ぬしかねぇーんだよ！　反省しろ！」

俺は思い切りマルクスの顔面を蹴りあげる。

「がっ」

もろに顔面を蹴られたマルクスはそのまま地面に突っ伏した。そんなマルクスの髪を掴んで顔を上げさせると、その首元に剣を突きつけた。

「立会人！」

「ま、マルクス、戦闘不能」

立会人の男は慌てた様子でマルクスの離脱を宣言した。

「ば、馬鹿な……！」

王太子は何が起きているのかが理解できないといった様子で目を見開いている。

じっとその様子を観察していると、どうやらようやく自分の置かれた状況が理解できたらしい。

王太子は俺のことを睨み付けてきた。

「え、ええい。怪しげな魔道具の力に頼るな！　卑怯なことをせずに正々堂々と剣と魔法の力で戦え」

いや。こんな意味不明な文句を言ってくるということは、まだまだ混乱しているようだ。

「ぷっ。殿下、何を言っているんですか。最初に合意したルールはなんでもありですよ？　それに俺が卑怯なら五人で一人を倒そうとした殿下たちは卑怯じゃないんですか？」

俺はわざと小馬鹿にしたような口調で反論した。

一対五でと申し出たのは俺なのだが、代理人を五人も立てたのはそっちだ。

王太子は悔しそうに唇を嚙む。

「そもそもアナスタシア様に決闘を強制した殿下のほうがよっぽど卑怯ですけどね。アナスタシア様は立派でしたよ。こんな場所で婚約破棄を突きつけられたというのに、ラムズレット公爵家への侮辱に対する抗議だけに留めていましたからね。それなのに決闘をしろと命じるなんて、どんだけ卑劣なんですか？」

「黙れ！　この決闘はあいつが自分で言い出したのだ！」

「そうですか。ならさらに言わせてもらいますけどね。王太子という権力のある立場にいながらアナスタシア様を五人で、いや六人で取り囲んで、事実を確認もせずに無理やり冤罪を認めさせようとしていたのはどうなんですか？　アナスタシア様は仮にも殿下の婚約者で、しかも身分差もあって殿下には逆らえない。これを卑怯と言わずしてなんて言えばいいんですかね？」

「それは、あいつが……」

どうやら旗色が悪いことを悟ったらしい。王太子は急に口ごもる。

「あいつが？　アナスタシア様が何をしたっていうんですか？　何もしていないですよね？　全部証拠のない言いがかりだ！　そんなことを言うなら、文化祭前日のギリギリのタイミングで色々と作ってくれたアナスタシア様を追い出したのはどうなんですかね？　それに展示の内容だってクオリティに差がありすぎて、どこまでがアナスタシア様の仕事なのか一目瞭然でしたよ？」

「あいつが！　エイミーを！」

俺がネチネチと学園での所業をほじくり返して責め立ててやると、王太子は声を荒らげた。

「ああ、もう！　見苦しい言い訳はやめてくださいよ。アナスタシア様はエイミー様に嫌がらせなんてしてない。真っ当な苦言を呈しただけだ！　しかも公爵令嬢であるアナスタシア様が男爵令嬢であるエイミー様にわざわざ、だ」

そう言い切られた王太子は悔しそうに俺のことを睨みつけてくる。だが、反論は返ってこない。

「大体な！　次期国王であるアンタがこんなんじゃ国が滅ぶんだよ。そん時、真っ先に殺されるのは俺たち平民だ！　アンタだってアナスタシア様との結婚にどんな意味があるかくらいわかってるだろ！」

「だ、黙れ！」

「ラムズレット公爵家にそっぽを向かれたら内乱待ったなしだ。そうならないための婚約なのに、たかが一人の女に現（うつつ）を抜かしてひっかきまわしてんじゃねぇよ！」

　すると王太子は顔を真っ赤にして俯（うつむ）いた。それからすぐに意を決したかのように顔を上げ、俺のことを鋭く睨みつけてきた。

「黙れ！　何の責任もないただの平民に何がわかる！　王族として！　王太子として！　常に役割を果たすことばかりを求められ！　誰も俺自身を見ようとしなかった！　あの女だってそうだ。常に王太子として、次期国王として、そんな押し付けばかりだ！」

「へー、そうですかー。たいへんでしたねー」

　わざと棒読みで答えてやった。

　だが王太子にそれを気にした様子はなく、自分の理屈を垂れ流してくる。

「だがエイミーだけは違った。何も言っていないのに俺自身を見てくれて！　俺は俺でいいんだと！　ありのままでいいんだと！　そう言って笑ってくれたんだ！　俺の好きなことも、好きな食べ物も、好きな場所だってそうだ！　まるで知っているかのようにピタリと言い当ててくれて！　俺が何も言っていないのに同じことを考えてくれていて！　そうだ。彼女こそが！　だから！　だから！」

　なるほど。王太子のことを設定として熟知しているエイミーはそれら全てを先回りした、と。

　そのうえで無条件に自分を肯定してくれたエイミーにあそこまで盲目的に溺れたということか。だがな。それは恋人に求めることじゃなくて母親に求めることじゃないのか？

「はいはい。アナスタシア様だってどれだけ自分を殺して尽くしてきたことやら。それなのにアンタは自分が自分がって、いいこと言ってる風で中身空っぽのクソガキじゃねぇか！」

「黙れ！　俺は！」

　王太子は顔を真っ赤にして大声を上げる。

「なんですか？　図星を指されて反論すらできなくなったんですか？」

「うるさい！　平民で何の責任もないお前に何がわかる！　俺は王族なんかに好き好んで生まれたわけじゃない！」

「はあ？　じゃあもしかして、平民に生まれたかったとでも言うつもりですか？」

「平民のように我々王族に守られ、導かれるままに暮らすのはさぞ楽だろうよ。それで好きな女と一緒になれるんだからな！」

　このあまりに身勝手な言葉にはさすがの俺も頭にきた。これまでも結構な暴言を吐いてきた自覚はあるが、いくらなんでもこの言い草には我慢ができない。

　論破など考えず、感情のままに言い返してしまう。

「ふざけんな！　何が平民は楽だ！　だったらアンタは俺みたいに八歳から毎日欠かさずどぶさらいができるっていうのか？　臭い汚物にまみれてキツイ肉体労働をして！　そんだけやって稼げるのは一日たった千セントだぞ！　それでクズ野菜とほんの一かけの干し肉に硬くて噛めないパンを

ふやかしながら食べて、そうやって飢えを凌ぐ俺たちの気持ちがわかるっていうのか！　甘ったれるのもいい加減にしろ！」

「ぐっ。黙れ！　平民の分際でっ！　黙れっ！」

「へえ。言い負かされたら今度は身分を盾に取って命令ですか？　その前にご自分がなんて言ったか、覚えてます？」

王太子は顔を真っ赤にしたまま、憎しみのこもった目で睨んでくる。

「大体ね。そんなに平民がいいならエイミー様と駆け落ちすればいいじゃないですか。そうしたら平民として生きていけますよ？」

「なっ！　そんなこと！」

そう言って王太子は絶句した。どうやらそこまでの覚悟はないようだ。

はあ、全く。甘ちゃん過ぎて反吐が出る。

俺は深くため息をつくと、諭すような口調で言う。

「そんなことすらもできないなら、殿下の相手はアナスタシア様ですよ。もう手遅れかもしれませんけどね」

すると王太子は真っ赤になった顔をさらに赤くし、目には涙まで溜めると大声で叫んだ。

「う、うるさい！　黙れ！　お前になんか！　お前なんかに！」

そして王太子は特大の炎魔法を詠唱した。

ああ。これは多分王太子がゲームの終盤で使っていた広範囲をまとめて薙ぎ払う極大炎魔法だ。

ゲームでは随分とお世話になったが、少なくともこんな場所で使う魔法ではないだろう。もしここでこんな魔法を使えば、俺たちだけでなく観客にも甚大な被害が出るであろうことは容易に想像できる。

だが、そんなことすらも考えが及ばないほどに王太子は我を忘れているらしい。

それに、今の王太子のレベルではこの魔法はまだ使えないはずだ。無理に使おうとすれば暴走して大惨事になるだろう。

もしそうなれば、守りたいと言っているエイミーだって無傷では済まないのだがな。

「で、殿下！　その魔法はまだ殿下には！」

決闘を見守っていた先生からも制止の声がかかるが、王太子にそれを聞き入れる様子はない。

「エイミーを失うくらいなら、俺は！　俺は！」

いや、そういう話じゃないんだが。まあ散々話を逸らして説教したのは俺なのだが、そもそもラムズレット公爵家に謝罪しろというのがこちらの趣旨なわけで。

そう思いつつも見ていると、王太子の炎魔法は案の定暴走した。

「殿下！」

アナスタシアが慌てて氷魔法を展開しようとする。だが、俺はそれを身振りで制止すると、風魔法を無詠唱で発動した。

強い風が王太子の周りを取り囲み、発生していた炎を上空へと吹き飛ばす。

この訓練場が屋外で助かった。もしこれが室内だったら大事になっていたかもしれない。

「ふう」

炎が消え、危険がなくなったのを見届けた俺は大きく息を吐いた。

王太子はそのまま魔力の枯渇で気を失い、その場にどさりと倒れ込んだ。

「アレ……ン？」

アナスタシアの戸惑ったような声が聞こえてくる。だが、俺はその声に応えることはしなかった。

そのまま王太子の首に短剣を突きつけ、立会人に視線を送る。

「カ、カールハインツ殿下、戦闘不能。よってアレンの勝利」

俺は一礼してからエイミーにニヤリと笑いかけた。するとエイミーは引きつったような表情を浮かべ、そして膝から崩れ落ちた。

俺は踵を返してアナスタシアの許へと歩み寄ると跪いた。

「この勝利をアナスタシア様に捧げます」

「あ、ああ。ありがとう。だがそれより」

アナスタシアは心配そうな表情を浮かべ、王太子のほうをちらりと見遣った。

「大丈夫です。誰も殺していませんよ。殿下のあれは魔力を使い切っただけですから、おそらく命には別状ないはずです。それに、暴走した魔法の炎は俺の風魔法で全て上に吹き飛ばしたからね。怪我だってほとんどないはずです。きっと、しばらく寝て魔力が回復すれば目を覚ましますよ」

「そ、そうか」

それを聞いたアナスタシアはホッとした表情を浮かべた。こんな時まで国のことを考えるなんて、俺にはとても真似できない。

それにしてもあのボンクラ王太子はこんなに素晴らしい女性が婚約者だったのに、どうしてあんなのに引っかかったんだろうか？

ああ、そうか。ボンクラだからだな。

だが、これで俺にできることは終わりだ。王太子に決闘で勝ってしまったのだから、権力は俺を放っておいてはくれないはずだ。

しかもついカッとなってかなり暴言を吐いてしまったからなぁ。

せめて処刑だけは勘弁してほしいものだが……。

「それでは、アナスタシア様、これにて失礼します。今まで本当にありがとうございました。そしてマーガレット様とイザベラ様も、ありがとうございました。少々名残惜しくはありますが、これにて失礼します」

「お、おい、アレン！」

こうして俺は別れを告げると寮の自室へと向かったのだった。

Side．エイミー（一）

期末試験。意外と難しくて結構苦戦したなって思ってたんだけど……。

これ、どうなってるのよ！

あの陰キャが満点なのはもういいとしても、どうして悪役令嬢まで満点なわけ？

あんたゲームなら二位どころかもっと順位を落としてたでしょ！

しかも三位と四位のマーガレットとイザベラって、どっちも悪役令嬢の取り巻きじゃない！

それにたしかイザベラってＢクラスの馬鹿よね？

どうしてこんなやつがあたしより上にいるのよ！

ああ、もう！　最悪！

でもいいわ。だって今日はこれから楽しい断罪イベントだもの。

悪役令嬢がのさばっていられるのもこれまで。

さあ、今日があんたの最後よ！

◇◆◇

ああ、やっぱりカール様は素敵だわ。年間最優秀生徒に選ばれるだけでも凄（すご）いのに、みんなを壇上に呼んで一人ずつお礼を言うなんて！

こんなこと、きっとカール様にしかできないことよね。

ゲームではさらっと流していたけど、やっぱりこのカール様は本当にステキ。ちょっと、惚れ直しちゃったわ。

しかもあたしまで壇上に呼んでくれて、「これからもずっと俺の側（そば）にいてほしい」だなんて！

ああ、もう！　嬉しすぎて死んじゃいそう。

「そしてもう一つ、ここで宣言しておくことがある」

あら？　何かしら？　あたしへのプロポーズかしら？

「アナスタシア・クライネル・フォン・ラムズレット、前へ出ろ」

ああっと。そうね。嬉しすぎてすっかり舞い上がっちゃってたけど、そうだったわ。これから楽しい楽しい悪役令嬢の断罪イベントだもんね。

カール様がそう言うと、悪役令嬢がいつもの能面みたいな表情で出てきたわ。

ぷぷ。ホント、無様よね。

「アナスタシア、今この時をもってお前との婚約を破棄する！」

ああぁ、カール様！　ホントにカッコイイわ。スマホの画面で見ていたこのシーンのカール様もかっこよかったけどリアルだと何倍も！　ううん、何百倍もカッコイイわ。

「殿下、本気ですか？」

はぁ？　ちょっと！　あんたなんでそんなに悔しそうじゃないのよ！

最近はいつも能面みたいな表情だったけど、画面の中のあんたはもっと悔しそうにして怒ってたじゃない！

さっさと怒って無様にわめきなさいよ！

「ふん。相変わらず理解の悪い女だ。お前のような性根の腐った女ではなくこの心優しく癒しの力を持ったエイミーこそが俺の婚約者に相応しい」

「殿下、礼儀作法も貴族のなんたるかも、国とは何かをも知らぬその女で良いのですね？　殿下はその女に国母が務まると本気でお考えなのですね？」

な、何よあんた！　なんなのよ！

そんな突き刺すみたいな視線で見てきて！

あんた、どうなってるのよ！

ちょっと……怖いじゃないの……。

でもね。そんな風に怯えるあたしをカール様は優しく抱き寄せてくれたわ。

ふふん。そうよ。やっぱりあたしの優位は絶対なのよ！

「馬鹿なことを言うな！　彼女の優しさこそがこの国には必要なのだ。いちいち下らん理屈をコネ回すお前など必要ない。そもそも、俺たちはお前がエイミーに対して行ってきた数々の嫌がらせを知っている！　お前のような性根の女こそ国母に相応しくない！」

「そうですか。ではその結果に対する責任は殿下がお取りになるのですね？」

はあ!?　ちょっと！　何よその台詞！　あんたの言う台詞はそうじゃないでしょ！

もっと無様なはずでしょ？

ほら！　さっさとわめき散らしなさいよ！

でもね。カール様はやっぱりちゃんと悪役令嬢をこき下ろしてくれたわ。

「何を言うのかと思えば、これだから頭でっかちのラムズレットは困る。そんなだからいつまでもラムズレットは麦しか作れぬ田舎者なのだ」

「殿下。私のことはどう言おうと構いません。ですがラムズレット公爵家に対する侮辱は看過できません。今の発言は取り消してください」

「何を言っているのだ？　事実を言ったまでだ」

あら？　あらら？　怒ったの？　怒ったのよね？

てことは、これはチャンス……よね？

悪役令嬢の実家なんてどうせ全員死刑なんだから、何言ってもいいはずよね？

「そ、そうですよぉ。そんなだから田舎者の家のアナスタシア様はカール様に愛想をつかされちゃうんですよぉ？」

でもそうしたら悪役令嬢はまたあの目であたしを見てきて、それからため息までついたわ。

ちょっと！　あんたなんなのよ！

悪役令嬢のくせに！

なんであたしを見下してるのよ！

「エイミー。お前も我がラムズレット家を侮辱するつもりか？」

「カール様が言ってるんだから事実ですぅ」

「では、ラムズレット家からブレイエス家に対して正式に抗議をさせてもらおう」

は？　何言ってるのよ！　ダメに決まってるじゃない！

あんたのやらなきゃいけないことはそんなことじゃないでしょ！

でも実家の名前を持ち出して脅すなんて、さすが悪役令嬢ね。

らしくなってきたじゃない。なら、これでどう？

「実家の権力を使うなんて卑怯ですぅ」

「話にならんな。失礼させてもらう」

え？　ちょっと何勝手に帰ろうとしてるのよ！

さっきからなんなのよ！

おかしいでしょ！

あんたはここで怒って手袋を投げる！　そういうイベントじゃない！

でもね。カール様はちゃんとわかってくれていたわ。

「待て！　エイミーの言うとおりだ。お前にも貴族としての誇りがあるなら親に泣きつく前に自分で解決しろ。それまではこの場から去ることは許さん」

「殿下、一体何を仰っているのですか？」

「お前の手袋は何のためにある？」

そうよ！　その通りよ！　あんたはここで手袋を投げつけるのよ！

「少なくともこのようなことで軽々しく使うためではありません」

違うわよ！　ここで馬鹿みたいに怒って投げるためにその手袋をしてるの！

「なるほど。ラムズレット公爵家の娘は家の誇りと名誉を賭けて戦うことすらできないのか。公爵閣下は子育ての才も無いようだ」

カール様は馬鹿にしたように鼻で笑って、なんか偉そうな人たちも笑ってるわ。

いいざまね。悪役令嬢。あんた、完全な笑いものよ？

「殿下は決闘を申し込めと仰るのですか？」

「自分で考えろ。王太子である私に全て言われねばわからんのか？　相変わらず可愛げのない女だな」

あはは。悔しそうにしてる。

そうよ。そうなのよ！

あんたは自分の意志であたしに決闘を申し込んで、無様に負けるのよ。

「かしこまりました」

そう言ってあいつは手袋をあたしに投げつけてきたわ。

あとはシナリオ通りに演技するだけね。

「ひゃっ。あ、あの、これ……」

ほら、手袋返してあげるわよ？

「お前はどこまで私を侮辱すれば気が済むのだ？」

あれ？　あんたどうして怒んないのよ？　ゲームでは怒って頬を叩いてたじゃない！

何そんな冷たい目であたしを見てるのよ！　バグってんじゃないわよ！

「エイミー、これは侮辱されたと感じたあの女がお前に決闘を挑んできたということだ」

あっと。そうよね。演技演技。ちゃんとやらなくちゃ。

「えっ、そうなんですかぁ？　あたし、戦いなんて……」

「そうだな。だが安心してくれ。この決闘は俺がエイミーの代理人として受けよう」

「なっ？　殿下？　女性に決闘を命じておきながらその決闘の代理人をご自身でなさるなど、正気ですか？」

そうよ。それでいいのよ。

ふふふ。台詞も展開も全然違うけど、その慌てた顔が見たかったのよ。

「何を言っているのだ？　お前が勝手に決闘を申し込んだのだ。俺はエイミーを守りたいから代理人となる。それだけの話だ」

「……」

あら？　黙っちゃったわね。ふふ。悔しそう。

ざまぁ！

「俺も代理人をやらせてもらうぞ」

「オレもやらせてもらうぜ」

「私もやりましょう」

「当然、僕も戦うよ」

みんなも！　ありがとう！　やっぱり逆ハールートは最高よね！
「お前はどうするのだ？　俺たち五人を相手に戦ってくれる代理人はいるのか？」
ぷぷ。悪役令嬢ったら、周りを見回しちゃってる。
でも王太子のカール様とウェスタデールの王子クロード様が相手なのよ？
代理人をやる馬鹿なんてここにはいるわけないわ。
「どうやら人望も無いようだな」
ああ、思わずにやけちゃうわ。でもまだよ。まだ早いわ。
元婚約者にボコボコにされるのよ！　悪役令嬢！
ざまぁ！
「俺が代理人をやりますよ」
……は？
思わず声がしたほうを振り向いたら、なぜかあの陰キャが手を上げてるじゃない！
は？　何よそれ！
あの陰キャ！　何勝手に代理人に立候補してんのよ！
しかも悪役令嬢！　あんた何認めてんのよ！
シナリオはそうじゃないでしょ！
大体、王族二人相手に決闘で戦ったらどうなるかわかってるの？
ああ、もう！　やっぱりこいつ、悪役令嬢狙いだったのね！

こんな風に水を差されるくらいなら、さっさと下僕にしておけばよかったわ。

ムカつく！

あ、でもそうね。まあいいわ。

何せこっちには学年最強の五人がいるんだもの。ちょっと冒険者やってたらしいけど、陰キャのあんたなんか瞬殺よ！

でもね。決闘の要求がおかしいのよ。あたしはゲームのとおりにしたんだけど、なんか悪役令嬢のやつが違うのよね。

ゲームだったら、あたしとカール様に別れろって嫉妬丸出しで言ってきたはずなのに。

これでいいのかしら？

んー、でもきっと大丈夫よね。

だってカール様たちはあたしの味方だもの。どうせカール様たちが勝って、どうせ帝国行きよね？

そもそもカール様たちがあんな陰キャなんかに負けるわけないし！

そう思ってたらなんかこの陰キャ、あたしの五人に勝つとか言ってるんですけど？

ウケるんですけど？

お勉強だけはできるから頭はいいと思ってたのに、愛しの悪役令嬢にいいとこ見せたいのかしら？

あ、もしかして恋したせいで頭おかしくなっちゃったのかしら？

しかもせっかくマルクスがあんたのためを思って言ってくれてるのに、こいつ命が惜しくないわけ？

ていうか、こいつなんなの？　平民の分際で貴族にそんな暴言を吐くなんて、命が惜しくないのかしら？

もうみんな、すっかり怒っちゃってるじゃない。

殺しちゃいけないってルールだけど、どうせこいつは平民だもの。死んだって誰も文句言わないわよね？

あ、でも愛しの悪役令嬢を庇ってカール様に殺されるのがもしかして嬉しかったりするのかしら？

うわっ、キモッ！

悪役令嬢もなんかぽーっとしちゃってるし。もしかしてカール様に振られたからってこんな平民の冴えない陰キャに恋しちゃったりするわけ？

うわぁ。ドン引きだわ。未来の王妃様から未来の平民の嫁に変更したのかしら？

ぷぷっ。ホント、無様ね。

でもね？　残念だけどそいつは今から死ぬのよ。

それに、庇ってくれた男が無様に殺されたときの悪役令嬢の顔をリアルで見れるって考えると……。

うん。ありね。

ありよりのありだわ。

そう思ったらなんだか俄然、楽しみになってきたわね。

ふふふ。一体どんな表情するのかしら？

それに立会人も無事に見つかったわ。

あいつは確かゲームでも立会人やってた奴よね。ゲームでは負けそうになると、途中で水を飲むっていう名目でポーションを飲ませてくれるの。

もちろん悪役令嬢側はただの水なんだけど。

審判までこっちの味方なんだから、あんたに勝ち目は一切ないのよ。

ふふ、残念だったわね。

◇
◆
◇

「カール様ぁ、クロード様ぁ、マルクスぅ、オスカー、それにレオもぉ、決闘なんてぇ、そんな……」

「心配するな。俺たちが必ずお前に勝利を捧げてやる」

カール様はあたしを安心させるようにそう言ってくれたわ。

ホント、素敵よね。

ついうっとりしちゃいそうになるけど、でもまだちゃんと演技しなきゃ。

「でも、もっとぉ、話し合いでぇ、解決できないんですかぁ？　きっとぉ、仲良くすることだってぇ……」

「おいおい。エイミーはあれだけ嫌がらせをされたあいつを庇うのか？」

「全く、僕たちの選んだ女性はまるで聖女様のような人だね」

「そのような必要はありませんよ。嫌がらせをするような女は潰されて当然ですから」

「そのとおりだ。将来の騎士団長として、あのような悪女を見過ごすことはできない」

クロード様もオスカーも、マルクスもレオもみんなゲームと同じ台詞を言ってくれたわ。

そうよ。まだゲームのシナリオどおりなのよ。

「みんな……はい。えっとぉ、どうかご無事で」

あたしはゲームの台詞で五人を送り出してあげたわ。

そうよ。これでいいのよ！

あとは高みの見物をしてればいいだけ。

なんで悪役令嬢の取り巻き二人がまだ一緒にいるのかわからないけど、でもそんなのきっとシナリオの強制力の前には関係ないわ。

そうよ。関係ないのよ！

あたしはゲームのとおり、お祈りのポーズで皆を応援するわ。

そうしたら、あの陰キャのクソ男。あたしを見てきて、それでニヤッてムカつく顔で笑いやがったの。

何よ！　なんなのよ！

ムカつく！

ムカつくムカつくムカつくムカつく！

「それでは、アナスタシア・クライネル・フォン・ラムズレットとエイミー・フォン・ブレイエスの決闘を行う」

ああっと。もう。あたしとしたことが。

どうせあいつはすぐに死ぬんだもの。何されても気にする必要なんてなかったわね。

「始め！」

あ、決闘が始まったわ。最初は誰が攻撃するのかしら？

距離があるし、やっぱり【弓王】の加護を持つオスカーの矢で殺すのかしら？　それとも【賢者】の加護を持つマルクスの魔法？　【騎士】の加護を持っていて誰よりも努力しているレオがすぐに斬り捨てちゃうかもしれないわね。

でも【拳王】の加護を持つクロード様はちょっとけんかっ早いところがあるし、あの陰キャに相当ムカついてそうだからさっさとボコボコに……って、あれ？

今何があったの？

いきなり煙が出たらあいつの姿が消えて、それからなんか小さな音がしたと思ったんだけど……。

どうしてクロード様とレオが倒れてるの？

それに、口から泡を……。

え？　それに他の三人もどうして蹲（うずくま）ってるの？

ちょっと、何よ！　何やってるのよ！　早くあいつを殺しなさいよ！

え？　水風船？　なんでそんなの持ってるのよ！

「ぎゃぁぁぁぁぁ、目が、目がぁ！」

ちょっと！　目潰しなんて卑怯よ！　神聖な決闘でなんてことやってるのよ！

それからね。あの卑怯なクソ陰キャはオスカーに近づいて首に短剣を突きつけたの！

ダメよ！　なんてことするのよ！　あたしのオスカーを殺すなんて！

「レオナルド、クロード、オスカー、戦闘不能」

あたしはほっと胸をなでおろしたわ。いくらあたしが将来の聖女様だからって、今のあたしが持っている加護は【癒し】だけ。二年生になって光の精霊に祝福されて、それで聖なる導きの杖を手に入れてやっと【慈愛の聖女】の加護を貰（もら）うのよ。

だから、今大けがをしちゃったら治せないの。

そう思ってホッとしていたら、あいつが懐に手を突っ込んだわ。

あ、何か持ってるっぽいわね。何する気なのかしら？

それからまた煙が出て、それからまたあの小さな音がして。

そうしたらカール様とマルクスまで動けなくなっちゃったわ。

どうなってるの!?　ちょっと！　ちょっと！

「反省しろ！」

あいつがマルクスの顔面を思い切り蹴って、マルクスが地面に倒れて。

あああ、剣を突きつけられてる！

「立会人！」

「ま、マルクス、戦闘不能」

ど、ど、ど、どうなってるの？

なんであんな強いやつが紛れ込んでるのよ！

あんた、ゲームのキャラじゃないでしょ？

やめなさいよ！

やめて！　やめて！

ゲームの登場人物じゃないくせに！

モブですらないくせに！

あたしの世界を壊さないでよ！

◇◆◇

「ば、馬鹿な……！」

ちょっと！　カール様！　何やってるのよ！

早く反撃してよ！

あいつを、あいつを殺してよ！

「え、ええい。怪しげな魔道具の力に頼るな！　卑怯なことをせずに正々堂々と剣と魔法の力で戦え」

「ぷっ。殿下、何を言っているんですか。最初に合意したルールはなんでもありですよ？　それに俺が卑怯なら五人で一人を倒そうとした殿下たちは卑怯じゃないんですか？」

そうよ！　カール様の言うとおりよ！　だからこの決闘は無効よ！

うるさい！　そっちが言ってきたんじゃないの！

「そもそもアナスタシア様に決闘を強制した殿下のほうがよっぽど卑怯ですけどね。アナスタシア様は立派でしたよ。こんな場所で婚約破棄を突きつけられたというのに、ラムズレット公爵家への侮辱に対する抗議だけに留めていましたからね。それなのに決闘をしろと命じるなんて、どんだけ卑劣なんですか？」

「黙れ！　この決闘はあいつが自分で言い出したのだ！」

そうよ！　カール様の言うとおりよ！

悪役令嬢は今日、怒って決闘を申し込むって決まってるの！

ちゃんとそうなるように助けてあげたんだから、感謝しなさいよ！

「そうですか。ならさらに言わせてもらいますけどね。王太子という権力のある立場にいながらアナスタシア様を五人で、いや六人で取り囲んで、事実を確認もせずに無理やり冤罪を認めさせようとしていたのはどうなんですか？　アナスタシア様は仮にも殿下の婚約者で、しかも身分差もあって殿下には逆らえない。これを卑怯と言わずしてなんて言えばいいんですかね？」

ああ、もう！　うるさいうるさい！　なんなのよコイツ！

「それは、あいつが……」

そ、そうよ！　あいつがいけないのよ。悪役令嬢なんだから、あいつが悪いって決まってるのよ！

その後もグチグチと男らしくないことを言っては嫌味を言ってきたわ。

ホント、なんなのよ！　あいつ！

「ぐっ。黙れ！　平民の分際でっ！　黙れっ！」

そうよ！　カール様の命令なんだから黙りなさいよ！

「へえ。言い負かされたら今度は身分を盾に取って命令ですか？　その前にご自分がなんて言ったか、覚えてます？」

ああ、もう！　ちゃんとカール様の命令聞きなさいよ！

カール様は王太子なのよ！　平民のアンタは逆らっちゃいけないのよ！

「大体ね。そんなに平民がいいならエイミー様と駆け落ちすればいいじゃないですか。そうしたら平民として生きていけますよ？」

は？　何言ってるのよ！　そんなのダメに決まってるじゃない！

ちゃんとシナリオどおり、あたしは聖女様で王妃様になるのよ！

それで、五人と一緒に暮らすの！

「そんなことすらもできないなら、殿下の相手はアナスタシア様ですよ。もう手遅れかもしれませんけどね」

どんだけ上から目線なのよ！　ふざけんじゃないわ！

大体ね。なんで悪役令嬢なんかにあたしのカール様を！

「う、うるさい！　黙れ！　お前になんか！」

そう言ってカール様が極大炎魔法を使い始めたわ！

すごい！　この魔法は最終決戦のあたりでようやく覚えるはずのやつじゃない！

それをどうしてもう使えるの？

ちょっと考えて、あたしは気が付いたわ。

そうよ！　これがゲームの強制力よ！

絶対シナリオのとおりに進むって決まってるからだわ。

ざまあないわね、クソ陰キャ！

卑怯な手段で四人を倒したみたいだけど、最後はカール様に負ける運命なのよ！

「エイミーを失うくらいなら俺は！　俺は！」

ああ、嬉しい！　カール様は本当にあたしを愛してくれているわ。

その愛の力でシナリオにはいなかったはずのこの中ボスを倒してくれるのね！

そう思ったのに！

そのはずなのに！

そうならなきゃいけないのに！

……カール様の魔法が暴走しちゃったの……。

カール様を中心にすごく大きな炎が巻き上がって。

それからその炎がどんどんと広がっていって……。

ああ、どうして……？

あたしのカール様が……そんな……。

あたしは頭の中が真っ白になって、それで目の前が滲んできて……。

「殿下！」

そうしたら悪役令嬢の声が聞こえたわ。

顔を上げて見てみると、あいつが何かしようとしているわ。

そうよね。カール様がいないとこの国は助からないもの。

そうよ！　さっさとあんたの氷魔法で助けなさいよ！

でもあのクソ陰キャがそれを止めやがったの。

どういうことよ！　殺すのは無しって言ったじゃない！

嘘吐き！

でもあの陰キャはいつの間にか風魔法を使っていて、カール様の炎をあっという間に全て吹き飛ばしていたの。

ど、どうなってるのよ？　一体なんなのよ？

それからカール様の首にあいつが剣を突きつけて。
だめよ！　やめて！
あんたは負けなきゃいけないの！
だけどあいつはそのまま審判をじっと見つめて。
それで……。
それで………。
「カールハインツ殿下、戦闘不能。よってアレンの勝利」
あああ……終わったわ。
どうして？
どうしてこうなったの？
絶望してるあたしに、あいつはニヤッてまた笑ったわ。
え？　もしかしてコイツ、あたしのこと嫌いだったの？
あたし、この世界のヒロインなのに？
そう思ったらなぜか突然膝から力が抜けて……。
あたしは地面にへたり込んでしまったわ。
どうして？　どうして？
ねぇ、あたしはどこで選択を間違えたの？

Side．アナスタシア（一）

期末試験も終わり、その結果が掲示された。ミスをせずに終われた私はなんとか一位に返り咲くことはできたものの、やはりアレンも満点だったため同率での一位だ。

次こそは単独一位をとってアレンにどうだと言ってやりたい。

それともう一つ嬉しいことがあった。マーガレットとイザベラの成績が一気に上がったのだ。

今学期の二人は並々ならぬ努力をしていたのを私は知っている。文化祭での一件もあり、完全に割り切ることのできた私は今まで殿下のために割いていた時間を二人との勉強のために費やすことができたからだ。

友人として、少しは二人の役に立てたのではないかと思う。

そんなわけで、来年はイザベラとも同じクラスになることができる。三人いればアレンの置かれている今の状況を少しは改善してやれるはずだ。

そう思ってアレンにイザベラを紹介したのだが、アレンは腹に何かを抱えているようで妙な違和感を覚えた。

しかしその正体がなんなのかはわからないままに、大事件が発生してしまった。

学園では進級と卒業を記念して学年末にダンスパーティーが開催され、その場で多角的という名の政治的判断によって選出された各学年の最優秀生徒が表彰される。

我々の世代では何をやろうとも殿下が最優秀生徒に選ばれることは決まっているのだが、その殿下が表彰の際にとんでもないことを言い出したのだ。

「アナスタシア、今この時をもってお前との婚約を破棄する！」

あまりの発言に私は殿下の正気を疑った。壇上からあの女を中心とするいつものメンバーに私は見下ろされている。

念のため殿下に冗談ではないのかを確認してみたが、どうやら本気のようだ。

「そうですか。ではその結果に対する責任は殿下がお取りになるのですね？」

この意思確認は、婚約者としての最後の慈悲だ。

もはや殿下に対して情はない。とはいえこのまま婚約破棄が認められれば混乱が生じることは間違いない。

だが、そこから生じるであろう影響は最低限に抑える必要がある。

そのための話し合いをどうするのか？　派閥の均衡をどうやって取るのか？　そうしたことを我が公爵家の力を借りずに、しかも我が公爵家が納得する形で進めるという覚悟はあるのか？

そう問うたつもりだったのだが、殿下は言ってはならない言葉を口にした。

「何を言うのかと思えば、これだから頭でっかちのラムズレットは困る。そんなだからいつまでもラムズレットは麦しか作れぬ田舎者なのだ」

「殿下。私のことはどう言おうと構いません。ですがラムズレット公爵家に対する侮辱は看過できません。今の発言は取り消してください」

まさか公爵家に対し、田舎者だなどと侮辱するとは！

これは反乱を起こされても文句を言えないレベルの暴言だ。

しかも、小麦は民を食わせるうえでもっとも重要な穀物でもある。

民が無ければ当然、私たち貴族も無い。

しかしながらあの女に骨抜きにされ、愚か者と成り果ててしまった殿下に私の言葉は届かない。

「何を言っているのだ？　事実を言ったまでだ」

「そ、そうですよぉ。そんなだから田舎者の家のアナスタシア様はカール様に愛想をつかされちゃうんですよぉ？」

あの女はここぞとばかりに挑発してくるが、その発言は単に自分の首を絞めているだけだということが理解できないのだろうか？

「エイミー。お前も我がラムズレット家を侮辱するつもりか？」

「カール様が言ってるんだから事実ですぅ」

「では、ラムズレット家からブレイエス家に対して正式に抗議をさせてもらおう」

「実家の権力を使うなんて卑怯ですぅ」

「話にならんな。失礼させてもらう」

私はそう宣言して立ち去ろうとしたが、殿下がさらに意味不明な言葉を口にした。

「待て！　エイミーの言うとおりだ。お前にも貴族としての誇りがあるなら親に泣きつく前に自分で解決しろ。それまではこの場を去ることは許さん」

「殿下、一体何を仰っているのですか？」

「お前の手袋は何のためにある？」

「少なくともこのようなことで軽々しく使うためではありません」

「なるほど。ラムズレット公爵家の娘は家の誇りと名誉を賭けて戦うことすらできないのか。公爵閣下は子育ての才も無いようだ」

そう言い放った殿下は鼻で笑った。それを見た来賓の一部からも笑い声が聞こえてきた。

どうやら反ラムズレットの派閥の連中のようだ。

「殿下は決闘を申し込めと仰るのですか？」

「自分で考えろ。王太子である私に全て言われねばわからんのか？　相変わらず可愛げのない女だな」

なるほど。王太子の権力をもって、私に決闘を申し込めと命令するということか。

ここまでおかしくなってしまったなら、もはやどうにもならないだろう。

仕方ない。親の決めた政略結婚とはいえ、一応はまだ婚約者である私の最後の務めだ。この愚かな決闘を受けることで諫（いさ）める他に道はない。

もはやこれまで、か。

「かしこまりました」

私はそう答えると手袋を取り、あの女に投げつけた。

「ひゃっ。あ、あの、これ……」

だがあの女は私が投げつけた手袋にわざとらしく驚き、手袋を拾うと無礼にも私に返してきた。

「お前はどこまで私を侮辱すれば気が済むのだ？」

　こんな女の一体どこに好意を抱く要素があるのだろうか？

「エイミー、これは侮辱されたと感じたあの女がお前に決闘を挑んできたということだ」

「えっ、そうなんですかぁ？　あたし、戦いなんて……」

「エイミー。安心してくれ。この決闘は俺がエイミーの代理人として受けよう」

　さすがの私もこれには驚いた。

「なっ？　殿下？　女性に決闘を命じておきながらその決闘の代理人をご自身でなさるなど、正気ですか？」

「何を言っているのだ？　お前が勝手に決闘を申し込んだのだ。俺はエイミーを守りたいから代理人となる。それだけの話だ」

　どうやら殿下は私をこの場で始末するつもりのようだ。殿下と決闘など勝とうが負けようが、処刑される未来しかないだろう。

　そのうえなんとあの女に籠絡（ろうらく）された四人までもが代理人に立候補してきた。

　代理人が五人など、聞いたことがない。

　神聖な決闘とは一体なんだったのだろうか？

「お前はどうするのだ？　俺たち五人を相手に戦ってくれる代理人はいるのか？」

　私は思わず辺りを見回してしまったが、この場にいる生徒たちは誰一人として私と目を合わせようとしない。

……当然だ。

「どうやら人望も無いようだな」

殿下はそう言うが、人望などという問題ではないだろう。

諦めるしかないな。

私自身が戦って死ぬことを覚悟した瞬間、もっとも立候補しないでほしかった男の声が聞こえてきてしまった。

「俺が代理人をやりますよ」

「ア、アレン？」

やめてくれ。お前のような素晴らしい才能をここで潰すなんて、許されることじゃない。

なのに！

それなのに！

……どうしてこんなにも！

「そんなことより、アナスタシア様。早く代理人として認めてください」

「え？　あ、ああ。認める」

アレンに言われてつい認めてしまい、そしてそのことに気づいた私は自己嫌悪で泣きたい気持ちになった。

アレンを巻き込みたくなどないのに！

だがそんな私の想いをよそに、アレンは手早く決闘の条件を決めていく。たった一人で五人を相手に勝つと断言し、さらには決闘相手となった五人を次々と挑発して冷静さを失わせていったのだ。

もはやアレンの独壇場だった。

そうしてあれよあれよという間に交渉がまとまり、訓練場での決闘が決まってしまった。

「それでは、アナスタシア様。俺は一度寮に戻って武器を持ってきます。訓練場でまたお会いしましょう」

アレンのその言葉を聞いて正気に戻った私は、なんとかこの無謀な決闘から降りさせようと説得を試みた。

だが、私はあっさりと言い負かされてしまった。

優秀な冒険者だとは思っていたが、なんとアレンはあのブリザードフェニックスを単独討伐したと言うのだ。

正直、意味がわからない。なぜそんな人物が高等学園にいるのだ？

「というわけで、勝ち確なんで大船に乗ったつもりでいてください」

アレンは笑顔でそう言い残し、足早に立ち去っていった。

それから私は訓練場へと向かうとアレンの到着を待つ。

終わった私などについて来ずに見捨てれば良いのに、マーガレットとイザベラは私と一緒にいてくれた。

良い友人を持てたが、この場で私の隣に立つということは殿下に明確に反旗を翻すという宣言にも等しい。二人を巻き込んでしまったことをとても申し訳なく思うと同時に、自分の不甲斐なさに胸が張り裂けそうになる。

　やがてアレンが訓練場に姿を現した。軽装で、しかも持っている武器はなんと短剣一本だけだ。

「アレン！」

　どうしてもっとちゃんとした武器を持ってこないのだ！

　そう言おうと思ったのが、私の口から出た言葉は彼の名前だけだった。

　それに対してアレンは「よかった」と言ってのけた。

「何がよかっただ、この馬鹿者が」

　私はアレンについそんな悪態をついてしまった。

「あ、いえ。アナスタシア様がお友達から大事にされているなって思ったらつい」

「なっ」

　予想外だった。きっと私は赤面していることだろう。

　なんだ！　なんなのだ！　アレンは！

　自分の命だって危ないかもしれないというのに、私なんかの心配をして！

「では、アナスタシア様。あなたのために勝って参ります」

「あ、ああ。それと、アレン。あの立会人の男はラムズレット家の敵対派閥の男だ。注意しろ」

「はい。ありがとうございます。ですが、なんの問題もありませんよ。俺は容赦する気なんてありませんから」

　飄々（ひょうひょう）とした様子で前に進み出たアレンはこの場でも殿下たちを煽った。

そうして怒り狂った殿下たち五人を相手に絶望的な決闘が開始される。

そう。絶望的なはずだったのだが……。

その結末は私たちの誰もが想像すらできなかったほど一方的な戦いとなった。

いや、戦いにすらなっていなかったという表現のほうが正確かもしれない。

ほんの一瞬で三人が倒れ、気付けばマルクスと殿下はアレンに説教をされていた。

特に殿下の言い訳はあまりに幼稚で、正直聞くに堪えなかった。

きっと、アレンはすぐにでも決着をつけられたのだろう。だが優位な状況を確保し、決闘という公衆の面前で殿下を論破し、諭していったのだ。

もしかしたらアレンは最初からこうして殿下を窘(たしな)めるために準備をしていたのではないか？

そんな突拍子もないことが脳裏をよぎったが、いくらなんでもそれはあり得ないだろう。

そもそも、こんな決闘が起きるなど一体誰が想像できただろうか？

そんなアレンだったが、最後の最後で加減を間違えてしまったらしい。我を忘れた殿下が極大魔法を使おうとして、暴走させてしまった。

私は炎を相殺するべく慌てて氷魔法を発動する準備を始める。

本来、私の氷魔法は殿下の炎魔法と相性が悪い。だから全力を尽くしたとしても殿下の魔法を抑え込めるかどうかはわからない。どちらかといえば、分の悪い賭けとも言えるだろう。

しかしここで抑え込まなければ、殿下の身の安全はおろかアレンもマーガレットたち、それに観衆すらも危険に晒(さら)されてしまう。

もし抑え込めなければ、私は真っ先に殿下の炎魔法で焼かれるだろう。

だが、もとはといえば私が殿下の手綱を握れていなかったことが原因で起きたことだ。

だからこの暴走は私の責任であり、私にはこれを止める義務がある。

そう思って覚悟を決めたのだが、アレンは私に心配ないと身振りで合図した。

そしていつ詠唱したのかわからないほどあっという間に風魔法を発動し、暴走している炎を全て巻き上げ、空へと吹き飛ばしてしまった。

「アレ……ン？」

あまりにも実力差がありすぎて、言葉が何一つ出てこない。

そうか。最初からアレンには負けるビジョンなど存在していなかったのだ。

「カールハインツ殿下、戦闘不能。よってアレンの勝利」

アレンは私の前で優雅に跪いた。

平民のアレンはこういった所作には慣れていないはずなのに。

だがそんなアレンに不思議と胸が高鳴り、頬が熱を帯びたのを感じる。

「この勝利をアナスタシア様に捧げます」

どうしてこんなにも嬉しいのだろう？

どうしてアレンの顔を見ているとこんなにも……！

「あ、ああ。ありがとう」

きちんと礼をしなければいけないはずなのに、私の口からはたったそれだけの言葉しか出てきてくれなかった。

もっと感謝を伝えたいのに。

いや、もっと言うべきことがあるはずだ。

「だがそれより」

殿下に何かあればアレンは！

「大丈夫です。誰も殺していませんよ。殿下のあれは魔力を使い切っただけですから、おそらく命には別状ないはずです。それに、暴走した魔法の炎は俺の風魔法で全て上に吹き飛ばしたからね。怪我だってほとんどないはずです。きっと、しばらく寝て魔力が回復すれば目を覚ましますよ」

「そ、そうか」

良かった。それなら、いくらなんでも処刑まではされないだろう。

私はほっと胸をなでおろしたが、アレンの口から飛び出した言葉に私の胸はまるで心臓が止まるかと思うほどに締め付けられる。

「それでは、アナスタシア様、俺はこれにて失礼します。今まで本当にありがとうございました。そしてマーガレット様とイザベラ様も、ありがとうございました。少々名残惜しくはありますが、これにて失礼します」

「お、おい、アレン！」

待ってくれ！　そんな別れの挨拶など！

呼び止めるが、アレンは足早に立ち去ってしまった。

すぐにでも追いかけたい。

だがこの愚かな決闘を申し込んだのは私だ。その後始末をせずに追いかけるということは許されない。

あの女は意識を失って倒れた。そのまま運ばれていったため、まともに話ができるのはしばらく後だろう。

殿下は魔力を使い果たして昏倒(こんとう)したため、こちらもしばらく目を覚ますことはないだろう。

それにマルクスは鼻が折れて顔面血だらけとなっているし、オスカーはいまだに目を開けることすらできずに苦しんでいる。

クロードとレオはすぐに意識を取り戻したが、何が起きたのか全く理解できていない様子だった。

さらに最悪だったのは、婚約破棄を宣告された私に対して一部の愚か者が婚約者の責務として殿下に付き添えなどと言ってきたことだ。

もちろんそいつらにはしっかりと理解させてやったが、そのせいで無駄な時間を取られてしまった。

なんとか後始末を終え、ようやくアレンの部屋へとたどり着いたときはもう遅かった。

アレンの部屋はすでにもぬけの殻となっており、そこには何一つ残っていなかったのだ。

「アレ……ン……？　どう……して……？」

第二話　町人Aは母の愛情を思い知る

寮の部屋にあらかじめまとめておいた荷物を持って、母さんのいる家へと戻ってきた。

そして俺の帰りを待ってくれていた母さんに、今日あったことを打ち明けた。

理不尽な扱いを受けていた公爵令嬢の味方をして王太子に喧嘩を売り、決闘をしたので恐らく退学になること。その決闘で王太子だけでなく隣国の王子や上位貴族の嫡男をボコボコにしてしまったので、恐らくタダでは済まないこと。

そうした一連の全てを打ち明けた。

きっと母さんは俺が学園を卒業して立派に就職することを望んでいたはずだ。だから、さぞかし母さんを悲しませてしまったに違いない。

そう思っていたのだが、母さんの反応は予想外だった。

「そう。よく頑張ったわ。偉かったね。酷い目にあっている女の子を身を挺して助けるなんて、立派になったね」

それから母さんは俺を優しく抱きしめてくれた。

「アレン。もしものことがあったらお前はお逃げなさい。何かあったら母さんが代わりになってあげるから」

「そんな！　俺が勝手にやったことで……」

「馬鹿なことをいうんじゃないわ。母さんは、アレンが無事で元気にいてくれればそれでいいんだから。ね？」

「う、母さん……」

そんな風に言われたら、もう何も言えなくなってしまうじゃないか。

でも、これはやりきれない。

そもそも母さんを助けたくて始めたことだというのに、結局母さんが犠牲になってしまうかもしれないなんて！

「さ、今日はもうお休み。明日は久しぶりに好きなものを作ってあげるからね」

「……うん」

そう促されて自室へと向かうと寝巻に着替え、すぐにベッドの中へ潜り込んだ。

今日の出来事が頭の中をぐるぐると回って上手く考えがまとまらない。

俺はどこで間違えた？　俺は母さんを助けることができないのか？

そんなことを考えていると、部屋の扉がノックされた。

「入るわよ？」

「うん」

母さんは部屋に入ってくると、俺のベッドサイドに腰掛けた。

「こうしてベッドでアレンの顔を見るなんて、いつ振りかしらねぇ？」

「もう、そんな年じゃないよ」

俺は気恥ずかしさからそう言ってしまう。

「母さんね。どうしてアレンはあの人と私の子供なのにこんなに優秀なんだろうって、ずっと思っていたんだけどね。やっぱりお前はあの人の息子なのね」

母さんが懐かしそうな様子でしみじみとそう言った。

「だって、いじめられている女の子をつい助けちゃったんでしょう？　あの人にそっくりよ」

「そう、なんだ……」

「きっと、死んだお父さんもアレンを誇りに思っているわ」

「そう、なのかな？」

父さんは俺が物心つく前に死んだらしい。理由を教えてもらったことはないが、もしかしたら父さんも似たようなことをしたのかもしれない。

「何をそんな顔しているの？　悪いことはしていないんでしょう？　それなら堂々としていなさい。それにね。お前に罰を与えようなんて言う奴はね。母さんが、国王様だろうが公爵様だろうが文句を言ってあげるからね」

「うう、母さん……」

「だからね？　アレン。よく頑張ったね。偉かったよ」

母さんは優しく俺の頭を撫でてくれた。

温かなこの手は本当に、本当に優しくて……。

その優しさに甘えて年甲斐もなくそのまま撫でられ続けた俺は、いつの間にか深い眠りに落ちていたのだった。

◇◆◇

翌朝になって目を覚ますと、随分と頭がすっきりしていた。

昨日は妙にネガティブな気分になってしまっていたが、よく考えたらここまでは想定どおりなのだ。

アナスタシアの断罪イベントに介入して追放を阻止する。そうすることで内乱の発生が防げ、結果としてエスト帝国からの侵略を未然に防ぐ。

俺の描いた筋書きどおりに運命（シナリオ）を破壊できたのだ。

別にまだ処刑されると決まったわけではないし、そもそも公爵家には恩を売っているのだ。そこを上手く使えば処刑されない可能性だって十分にあるだろう。

もしかすると、昨日は柄にもなく暴言をたくさん吐いたせいでおかしな精神状態になっていたのかもしれない。

そう思い直せた俺はすっきりした気分で部屋を出て、母さんの待つリビングへと向かった。

するとそこにはすでに手作りの朝食が用意されていた。

「母さん、おはよう」

「おはよう、アレン。よく眠れた？」

「うん。その、昨日はありがとう」

「どういたしまして。それより朝ごはん。もうできてるわよ？」

「はーい」

椅子に座って母さんを待ち、そして一緒に朝ごはんを食べる。

久しぶりの実家で、とても安心できるいつもの朝だ。これがいつまで続くかはわからないが、この日々をできる限り大切にしたい。

それに親孝行だってちゃんとしたい。

そのために、できることをやりきろう。

俺は心からそう思ったのだった。

◇◆◇

それから数時間後、我が家に突然の客がやってきた。いかにも高級そうなジャケットをビシッと着こなした執事然とした初老の男性だ。

王宮からか、学園からか。いや、もしかするとラムズレット公爵家のほうかもしれないが、いずれにせよ予想していたよりも遥かに早い。

「アレン様でらっしゃいますね？　わたくしはラムズレット公爵家に仕えております執事のセバスチャンと申します」

「はい」

なんと！　執事で名前もセバスチャンだった。

どうでもいい話なのだが、ついそこに驚いてしまった。

そういえばゲームでそんなキャラがいたようないなかったような気はする。

ただ、ストーリーにしっかりと絡んでいたキャラではなかったということもあり記憶は曖昧だ。

「当家の当主、ゲルハルト様が是非お話を伺いたいとのことでございます。ご同行願えますな？」

「わかりました」

「待ってください！　息子は！」

「ご安心ください。アレン様はお嬢様の恩人でございます。悪いようにはいたしません。お仕えするラムズレット公爵家の名に誓って、お約束いたします」

いくらなんでも、アナスタシアの実家からいきなり酷い扱いを受けることはないだろう。そこから先は俺の立ち回り次第ではなんとかなるはずだ。

「母さん、大丈夫だから」

すると母さんは渋々といった様子ではあるものの納得してくれたようだ。

ここでどれだけ協力を取り付けられるかが重要なのだ。そのためにも、公爵様には気に入られる必要がある。

俺は急いで制服に着替えて身だしなみを整え、セバスチャンさんに従って馬車に乗り込んだのだった。

◇◆◇

貴族街にある巨大なラムズレット公爵邸の豪華な応接室へと案内された。

さすがは名門貴族の王都邸といったところか。内装や調度品にも相当な金がかけられている。

今座っているソファーだって驚くほどふかふかで、ラムズレット公爵家の持つ富と権力の大きさがうかがい知れる。にもかかわらず下品な感じは一切なく、むしろ落ち着いた雰囲気になっているあたりはさすがだと思う。

そんなことを考えていると、メイドさんがお茶を出してくれた。

お礼を言ってそれを受け取り、一口だけ口をつける。そしてカップを置こうとしたところで、俺は緊張で自分の手が震えていることに気付いた。

大きく息を吸って、吐き出す。

落ち着け。

想定問答はちゃんと考えた。頭の中でシミュレーションだって何度もした。

大丈夫。俺は上手くやれる。それにもしダメでも最悪下水道から脱出するという手もあるのだ。

どうにでもなる。

するとようやく、少しだけ緊張がほぐれてきた。

それからしばらく待っていると、見るからに仕立ての良さそうなスーツを着た厳つい男性が入ってきた。立派な髪と同じ赤い髭（ひげ）と彫りの深い厳つい顔に鋭い眼光の青い瞳、そしてその素晴らしいガタイは貴族の紳士というよりもどこかの戦士といわれたほうがしっくりくる。

この野性味あふれる風貌はまるでゴリラのようで……。

などと馬鹿馬鹿しくて失礼なことを考えていたのだが、いつの間にやら緊張はどこかに飛んでいってくれたようだ。

よし、行ける！

俺はソファーから立ち上がり、跪いて臣下の礼を執る。

「ラムズレット公爵家当主のゲルハルトだ。娘が世話になったようだな。さあ、座りなさい」

「はじめまして。アレンと申します」

許しを得てから名乗るとソファーに着席する。

「さて、突然呼び出して済まなかったな」

「いえ。問題ありません」

アナスタシアの性格から考えるに、きっと変におべっかは使わないほうがいいだろう。

「ほう。用件を尋ねるでも媚（こ）び諂（へつら）うでもないか」

表情こそ変えていないが、気分を害した様子は見受けられない。

どうやら正解だったようだ。

俺は公爵様の言葉に沈黙をもって答える。

「なるほど。その年齢でこれか。娘が気に入るわけだ」

公爵様はここでようやく表情を緩めた。だが、まだ油断は禁物だろう。

「さて、まず昨晩は娘の代理人として王太子殿下やクロード王子と決闘をしてくれたそうだな。この点については礼を言おう。アレン君、ありがとう」

「そ、そんな！　恐縮です」

なんと！　こんな風に公爵様からお礼を言われるとは！

あまりに予想外で驚いた俺をみた公爵様は、なぜか感心しているかのような表情をしている。

ん？　今のどこに感心される要素があったのだろうか？

「さて、いくつか質問してもいいかな？」

「はい。なんなりと」

俺はそう短く答えた。

「うむ。悪いが君のことを調べさせてもらった。最年少Cランク冒険者にしてゴブリン迷宮の踏破、そしてゴブリンとオークのスレイヤーという実績を持っている。しかも娘の話ではブリザードフェニックスの単独討伐までしたのだそうだな」

「はい。おっしゃるとおりです」

「そして庶民の学校を飛び級で卒業し、高等学園への入学資金も自分で貯めたそうだな」

「はい」

「では、なぜあんな決闘の代理人を引き受けたのだ？　その意味がわからないほど君は馬鹿ではないだろう。まさか娘が欲しかったから、などという理由ではあるまい？」

これは来るであろうと予想していた質問だ。俺は準備しておいた答えを返す。

「はい。退学になることは覚悟の上です。アナスタシア様につきましては、そのひたむきに努力なさる姿勢を尊敬しております。ですがもちろん、身分が違うことも理解しております」

「ならばなぜだ？　高等学園に入学したということは、卒業する必要があったのだろう？」

公爵様の表情は変わらない。この質問にもおそらく他意はなく、俺の行動が理解できないので純粋に知りたいのだろう。

「はい。信じてもらえないかもしれませんが、母を、そしてお世話になった人たちを守りたかったからです」

「何？」

公爵様は眉を動かし、怪訝そうな表情を浮かべる。

「どこまでご存じかはわかりませんが、あの決闘に正義がないことは誰の目にも明らかです」

「そうだな。全て聞いている。あれほど醜い決闘は聞いたことがない」

俺の言葉に公爵様は頷（うなず）いている。

「ですが、そんな決闘でも決闘です。あのままアナスタシア様がご自身で決闘に臨まれた場合、おそらく敗れていたはずです。アナスタシア様は、殿下を傷つけることはなさらないでしょうから」

「娘の性格からすると、そうなるだろうな」

「その場合、アナスタシア様はやってもいない悪事を理由に学園を追われることになるでしょう。相手の要求はアナスタシア様が殿下たちに近づくことを禁止するというものでしたので」

「そうなっただろうな」

公爵様は表情を変えずに頷いた。

「しかしあのようなやり方で一方的に公爵令嬢が排除されたとなると、それが前例となって他の貴族家にも大きな影響が及ぶでしょう。そうして疑心暗鬼に陥った先に待っているのは、王太子殿下と第二王子殿下の継承権争いです。過去の歴史を振り返れば、この争いは非常に危険です。結果として多くの血が流れ、国は乱れることになるでしょう」

「……言っていることはわかる。だがそれがなぜ君の母君や知人を守ることに繋がるのだ？」

公爵様は眉間の皺を深めている。

「最近の新聞に出ていた、エスト帝国のことが気になりました」

「な！　なんだとっ！　君は！　まさかっ！」

俺は無言で頷いた。ここから先は公爵様に想像してもらう。今の感じであれば、良いように解釈してくれるはずだ。

「そうか、君はそこまで……。そうか。そうか。わかった。君の件は私が責任をもって預かろう。君の母君の安全も私が保障しよう。安心するといい」

「感謝します」

俺はそう言って深く頭を下げる。

「構わん。たった今よりラムズレット公爵家が君の後ろ盾だ。困ったことがあればなんでも相談しなさい」

「ありがとうございます！」

こうして俺は公爵様に後ろ盾の約束をしてもらい、さらに馬車で実家まで送ってもらった。

ちなみにアナスタシアには会えなかった。どうやら会いたくないと言っているらしい。理由はわからないが、きっと嫌われてしまったのだろう。

変な別れ方になってしまったしな。残念だが仕方ない。

そもそも運命（シナリオ）を破壊できただけでも御の字なのだ。こうして生き残れそうな状況になっただけでも良しとすべきだろう。

Side.アナスタシア（二）

アレンが寮から姿を消したことに気が動転した私は、もう夜も遅いというのに急いで王都邸へと向かった。

お父さまに会って、なんとかアレンを探し出してもらうためだ。

あんな別れなど認められない！

それに、責任を負うべきは私のはずだ。アレンではない！

王都邸に到着した私は急いでお父さまの部屋へと駆け出す。

「お父さま！　お父さま！　アナスタシアです。どうか！　どうかお話を！」

礼儀も何もあったものではない。こんな振る舞いは公爵令嬢として失格だ。

だが、今はそんなことを言っている場合ではない。

どうしようもないほどに、私は焦っていた。

このままアレンがいなくなってしまう！

そんな気がして……。

もう二度と会えない気がして……！

居ても立ってもいられなくなってしまったのだ。

「アナ、どうしたのだ？　こんな時間に。帰ってくるのは明日ではなかったのかね？」

「それがっ！」

私はしどろもどろになりながらも何とか今日起こったことを説明していく。そして決闘を無理やり申し込まされたという話を聞いたところでお父さまが口を開いた。

「なるほど。随分と愚か者になったとは聞いていたが、それほどまでになってしまったか。こうなると婚約の継続は難しいが、荒れるだろうな」

お父さまはやはり国のことを一番に心配している。だが、今はそんなことよりもアレンのことだ。

「そんなことよりも！　アレンが私の代理人として戦って！　王太子殿下、クロード王子、マルクス、オスカー、レオナルドの五人が！　それで、その！　その全員を倒して勝って！　あ、どうか、どうか彼の命をお救いください！」

お父さまは少しの間沈黙し、それから突然大声を出した。

「なんだとっ！　その五人を相手に一人で勝っただと!?」

「はい。彼は我が国が失ってはならない天才です。どうか！　どうか！　私にできることならなんでもします！　ですからどうか！」

「アナ、落ち着きなさい」

「あ……」

そう言ってお父さまは私を宥めて落ち着かせるとセバスがお茶を運んできてくれた。私の大好きないつものアールグレイだ。

「こんなに取り乱してアナらしくもない。一体誰がその五人に勝ったというのだ？　あの学年では最強の五人ではないか。上級生でもそこまでの男はいなかったはずだぞ？」

「それが、特待生のアレンという同級生で」

「特待生？　ああ、なるほど。そういうことか。確か平民の冒険者だったな？」

「はい」

「セバス、そのアレンという子供はどういった男なのだ？」

「はい。アレンはここ王都出身の母子家庭で育った男で――」

やはりしっかりと調べてあったらしい。セバスが私の知らないアレンの秘密を次々と説明していった。

プライベートを暴いているようで、なんだかとてもイヤな気持ちになる。

「なるほど。史上最年少Cランク冒険者にして迷宮踏破者でゴブリンとオークのスレイヤーか。すさまじいな。そのうえで勉強でもトップクラスどころか、学校制度始まって以来の天才なのか」

「そうなんです！　しかも真面目でとても好感の持てる性格をしているんです。あ、それにアレンは実力を隠していたようなんです。ブリザードフェニックスを単独討伐できるほどの実力を持っていて！　殿下の暴走した炎魔法を風魔法でかき消してしまえるほどの魔法の使い手でもあったんです」

私はアレンの良いところをお父さまに積極的にアピールする。

「全く。これではアナも殿下のことを笑えないではないか」

「え？　どういう意味でしょうか？」

お父さまの仰る意味がわからずに聞き返したが、お父さまは曖昧に首を横に振るだけで答えてはくれなかった。

答えを教えてもらえないままに今日のことを詳しく聞かれ、それから自室へと戻された。明日の朝になれば、アレンの自宅をセバスが訪ねてくれるのだという。

きっとセバスがアレンを見つけてきてくれる。そう祈りながら私は眠りについたのだった。

◇◆◇

翌日、アレンがセバスに連れられて王都邸へとやってきた。私がいては冷静に話ができないと、同席することは許されなかった。だが応接室に隣接した監視部屋から、お母さまとお兄さまと一緒に様子を見守ることだけはなんとか許してもらえた。

アレンの無事な様子に私はホッと胸をなでおろす。

やがてお父さまが応接室にやってくると、すぐに二人の会談が始まった。

それにしてもアレンは凄い。

普通であればお父さまの迫力に縮み上がってしまい、おべっかの一つも使いそうなものだがそんな様子が一切ない。

お父さまが私の代理人として戦ってくれたことにお礼を言ったときですら、余計なことは一言も喋(しゃべ)らなかった。

あれならきっと、お父さまも随分と気に入ったことだろう。

やがてお父さまは核心に切り込んでいく。

しかし、アレンの口から語られた言葉に私は衝撃を受ける。

まず、昨日の別れのあいさつはやはり退学を覚悟していたからだった。

だがそんなこと！

そんなこと、私は認めない。

認められるわけがない！

一方でひたむきに努力している姿を人として尊敬すると言われ、思わずにやけてしまった。なぜかはわからないが妙に嬉しい半面照れくさくもあり、はしたないとはわかっていても口元がどうしても緩んでしまう。

私とは身分が違うというその台詞はとてもアレンらしいと思ったが、同時に妙な失望感も覚えてしまった。

やはりアレンは殿下たちとは違う。本当に、尊敬に値する男だ。

しかし問題はそこから先だった。

アレンは私が負けて学園から追放された場合に王位継承権争いが発生し、その混乱に乗じて東のエスト帝国が侵攻してくる可能性を指摘してみせたのだ。

なんということだ！

私はなんと愚かだったことか！

アレンのあまりの深謀遠慮ぶりに驚嘆するとともに、自分の視野の狭さを恥じ入る。

本来であれば、私がその可能性に思い至らなければいけなかった。

殿下に何を言われようとも手袋を投げてはいけなかった。

私の浅慮の結果としてアレンに尻拭いをさせてしまい、この天才の未来を棒に振らせてしまったかもしれないのだ。

貴族として、などと偉そうなことを言っていたのに！

まるでなっていなかったのは私のほうだ。

——殿下のことを笑えない。

昨晩お父さまに言われたその言葉が私の胸に深く突き刺さった。深い後悔の念にかられ、とめどなく流れ落ちる涙はどうしても止まってくれない。

やがてそれはドレスに染みを作っていく。

会談はお父さまがアレンの後ろ盾となることを約束して終了した。

アレンに会うかと聞かれたが、これほどまでに泣き腫らした無様な顔で会えるはずもない。

小さく首を横に振った私を、お母さまが優しく抱きしめてくれたのだった。

Ｓｉｄｅ．ラムズレット公爵

娘と王太子殿下の婚約は、王家からの打診で決まったことだ。これは西のウェスタデール王国以外は全てが敵国か仮想敵国である状況にある我が国において、王家ともっとも肥沃な大地を所有する我がラムズレット公爵家の結びつきを強めることで国内の安定と引き締めを図るためのものだ。

特に東のエスト帝国と南のザウス王国が隙あらば領土をかすめ取ろうとちょっかいを出してきているという事情も相まって、我々南部貴族は王家との結束を内外に示す必要もあった。

そう思ったからこそ、私は娘を王家に差し出したのだ。

そんな娘と王太子殿下の間に愛情のようなものがあるようには見えなかったものの、どちらも将来の国母、国王としての自覚を持って適度な関係を築いているように見えた。

だが、そんな関係性が急速に壊れ始めたのは二人が高等学園に入学してからだ。

その原因は、ブレイエス男爵家のエイミーという庶子だと聞いている。彼女は王太子殿下だけでなく将来を嘱望されている貴族家の嫡男たち、さらには留学生であるウェスタデール王国の第三王子までも次々と籠絡したのだそうだ。

その話を最初に部下から報告された際は理解が追いつかず、三度も確認した。

当然国王陛下とも相談したが、王家としてはこの婚約を破談にするつもりはないとのことだった。

私も同意見だったし、娘も政略結婚の意味を理解して大人の対応を取っていたため、当面の間は様子を見ることとなった。

他の籠絡された嫡男たちとその婚約者たちの家の当主たちも、卒業すればそういった火遊びは落ち着くと考えていたということも大きかった。

それに、ここまでではないにしろ当主たちも多少は身に覚えもあるのだろう。

学園の中のことは学園の中で解決する。それが大原則だ。大人へと成長しつつある子供たちを過保護にしすぎるのは良くない。

そんなわけで彼らも我々と歩調を合わせ、様子を見ることとなったのだ。

しかし今になって考えれば、生真面目な性格の娘にはこの対応は少々酷だったのかもしれない。

それが影響していたのかは不明だが、入学して最初の期末試験でなんと娘が二位となってしまったのだ。それも、王太子殿下に負けたのではなく平民の特待生に負けたのだそうだ。

このときはつい頭ごなしに将来の王妃としての自覚を持てと叱ってしまったのだが、それに対する娘の反応は意外なものであった。やるべきことを理解したと言い切り、前向きに目を輝かせていたのが印象的だった。

もっと落ち込むと思っていたが芯の強い娘に成長してくれているようで、親としては嬉しい限りだ。

夏休みの自由研究を殿下と共同で行っただけでなく、そこに試験で敗れたその特待生を巻き込んだのだそうだ。そうして出来上がったレポートは専門家も唸(うな)る出来だったそうで、王太子殿下の評判がかなり上がったと聞いている。

だが、この一件で娘は心配ないと目を離してしまったのが良くなかったのだろう。文化祭で娘は王太子殿下のグループから追放され、それ以来口も利かない関係となってしまった。

その結果、婚約解消などという噂までもが流れるようになってしまった。

そのことを娘に問いただしても「これはただの政略結婚であり、自分は結婚して子供さえ産めばそれで良い」などと、とても年頃の娘とは思えないようなことを凍り付いた表情で私に言ってきたのだ。

私も忙しさにかまけ、また娘も寮生活ということで中々時間が取れなかったこともあり、きちんとした話し合いもできぬままに過ごしてしまっていたのも良くなかった。

そんな折、娘から例のブレイエス家の庶子との関係でジュークス子爵の息子に狼藉を働かれそうになったとの訴えを受けた。

それが真実なのだとすると、いくら学園の中のこととはいえ大問題だ。学園に部下を派遣して確認すると、驚くべき事実が明らかになった。

なんと証拠がないどころかアリバイのある娘を嫌がらせの犯人と断定し、罪を自白するよう強要していたのだ。しかも、ジュークス子爵の息子に至っては手まで出していた。

ここまでいけば看過できない。

王家とブレイエス男爵家、そして何より実際に手を出したジュークス子爵家に対して正式に抗議をしようとしていたちょうど矢先の出来事だった。

進級記念パーティーに参加しており、翌日帰宅する予定の娘が当日の夜中に突然戻ってきた。しかも、いきなり私の私室の扉を乱暴に叩いてきたのだ。

パーティーに送り込んでおいた部下からの報告がなぜまだ上がってこないのかはわからない。だが明らかに尋常ではないその様子に私は娘を部屋に招き入れ、話を聞いてみることにした。

しかしながら、言っていることがどうにも要領を得ない。

どうにか促して話を聞きだしてみると、どうやら王太子殿下が公衆の面前で婚約破棄を宣言した挙句、娘に決闘を挑むように強要してきたらしい。

その真偽はすぐに判明するだろうが、娘の性格を考えるにおそらく事実なのだろう。少なくとも娘は我を忘れて決闘を申し込んだりするような性格ではないものの、規範や上下関係には従う傾向が強い。

「なるほど。随分と愚か者になったとは聞いていたが、それほどまでになってしまったか。こうなると婚約の継続は難しいが、荒れるだろうな」

私は娘を安心させるためにそう言ってやったが、それでもなお取り乱した様子でまくし立ててきた。

かなり混乱しているようで、言っている内容は酷くわかりづらい。だがそれをゆっくりと咀嚼（そしゃく）し、整理していく。

するとどうやら、一対一で行うべき神聖な決闘にその年代を代表する強者五人がまとめて代理人として立つという暴挙に出たらしい。しかもその五人を相手にして娘の代理人の男がたった一人で勝ってしまったということのようだ。

なるほど。そういうことか。

「なんだとっ！」

理解が追いついた瞬間、私は大声を上げてしまった。

「その五人を相手に一人で勝っただと!?」

「はい。彼は我が国が失ってはならない天才です。どうか！　どうか！　私にできることならなんでもします！　ですからどうか！」

驚きはしたが、その程度であれば大した話ではない。いくらでもやりようはある。

私は娘に落ち着くように言うと、セバスに茶を淹れさせた。

「アナ、落ち着きなさい」

「あ……」

その後もゆっくりと話を聞き出してみると、どうやらその代理人を引き受けた男というのは例の特待生の平民らしい。

なるほど。娘の話を聞けば聞くほど興味を惹かれる。まるで物語の中から出てきたかのような現実離れした男ではないか。

それにどうやら娘は今回の一件だけでなく、色々と世話になっているようだ。

仮に娘の話が本当なのであれば、その男にはかなりの利用価値がありそうだ。今のうちに取り込んでおいて損はないだろう。

そう考えた私はセバスにそのアレンとやらを連れてくるように命じたのだった。

◇◆◇

翌日、実家に戻っていたというアレンとやらをセバスが連れて帰ってきた。見たところはまだあどけなさの残るどこにでもいそうな普通の青年だ。

本当にこの青年が殿下たちを蹴散らしたというのか？

そんな風に思ってしまうほどに普通なのだ。だが戻ってきた部下たちの報告によると、この青年は確かに公衆の面前であの五人を完膚なきまでに打ちのめしたそうだ。

決闘の立会人もうちの敵対派閥に所属する家の者だったそうだし、部下たちも当日は彼らの妨害のせいで会場から出られずに報告が遅れたと口を揃えて証言している。

ということはつまり、これは最初から入念に準備されていたということだ。であれば、王太子殿下自身か、もしくはあの小賢しいマルクスあたりが手を回していたと考えたほうが自然だろう。

それにしても、こんな下らないことで政略結婚の相手でもある我が公爵家に喧嘩を売るとはな。

これほどの大事になってしまえば、もはや無かったことにするのは不可能だ。

だが厄介な連中のことはさておき、今はこの男の正体を知るほうが先決だ。

そう思い少しずつ探りを入れていったが、これまた実に面白い男だった。私の見た目や立場に臆することなく、かと言って礼を失することもない。それでいてこちらが聞いた以上の余計なことを喋らない。

まるで出来のいい貴族の子弟を相手にしているような感覚だ。一体どのような教育をすれば、このような子供が貧民街で育つというのだろうか？

さらに話を聞いていくと、なんと学園内での痴話喧嘩であるこの騒動から最終的に戦争で王都が陥落する可能性までをも指摘して見せたのだ。

しかもそのための解決策が「平民である自分自身の首を差し出すこと」という為政者としては百点満点の答えに辿りつき、それを実践したと躊躇(ちゅうちょ)なく言ってのけたのだ。

なんということだ！

これは娘の言うとおり、まさしく天才だ。色々と足りない視点はあるが、こんなすさまじい人材をみすみす誰かに渡すわけにはいかない。

そう確信した私はアレン君の後ろ盾となることを宣言し、その家族の保護も約束した。

アレン君を帰した後、監視室で見ていたはずの娘は目を真っ赤に腫らして妻に抱きしめられていた。どうやら自身の不明を恥じたらしい。

私は公爵家の当主としてアレン君への全面的なバックアップを家族に宣言すると、早速王宮へと向かうのだった。

第三話　町人Aは食事会に招かれる

公爵様に全面的なバックアップを約束してもらってから数日後、再びセバスチャンさんが俺の実家を訪ねてきた。

「アレン様、ご無沙汰しております。当家の当主より夕食会への招待状を預かって参りました。明日、夕食会にお招きしたく存じますのでお母様と連れだってお越しください。なお、当日は当家の用意した馬車にてこちらまでお迎えに上がります。アレン様のご事情は承知しておりますので、正装などなさらず普段町を歩く格好でお越しください。また、手土産などは一切不要でございます」

「かしこまりました」

それだけ言うと、セバスチャンさんは招待状を置いて帰っていった。

「アレン、どなたが来ていたの？」

「ラムズレット公爵家の執事さん。明日の夕方に母さんと一緒に夕食を食べに来てって、招待されちゃったよ」

それを聞いた母さんは目を丸くして驚いた。

「まあ！　どうしましょう。ドレスなんて持っていないし、あ、アレンは制服でいいわね。ええと、それから……」

「母さん、セバスチャンさんが正装しなくていいってさ。普段町を歩く格好で来てくれって念を押されたよ。そういう服を持っていないんだろうからって、気を遣ってくれたみたいだよ」

「そ、そう。でも公爵様に招待されるなんて、なんだかふわふわして現実感がないわね」

声を弾ませてはいるものの、心ここにあらずといった様子だ。

だが、それも無理ないことだと思う。俺たちのような平民が公爵様から夕食に誘われるなんて、それこそ天変地異が起こったくらいの一大事なのだ。

「あ！　そうだわ。明日のお仕事を断ってこなくちゃ。アレンも予定はちゃんと空けるのよ？」

そう言い残すと、母さんは大慌てで家を飛び出していったのだった。

◇◆◇

「本日は、お招きいただきありがとうございます」

言われたとおりちょっとよそ行きの普段着に手ぶらでやってきた。だがこういう場所に来ているのに正装でないというのは、なんとなく落ち着かない。

出迎えてくれたセバスチャンさんに案内されて食堂の中に入ると、そこにはすでに今日の夕食会の参加者が勢揃いしていた。

公爵様とアナスタシア、それに彼女のお母さんとお兄さんと思われる人物の二人だ。

「やあ、アレン君、良く来たな。それにアレン君のお母さまですな。はじめまして。私はラムズレット公爵家の当主、ゲルハルト・クライネル・フォン・ラムズレットと申します。娘が普段から息子さんには大変お世話になっておるそうでして、大変感謝しております」

公爵様は自然な動作で母さんの手を取り、その甲に口付けを落とした。さすがは貴族だ。

「こちらが私の妻のエリザヴェータ、そして息子のフリードリヒだ」

予想が当たっていたようで、公爵夫人に次期公爵様だった。エリザヴェータさんはアナスタシアを大人にして柔らかくしたような感じの女性で、きっと彼女が成長したらこうなるのだろうというイメージが湧いてくる。

フリードリヒさんはどちらかというと公爵様に似ているかもしれない。髪の色も瞳の色も公爵様譲りで、目の形などもそっくりだが公爵様とは違って厳つくはない。そのあたりはエリザヴェータさんの血のおかげなのかもしれない。

「お目にかかれて光栄です。エリザヴェータ様、フリードリヒ様、アレンと申します」

失礼のないよう、俺は二人の前に跪いた。

「アレンの母のカテリナと申します。本日はお招きいただき感謝いたします」

母さんも俺の教えたとおりにスカートの裾を広げると、ちょこんと膝を折って礼を執る。

「今日は娘の恩人とそのお母さまをお呼びしたのです。そのような堅苦しいことは無しにしましょう」

そう公爵様が言うので俺たちは礼を解いた。

「ほら、アナ。アレン君が来てくれましたよ？」

　エリザヴェータさんがそう言ってアナスタシアを俺の前に連れてくる。

「……アレン」

「アナスタシア様、ご無――」

「お前っ！　あのような別れ方があるか！」

　アナスタシアは、今までに見たことがないほどむき出しの感情を俺に向けてきた。この前ここへ来たときは会えなかったので、てっきり嫌われたのだと思っていたが……。

　どうやらそうではなかったようだ。

　ああ、よかった。

　嫌われていたのではないとわかってホッとした。

　するとこんな風に感情的になっているアナスタシアが妙にかわいらしく思えてきて、つい笑みがこぼれてしまった。

「なっ！　何を笑っているんだ！　私は！」

「いえ、失礼しました。またお会いできて嬉しいです」

「あ、ああ。ああ。わ、私もだ。それと、その、なんだ、ええと、その、感謝、している。その、代理人のことも……」

「いえ。あのままにはしておけませんでしたから」

「あ、ああ」

学校では見られないようなアナスタシアの姿に思わず少しドキッとしてしまった。

「アレン君？　アナったらずっとあなたのことを心配していたんですのよ？　あの騒ぎのあった日なんか、真夜中に主人の部屋に泣きながら走っていって」

「お母さま！　それはっ！　それに私は泣いてなど！」

エリザヴェータさんがおどけたようにそう言い、アナスタシアは顔を真っ赤にしてそれを否定する。

「あらあら、アナったら」

エリザヴェータさんがそう言ってクスクスと上品に笑う。

「そうですわ。アレン君、良かったら娘のことを『アナ』って呼んであげてはくれないかしら？　きっと娘も喜びますわ」

「えっ？　なっ？　お、お母さま？」

エリザヴェータさんの提案に、アナスタシアは顔を真っ赤にして慌てている。

やはりあんな凍り付いた表情をしているアナスタシアよりも、こうして年相応に感情を表に出しているほうがよっぽど魅力的だ。

「それでは、アナ様とお呼びしても？」

「うっ、ぐっ。ええい、プライベートのときだけだからな？」

照れているような、それでいてどことなく嬉しそうな、なんとも可愛らしい表情でアナはそう答えてくれた。

「はい、アナ様」

アナは真っ赤な顔のままで小さく頷くと、プイと顔を背けてしまった。そんなアナの様子をエリザヴェータさんは微笑みを浮かべながら見守っている。

それから俺はアナに母さんを紹介し、すぐに食事会が始まった
すると公爵様はすぐに本題を切り出してくる。

「さて。こうしてお二人をお呼びした理由だが、今回の騒動の顛末を報告させてもらおうと思ったからだ」

俺は公爵様の目をしっかり見て、その言葉を傾聴する。

「まずは決闘の条件として決められていたラムズレット家への謝罪だが、これは来期の始業式で王太子殿下とエイミー嬢がラムズレット家を代表するアナスタシアへ謝罪するということで決着した。侮辱した場面を見た者が多くいる場所で謝罪するのが筋だろうからな」

「はい」

「それから、王太子殿下と娘の婚約は正式に解消となった。さすがにあそこまでされては婚約を続けられんからな」

それから公爵様は一呼吸置き、再び口を開く。

「アレン君。娘は随分と君を気に入っているようだからな。アレン君にはぜひ、娘の『友人』として仲良くしてやってほしい」

「はい。俺にできることでしたら」

友人という言葉だけあえて強く言ったのは、つまりそういうことだろう。当然だ。

「最後に君の処遇についてだが、アレン君とカテリナさんが当家の庇護下に入ることを王家は認めた。よって、アレン君は退学する必要もないし罰を受けることもない」

「本当ですか！」

「ああ、本当だ。もし君が望むなら卒業後はうちで働いても良いし、勤め先を紹介してやることもできる。だがまずは学園生活をしっかりと有意義なものにしなさい」

「ありがとうございます！」

「ああ、公爵様。ありがとうございます。ありがとうございます」

俺と母さんは公爵様に感謝し、お礼を伝える。

どうやら俺は退学する必要もなく、このまま学園に通い続けても良いらしい。

「アレン。来年もよろしく頼むぞ」

そう言ってアナは大輪の笑顔の花を咲かせた。

「こちらこそ、よろしくお願いします」

初めて見るこの笑顔は本当に魅力的で……。

この笑顔が見られただけでも頑張ってよかった。

俺は素直にそう思ったのだった。

第四話　町人Aは悪役令嬢と冬休みを過ごす

年が明けた一月中旬のある日、俺はアナから呼び出されて公爵邸へとやってきた。

「アレン。よく来てくれたな。年越しはどうだった？」

「はい。家の近くの小さな教会で年越し礼拝に参加しました。それと、年越しの物資を支援していただきありがとうございました。公爵様に感謝していたとお伝えください」

「そうか。それは良かった」

アナは柔らかい笑みを浮かべた。

「それで、今日はどうされたんですか？」

「ああ。実はアルトムントで新しく発見された迷宮に挑もうと思っているんだ。そこでCランク冒険者として私たちの護衛をしてくれないか？」

「オークの大迷宮にですか？　いいですけど、どこまで潜るつもりですか？」

「大迷宮？　どういうことだ？」

おっとしまった。つい大迷宮だなんて言ってしまったが、よく考えればあそこはまだ発見されたばかりなんだった。

とはいえ、変に取り繕ってもいいことないだろう。であれば、素直に白状してしまったほうがいいはずだ。

「実は俺、昔アルトムントの森の奥で未発見の迷宮を見つけて攻略しちゃったんです」

「は？　なんだと？　アレン。お前が攻略したのはゴブリン迷宮だけじゃなかったのか？」

「未発見の迷宮を見つけたとしても報告義務があるわけではないので、そのままにしていたんです。それに最下層にいたボスはオークキングですし、これといった罠もなかったのであまり危険性は高くないからいいかなって……」

俺のその台詞を聞いたアナは額に手を当て、呆れた表情を浮かべている。

「全く。天才と何とかは紙一重というが、お前もその部類か」

失礼な。俺は天才なんかじゃないから何とかと紙一重なわけがない。前世の大学時代なんかはもっともっとヤバいやつがいくらでもいたぞ？

「高速周回はやっていたので、中の構造は全部頭に入っています。ですので最低限の自衛さえしてもらえれば、アナ様と一緒でも多分踏破できると思いますよ」

「待て、アレン。高速周回とは何だ？」

「え？　ああ、そうでした。高速周回というのはレベル上げの方法の一つで、迷宮を踏破したら入り口へと転移し、またすぐに迷宮へ挑むのをひたすら繰り返すという効率重視の方法のことです」

「……」

アナがまた額に手を当てている。やっぱり王太子の婚約者やらされてたときは相当無理してたんだろうな。

でも、今みたいにくるくると表情が変わるほうが魅力的だと思う。

そんなことを考えながらアナの表情を眺めていると、アナは俺の目をじっと見つめてきた。

これは……なんだか妙に恥ずかしい。

前世も含めて俺は女性にあまり免疫無いので、こんな綺麗な女性に見つめられると照れてしまう。

「いや、まあいいか。お前はお前だ。それで、引き受けてくれるか？」

「はい。喜んで」

こうして俺は、アナの依頼を受けてオークの大迷宮へと遊びに行くこととなったのだった。

◇◆◇

久しぶりに馬車に乗り、アルトムントへとやってきた。ブイトールを使えば数時間の距離だが、馬車は遅いので何日もかかってしまう。

時間がかかってしまうため効率は悪いが、馬車の旅にもまた風情というものがある。これはこれで悪くない。

そんな風情のある長旅の末、俺たちはマーガレットの実家に到着した。

「やあ、アレン君。久しぶりね」

「マーガレット様、お久しぶりです」

俺は跪いて礼を執る。

「いいよ、アレン君。君はクラスメイトだからね。それに、アナ様を救ってくれたナイト君だもの」

「俺なんてそんな……」

「はあ、まったく。学年最強の五人を一切寄せ付けなかったアレン君が何を言ってるんだか。アナ様のナイト君じゃなければウチでスカウトしてたところよ」

「おい、マーガレット」

「わかってますって。アナ様の大事なナイト君を横取りしたりはしませんよ。あの売女とは違いますから」

「……ああ、そうだな。それに、アレンはそんな男ではないからな」

うん？　なんだ？　このやり取りは。

もしかして期待しても……いや、ダメだな。

身分が違うのだし、公爵様にも友人と念を押されている。もし手を出したら首が飛ぶだろう。

比喩ではなく物理的に。

二人はそんなやり取りをしてはいるものの、楽しそうに笑い合っている。

きっと、この二人は本当に仲が良いのだと思う。

「それでは、アナ様。お泊まりいただくお部屋にご案内しますね。アレン君も、お部屋を用意したからぜひ泊まっていって」

「ありがとうございます」

こうして俺はマーガレットの実家でお世話になることとなった。

しかもなんと！　メイドさんまでついてきたのだ！

前世の喫茶店で働いているメイドさんではなくて本物だ。もちろん伯爵家のお屋敷なのだからメイドさんがいるのは当たり前だし、その客人のお世話をするためにメイドさんがつくのも当たり前だろう。

だがなんというか、普通に驚いた。メイドさんが普通には存在しなかった前世はもちろん、今世だってメイドさんにお世話をされるというのは俺たち平民にとって非日常体験なのだ。

もちろんありがたい話で、そのお世話はとても行き届いていたので素晴らしい仕事をしてくれたのだと思う。

ただ、お貴族様のお屋敷にメイドさんのお世話というのはどうにも豪華すぎる。なんというか、俺みたいな小市民には敷居が高いというか。

どうにも気後れしてしまい、なんとなく気が休まらないのだ。

そんなわけで、メイドさんとめくるめく夢の一夜を過ごすなどということが一切なかったのは言うまでもない。

◇◆◇

迷宮に潜る準備を整えた俺たちは、マーガレットと護衛の騎士様五名を加えてオークの大迷宮へと向かった。冒険者ギルドで手続きをしてから迷宮に入ったのだが、そこで聞いた話によるとすでに多くの冒険者たちが迷宮の宝を求めて挑戦しているのだそうだ。

ただ、この迷宮の宝は俺がすでにいただいてしまっている。俺が報告をしていなかったせいで、無駄な期待をさせてしまっているのにはやや申し訳ない気もするが……。

「それではまず、迷宮の奥へと向かう前に皆さんの実力を確認したいと思います。オークが出ましたら、それぞれお一人で戦ってみてください。危なそうならすぐに助けますから」

「ああ」

「そうね」

アナとマーガレットは素直に頷いてくれたが、騎士様たちは訝し気な視線を俺に送ってきている。きっと俺のことを胡散臭い奴だとでも思っているのだろう。

主であるマーガレットの命令にはきちんと従っているが、危険があればマーガレットたちを守るために俺の指示など無視するはずだ。

もちろんここは命の危険がある場所なので、騎士様たちの気持ちはよくわかる。だが、こういった場所では誰か一人の勝手な行動が命の危険につながるのだ。

指揮系統が乱れてしまうのは非常に危険だ。

であれば、まずは俺が自分の実力を証明して信用を得るとしよう。

そう考えていると、ちょうどいいことに奥のほうからオークが一匹でこちらに向かって歩いてきた。

「じゃあ、最初に俺がやりますね」

そう宣言してニコフを構えると狙いを定める。そして大きな発砲音と共に発射された弾は、オークの眉間を正確に撃ち抜いた。

急所を撃ち抜かれたオークはそのまま力なく倒れ、すぐに絶命する。

「は？」

「え？　今のは？」

アナとマーガレットがそう言って絶句し、騎士様たちも目が点になって固まっている。

「風魔法の応用で、鉄の弾を飛ばして撃ち込みました。これはそれを補助するための魔法の道具で、俺が作りました」

「な、なるほど。やはりさすがはアレンだな。頼りにしているぞ」

俺の言葉になんとかフリーズ状態から復帰したアナがそう答えた。

「ありがとうございます」

「す、すごい……」

「これがお嬢様の仰っていた天才の力か……」

「み、味方でよかった。あんな術からどうやってお嬢様をお守りすれば……」

騎士様たちも銃の力に衝撃を受けている様子だ。

「騎士様。あらためて、よろしくお願いいたします。俺一人の力では足りないことも多いです。力を合わせ、お二人をお守りしましょう」

「あ、ああ……」

「そうだな。アレン君。共にお嬢様とアナスタシア様をお守りしよう」

「はい」

「……アレン？」

何やら少し不満げな様子でアナがこちらに視線を向けてきた。

「はい。アナ様のお力も頼りにしていますよ」

「ああ。任せろ」

どうやら頼りにしていると言われたのが嬉しかったようで、アナはどこか子供っぽい笑みを浮かべている。

「マーガレット様も、よろしくお願いします」

「ええ。そうね。でも私はアナ様ほど強くはないから、しっかり守ってね」

「はい」

こうして俺たちは迷宮の奥へと向かって歩きだした。それからしばらく進むと、またもや一匹でこちらに向かって歩いてくるオークの姿を発見した。

「今度は私が戦おう」

そう宣言したアナはすぐさま氷の矢を放った。するとそれに怯(ひる)んだ隙をついてアナは距離を詰め、一刀のもとにオークを切り伏せた。

素晴らしい剣技だ。【騎士】の加護を持っているおかげもあるだろうが、きっとそれだけではなく真面目に努力を重ねてきた結果なのだろう。

俺も剣の練習は怠らずにいたつもりだが、あくまで加護のない一般人が努力したというレベルにしかなれなかった。だからもしアナと剣で打ち合ったとすると、負けるのは確実に俺だ。

「どうだ？」

そう得意げに言ってきたアナに、俺は素直に称賛を返す。

「はい。素晴らしい剣技です。俺はあまり剣は得意ではありませんので、正直羨ましいです」

「そうか。だが、アレンにはアレンの得意なものがある。あれだけの距離にいるオークを一撃で仕留めるなど、普通はできないからな」

「ありがとうございます」

それから襲ってきたオークをそれぞれが順に倒した結果、隊列はこうなった。

まず、先頭で道案内をするのが俺だ。続いて正面から接近した敵に対応できるアナを配置し、その後ろにはマーガレットが続く。最後尾の守りは騎士様たちに任せた。

騎士様たちをまとめて後ろに配置したのは、背後から奇襲を受けることが一番危険だからだ。

正面からの襲撃であれば、銃の射線が確保できているため数に押し切られることでもなければ問題ない。

だが背後から奇襲を受けたとなるとそうはいかない。誤射の危険性もあるため、もしかすると怪我人が出てしまうかもしれない。

そんなわけで、このような隊列となったのだ。騎士様たちもこの危険な役回りに納得してくれたどころか、重大な任務だとやりがいを感じてくれている。

それからはあっという間だった。風の山の迷宮ほどではないにしろ、このオークの大迷宮でも高速周回をしていたのだ。おかげで道に迷うことなど一切ないし、オークへの対応にもなんの問題もなかった。

正面から襲ってくるオークは俺が全て射殺し、背後から襲われた場合は騎士様たちがきちんと対応してくれたのだ。

こうしてサクサクと進み、あっさりと最下層のボス部屋の前へとやってきた。

「着きました。ここが最下層のボス部屋です。ここのボスはオークキングです。それに加えてジェネラルが二匹。さらにハイ、メイジ、プリーストの中からランダムに七匹の合計十匹が出現します」

「オークキングだって？　そのような強力な魔物が！」

「じゃあ、開きますね」

「お、おい！　大丈夫なのか？」

「大丈夫ですよ」

久しぶりに扉を開くと素早くその中に駆け込んだ。今回のランダム出現はハイが四匹、メイジが二匹でプリーストが一匹のようだ。

まずはしっかりと狙いをつけて、プリーストの頭に銃弾を撃ち込んだ。プリーストは一切反応できずに頭を吹き飛ばされて絶命する。

それに気付いたオークキングたちは俺に向かって火の矢を飛ばしてきた。だがそれを風魔法でかき消した。そのまま突風を巻き起こして残る九匹をボス部屋の壁に叩きつけた。

オークキングたちは苦しそうにうめき声を上げているが、これでチェックメイトだ。

彼らの頭に狙いを定め、銃弾を撃ち込んでいく。

そして九発の銃声の後、ボス部屋のオークキングたちはあっさりと全滅したのだった。

「はい。というわけで、これでオークの大迷宮は踏破完了です。おめでとうございます」

「あ、ああ」

アナは何やら不満げな表情だ。

きっと、あまりにもあっさりと終わったせいで消化不良なのだろう。

「なんていうか、アレン君って本当に強いのね。ちょっとアレン君頼みすぎてあれだけど……うん。でもありがと」

マーガレットは引きつったような呆れたような、なんとも微妙な笑顔でそう言ったのだった。

こうしてオークの大迷宮をサクッと踏破し、遅ればせながら俺のギルドカードに「オークの大迷宮踏破」の実績が追加されたのだった。

ちなみにその後はアナのたっての希望もあり、二人でオークの大迷宮の高速周回をした。最初のうちこそかなり苦戦はしていたものの、最後のほうになると手助けをしなくても一人でオークキングを倒せるようになっていた。

ということは、少なくともレベル20くらいには到達したということだろう。

これから先は何があるかわからないため、レベルが高いに越したことはない。それにゲームでもこの冬休みの到達目標レベルは20だった。

冬休みの修業の成果と考えれば、まずまずではないだろうか？

◇◆◇

オークの大迷宮の高速周回を終えた俺たちは王都へと戻り、アナとは新学期の再会を約束して別れた。

それからは何かを依頼されることもなければトラブルに巻き込まれることもなく、なんとも平穏な日々を送ることができた。

たっぷりと時間があったのでエルフの里へ遊びに行って蜂蜜を分けてもらったり、風の山の迷宮で高速周回してブリザードフェニックスと遊んだりした。その他にもブイトールと銃火器を改良する研究も進められたため、かなり充実した冬休みを過ごせたのではないかと思う。

ちなみに、エルフの里ではあの変態が相変わらずなうえにやりたい放題だった。どうかとは思うものの、俺には実害がないしエルフたちも満足しているようなので余計な口をはさむことはしなかった。

あの変態は、どれだけ変態でも光の精霊なのだ。そしてあの変態が力を貸している限り、魔物が住み着いて問題になるということは起こりえない。そのため、ゲームであった魔物退治の強制イベントだって発生しないはずだ。

問題も起こらず、平和に過ごしてもらえるのであればそれが一番だ。

変態がいるけれど……。

それはさておき、現状をもう一度整理してみよう。

当初の目的どおり、俺はアナの断罪と追放を阻止した。そのため、王都が滅亡へと向かう最初のきっかけは止められたはずだ。

だが一方で、これはゲームの運命（シナリオ）が破壊されたことを意味している。つまり、今後は先の展開が読めない未知の領域へと突入するということだ。

今までの俺は、未来を知っていたからこそ先手先手を取って動くことができた。だが、今後そのようなことは不可能だ。これからは俺自身の頭で考え、最悪の結末を避けるために行動していかなければならない。

もちろんこれは簡単なことではないし、これまでのようにうまく行くかどうかだってわからない。

正直、かなり不安だ。

まず、エスト帝国による侵略の野望はまったくくじかれていない。今のところは攻め込まれていないものの、それは単に戦力のバランスが保たれているからにすぎない。

つまり今エスト帝国が手を出してきていないのは、理由はどうあれ手を出せば損をすると考えているからなのだと思う。

手を出せば自分たちが損をするとわかっている状態において、戦争は通常起こりえない。それは歴史を振り返れば明らかだ。

だからこそ、各国はお互いに騙し合いをしたり敵国の内部を引っ掻き回したりしてそのバランスを崩そうとしているのだ。

だが、セントラーレン王国はこの部分において特に脆弱だ。ゲームではアナが決闘に敗れて婚約破棄された結果、派閥間の対立が決定的なものとなってしまった。対立は結局内乱にまで発展してしまい、その隙をついてエスト帝国はセントラーレン王国へと侵攻してきた。

では、今の状況はどうだろうか？

決闘は起こったものの、結果はゲームと違ってアナが勝利した。

とはいえ、問題の根本は何一つ解決していない。それに公爵様は婚約が解消されたと言っていた。ということは、ラムズスレット公爵家の支持を得てきた王太子の立場はかなり微妙なものとなるだろう。なぜならラムズスレット公爵領は王国最大の穀倉地帯で、そこで収穫される小麦がなければセントラーレンの民はたちまち飢えることになる。

国内の食糧事情を握っているラムズスレット公爵家の力はかなり大きい。

そんな強大なラムズスレット公爵家を中心に、南部貴族たちは王太子支持の立場でまとまっていたのだ。にもかかわらず、王太子はラムズスレットのお姫様であるアナに対してあんな仕打ちをしたのだ。彼らの支持が離れるのは当然のことだろう。

しかもラムズスレット公爵家は権力を持っているだけではなく、順位は低いものの王位継承権を持っている。

というのも、ラムズレット公爵家の始祖は三代前の国王で賢王と称(たた)えられた名君クライネル王の第二王子だ。アナのフルネーム「アナスタシア・クライネル・フォン・ラムズレット」にある「クライネル」というミドルネームはここからきている。

クライネル王の血を引き王位継承権を持つラムズレット公爵家の娘アナスタシア、という意味なのだそうだ。

もちろんアナがそれを行使するようなことはないだろうし、公爵様もおそらくそこまでは考えていないと思う。だが南部貴族たちの立場からすれば、最悪の場合は公爵様を担ぐことだって可能なのだ。

だからこそ、王太子とアナの政略結婚にはとてつもなく大きな政治的な意味があったのだが……。

まあ、自業自得だ。どうしてもエイミーが欲しかったとしても、もっとうまいやり方はいくらでもあったのだからな。

また、王太子以外の攻略対象者たちも立場が微妙になっていると聞いた。

彼らはたった一人を相手に五人で決闘を挑んだ挙句、なすすべなく敗れた。

この事実は派閥を問わず貴族たちの間でかなり広く知れ渡っているらしい。

もちろん、醜聞としてだ。

そのため、一部では跡取りに相応しくないという声が上がっていると聞いている。

そういった影響もあってか、元々は王太子派が圧倒的に優勢だった王宮内でのパワーバランスに変化が現れたらしい。王太子派と第二王子派、そして今は見守ってより良いほうを選ぶべきとする穏健派にわかれているそうだ。

　最重要人物であるはずの公爵様は、その意図はよくわからないものの静観を決め込んでいる。どの派閥とも行動を共にしていないため、公爵様と南部貴族たちは第二穏健派ともいえるような扱いになっているらしい。

　そのうえ派閥の貴族たちにも緘口令を敷いているのだそうだ。

　ここからは俺の推測になるだが、公爵様は多分まだどちらとも決めていないのだと思う。そして、売りつけられる恩を最大にできるタイミングを窺っているのではないだろうか。

　ちなみに一連の情報は全てセバスチャンさんから教えてもらったことだ。

　そしてなんとも皮肉なことに、今の状況はゲームでアナが追放された後の状況と酷似している。

　いっそ説教なんてせず、王太子をさくっと始末しておけば良かったのかもしれないと思わないでもない。だがそうしていたらいくらなんでも処刑されていただろうし、世の中そう簡単にはいかないものだ。

　それでも公爵様の口ぶりからして、エイミーと王太子たちは謝罪さえすればお咎めなしという大甘な処分に留まるのだと思う。

　潔白が証明された今、アナが追放されるなどということは万が一にも考えられない。だが、ゲームと同じ結末を目指しているエイミーがこのままで終わるとも思えない。

　となると、アナを追い出すためにどんな悪だくみをしているかわかったものではない。くれぐれも油断は禁物だろう。

せっかくここまでやってきたのだ。なんとしてでもハッピーエンドを迎えたい。

それは何も母さんや先輩方が生き残ることだけじゃない。アナも、マーガレットやイザベラだって！

全員が生き残って、笑っていられる未来を手に入れたい。

ゲームのシナリオを知っているというアドバンテージを失った今、一学生に過ぎない俺にできることはそれほど多くはないだろう。だが、それでも俺は今の自分ができることを精いっぱいやりきろうと思う。

第五話　町人Ａは悪役令嬢の騎士となる

冬休みが終わり、最初の登校日を迎えた。今日は始業式だ。

久しぶりに学園内を歩いているのだが、何やら周りの生徒たちからの視線を感じる。それと、どうやらひそひそと噂までされているようだ。

どんな噂がされているのか、集中して聞き耳を立ててみる。

「殿下に歯向かった平民がよくもまぁ」

「神聖な決闘で剣すら使わずに、卑怯な手を使ったらしい」

なるほど。まあ、この程度ならかわいいものだ。

去年はほぼ完全に無視されていたわけだし、俺にはやるべきことがある。学園内でのこんな低レベルな話になど興味はない。

俺はそのまま気にせず講堂へと向かい、クラス分けの掲示を確認した。すると、いくつか予想外のことが起きている。

まずはこれを見て欲しい。

1位　アナスタシア・クライネル・フォン・ラムズレット
2位　アレン
3位　マーガレット・フォン・アルトムント
4位　エイミー・フォン・ブレイエス
5位　マルクス・フォン・パインツ
⋮
10位　オスカー・フォン・ウィムレット
⋮
18位　カールハインツ・バルティーユ・フォン・セントラーレン
19位　イザベラ・フォン・リュインベルグ
── 以下、Bクラス ──
20位　レオナルド・フォン・ジュークス
⋮
38位　グレン・ワイトバーグ

まず良いニュースとしては、アナの友人であるイザベラがAクラスに昇格していたことだ。あれだけ成績が上がったのだから当然といえば当然だが、それでもきちんと結果が認められたというのは良いことだ。アナも、友人が増えれば過ごしやすくなることだろう。

一方、王太子はあれだけ成績を落としたにもかかわらずAクラスのままだ。

まあ、最優秀生徒として表彰した王太子をいきなりBクラスに落とすというのはできないのだろう。

それから、期末テストで二回連続ぶっちぎりの最下位を記録したレオナルドがついにBクラスに転落した。

ざまぁ！

アナに濡れ衣を着せようとして、さらに実力行使に出ようなどと考えたあいつが別のクラスになったのは素直に嬉しい。

視界に入れることすら不快だったからな。

それともう一つ。重大な異変があるのだが、気付いただろうか？

そう。隣国からの留学生であるクロードの名前がここに載っていないのだ。

事情はよくわからないが、要するにクロードは退学したということだろう。

俺だけでなく周りの生徒たちもこの掲示を何度も確認しては驚いた表情を浮かべていることから察するに、どうやらこれは貴族の生徒たちにとっても周知の事実ではなかったらしい。

「アレン！」

弾んだ声でアナが話しかけてきた。

「アナスタシア様。おはようございます」

「っ！　あ、ああ。おはよう」

アナは一瞬ピクリとなり、そして周りをキョロキョロと見回してから俺に挨拶を返してきた。

「それよりクロード王子のことは聞いているか？」

「いえ。このクラス分けの掲示に名前がないので驚きました」

「そうか。なぜかは知らんが、ウェスタデール王国側から退学を申し出てきたのだそうだ」

「そうですか。いろいろありましたからね」

「そうだな……」

そう言ってアナは伏し目がちになり、それから少し遠い目をした。きっと、去年のことを思い出させてしまったのだろう。

悪いことをしてしまったかとも思ったが、アナはすぐに切り替えられたようだ。表情も元に戻っている。

「そんなことよりも、中に入るぞ」

「はい」

そう促されて講堂の中へと入ると、アナに先導されて前のほうの席へと着席した。一年前は後ろの隅の席に座っていたのだから、変わったものだ。

それから始業式が行われ、先生方の長話が終わるとアナが壇上へと呼ばれた。続いて王太子とエイミーも呼ばれる。

「アレン。お前も来い」

「いいんですか？」

「ああ。お前は私の代理人を務めたのだ。私の後ろでそれを見届ける権利がある」

「わかりました」

俺はアナの後ろに続いた。それを見たマルクスとオスカー、レオナルドの三名もエイミーたちに続く。

「さて。なんのことかはわかっているとは思うが、決闘の結果を受け入れてもらおうか」

アナがそう宣言すると、エイミーと王太子たちは悔しそうに顔を歪めて俯いた。

それからプルプルと小さく震えながらも頭を下げ、アナに謝罪する。

「ラムズレット公爵家に対する我々の言葉を撤回し、謝罪する。申し訳なかった」

「申し訳ありませんでした」

二人とも心がこもっているようには全く見えないが、こうして公衆の面前で謝罪したという事実が大事なのだろう。

「わかった。その謝罪を受け入れよう。今後は安易に我がラムズレット公爵家を侮ることのないように願おう」

アナはそう言って謝罪を受け入れた。

するとなんと王太子とエイミー、それからレオナルドまでもが俺たちをものすごい表情で睨み付けてきた。

それに対してアナは何かを言うでもなく見つめ返しているが、その瞳はまるで氷のように冷たい。

やがてエイミーがこの雰囲気に耐えきれなくなったらしく、王太子に何かを囁(ささや)いた。

すると王太子はエイミーの肩を抱き、俺たちには何も言わずに自分たちの席へと戻っていく。

一方のマルクスとオスカーはというと、見られているのも恥ずかしいといった様子でそそくさと戻っていった。

あの二人はエイミーに眼鏡を曇らされているだけで、もしかしたらまだまともな感性が残っているのかもしれない。

「これでは、一体なんのために謝罪したかわかりませんね」

俺は素直に思ったことを口に出した。

「構わんさ」

事もなげにそう言ったアナはすぐに真剣な表情となり、俺と視線を合わせてきた。

「それともう一つ、私からお前に渡したいものがある。他の生徒たちに対する宣言も兼ねているので受けてもらえるとうれしいのだが、どうだ？」

「はい。もちろんです」

なんだかはわからないが、きっと必要なことなのだろう。

「そうか」

アナは嬉しそうにそう言うと一つ大きく息を吐いた。そして大きな声で宣言する。

「アレン！　私の代理人として、我がラムズレット公爵家の名誉を良く守ってくれた！　ラムズレット公爵家はその功績を称え、またその忠義に報いるべくアレンとその家族を庇護下に置いたことをここに宣言する！」

一気に言い終えたアナはポケットからハンカチを取り出し、俺に差し出してきた。

「これは我が公爵家の家紋を私が刺繍したものだ。受け取ってくれるか？」

「ありがたく頂戴します」

マナーはよくわからないが、俺は跪いて恭しく受け取った。

するとすかさず拍手が聞こえてきた。マーガレットとイザベラだ。

その拍手に誘われるようにぱらぱらと拍手が聞こえてきて、やがて会場全体から鳴り響いたのだった。

それからは特にトラブルもなく、始業式は無事に終了した。

こうして去年から続いてきた悪役令嬢断罪イベントに端を発する一連の騒動は終結となった。

だが、最後のハンカチの意味がよくわからない。

「ところでアナ様。俺はこういった常識には疎いのですが、なぜあの場であんな宣言をしたんですか？　もう国王様も認めてくれていたんですよね？」

「ん？　ああ。あれは他の生徒たちに対する牽制だな。このアレンはもうラムズレット公爵家の者だから勝手に手を出すな。手を出すならラムズレット公爵家を敵に回すぞ、という脅しだ」

少し頬を赤らめながらアナはそう言ったのだが、その後かなり恥ずかしそうに何かを小さな声でぼそぼそと呟いていた。

だが随分と言いづらそうにしているし、別に悪い話でもなさそうな雰囲気だったのでわざわざ聞き返す必要もないだろう。

そう考えた俺は単にお礼を伝えるだけに留める。

「ありがとうございます」

するとはにかんで頬を赤らめつつも、笑顔を返してくれたのだった。

◇◆◇

ゲームではあり得なかったはずの、悪役令嬢が追放されていない二年目の学園生活がついに始まった。当然かもしれないが、去年と比べてクラスと学園の状況は大きく変化している。

まずはエイミーたちについてはクロードがいないということ以外は相変わらずだ。エイミーが四人の攻略対象者を侍(はべ)らせている。

その光景だけ見れば何も変わっていないように見えるかもしれないが、実は去年のように彼らがクラスカーストの圧倒的最上位にいるというわけではなくなっている。

第二王子派に属する貴族家の生徒たちは露骨に王太子たちを避けるようになった。

要するに、学園にも王宮の勢力争いが持ち込まれた形だ。

それとBクラス落ちしたレオナルドだが、なんと廃嫡されたのだそうだ。

ラムズレット公爵家は、去年のペンが燃やされた騒動におけるレオナルドからアナへの暴力行為をジュークス子爵家へ正式に抗議した。

その抗議に対し、レオナルドはなんと悪びれた様子もなく認めたうえに自分の正当性を声高に主張したそうだ。

いくらなんでもそれでは、ジュークス子爵家としても庇いようが無かったのだろう。

だがレオナルドはアナがやったと思い込んでいたのだ。要するに自分の正義を確信してやった正しい意味での確信犯なわけだから、きっとその処分にも納得などしていないだろうし、そもそも反省だってしていないだろう。

それは始業式での態度を見れば明らかだ。

もちろん俺はアナの無実を確信しているし、ともすればエイミーの自演なんじゃないかとさえ疑っている。

ただ、事実がどうあれ証拠もなしに罪を裁くことはできない。ましてや自分たちの勝手な判断で私刑を下そうだなんて、思い上がっているにも程がある。

そう考えると、レオナルドが廃嫡されて次期騎士団長候補から外れたというのはこの国にとって良いニュースなのかもしれない。あんな独善的な考えの男が騎士になれば間違いなく問題を起こすだろうし、騎士団長などもってのほかだ。

そして廃嫡されたということは、家督を次ぐ可能性が無くなったということだ。

となると、ジュークス子爵家には何がなんでもレオナルドを卒業させなければならないという理由はなくなったはずだ。

実家による後押しの無くなった彼は、果たしてあの成績で卒業できるのだろうか？

もちろんそこは本人の努力次第だろう。だが仮に卒業できずに退学となった場合、彼の行く場所はあるのだろうか？

他人事ではあるが、そんなことを思ってしまう。

一方のアナはというと、基本的に腫れ物に触るような扱いを受けている。婚約破棄の件もあるし、ラムズレット公爵とその派閥がどちらの味方になるかが明らかでないことも影響しているのだろう。

だが、マーガレットの他にイザベラという友人が同じクラスになったことはずいぶんと大きかったようだ。去年よりも表情が生き生きとしていて、あの凍り付いた表情ではなく毎日笑顔で過ごしているのだ。

この笑顔が見られるだけでも、こつこつとどぶさらいから下積みの努力を積み重ねてきた甲斐があったというものだ。

そう。あんな婚約など無くなって正解だった。

心からそう思う。

それと最後に俺の立場だが、基本的には置き物ポジションを継続中だ。ただ、去年と大きく変わったことがある。

アナとマーガレット、そしてイザベラとだけは自由に話ができるようになったのだ。

これは始業式でのアレが理由のようだ。

始業式のときはあの儀式の意味を理解していなかったのだが、始業式の後のマーガレットとイザベラとの会話で非常に重要な意味が隠されていたことが判明したのだ。

そのときの様子はこうだ。

「やあ、ナイト君。中々にお熱かったわね?」

「アレンさん、おめでとう」

始業式の後、教室に向かってアナと歩いているとニヤニヤした表情を浮かべたマーガレットと少し顔を赤くしたイザベラに声をかけられた。

「マーガレット様、イザベラ様、どういうことでしょうか?」

俺は意味がわからずに聞き返した。

「え？　アナ様手縫いの、家紋入りのハンカチを受け取ったでしょ？」

「ほら、マーガレット様。アレンさんは平民だからこういうのは……」

「あっ、そうね」

そんな二人の隣でアナは平静を装っているが、その顔はわずかに赤みを帯びている。

「ほら、アナ様。ちゃんと説明してあげないとダメですよ？」

マーガレットにそう促され、アナはしどろもどろになりながら俺に説明をし始める。

「あ、ああ。ええとだな。アレン。その、まあ、なんだ。さっきも言ったが、貴族の女性が家紋を手縫いしてハンカチを贈るというのは、だな。その、まあ、そういうことだ」

うん。さっぱりわからん。

「アレン君。あのハンカチはね。貴婦人が自分の騎士に贈るものなの。つまり、アナ様はアレン君を自分のものだって公衆の面前で宣言したのよ。もう！　妬(や)けちゃうわね」

「お、おい！　マーガレット！　ア、アレンは私の恩人だ！　ものだなんて！」

ああ、なるほど。そういうことか。

これだけ美人で素晴らしい女性からそんな風に言ってもらえるのは嬉しい。

嬉しいのだが……。

俺が手を出せるわけじゃ無いからなぁ。

前世のときから気に入っていて、助けられるなら助けたいと思っていた相手だ。もちろんまんざらでもないわけだが、実際にこういう立場になってみるとなんとも複雑な気分だ。

そもそも公爵様には友人と念を押されている。それはつまり、アナはどこかに政略結婚で嫁がせるから期待するなという意味だと俺は理解している。

貴族の事情には詳しくないが、きっと貴族の政略結婚であれば処女が重要視されるであろうことは想像できる。

だからこそ、間違いを犯すことは許されない。

ならばいっそ、最初から期待しないでおくほうがお互いに傷つかないはずだ。

そう。それが賢い選択なのだ。

「アナスタシア様。ありがとうございます。何かありましたら必ずお守りいたします」

「あ、ああ。約束だぞ」

とまあ、そんなわけで俺はアナの付属品の置き物——ただし本気で戦うと強い——としてクラスメイトたちからは認識されている。

まとめると、今の学園はエイミーの逆ハー軍団を中心とする王太子派とそれに対立する第二王子派、王太子に消極的に従っているだけの日和見派という大きく分けて三つの派閥がある。

それに加え、アナたちのように独立した小グループが存在している。

正直なところ、学園の中でまで派閥争いなんて下らないと思う。だが、残念ながらこれがこの国の縮図ということなのだろう。

それにこのままの状況が悪化していけば、結局ゲームのように内乱に近い騒動が起きてしまうかもしれない。

何しろ学園の状況はゲームよりも王太子派が減っており、第二王子派と日和見派の人数が大幅に増えている。

つまり、俺の介入によって第二王子派が勢いづいたのだ。

あの醜態が、王太子を攻撃する良い材料となっていることは想像に難くない。

別に俺は誰が次期国王になっても構わないが、せっかくここまで準備をして計画どおりに物事を進めたのだ。王都が蹂躙されるような事態だけは絶対に避けなければならない。

運命（シナリオ）が破壊された今、それを前提に行動することはもはや不可能だ。

そんな中で、俺は公爵様とアナに賭けると決めたのだ。だからゲームの知識は参考にしつつもしっかりと情報収集をし、公爵様と示し合わせて動くことが肝要だろう。

エスト帝国！　お前らに王都を蹂躙などさせないからな！

第六話　町人Ａは不穏な気配を感じ取る

色々と身構えていたものの、驚いたことになんと俺は普通の学園生活を送れている。

朝起きたら寮で朝食を食べ、それから教室に行って普通に授業を受ける。放課後になったらアナとマーガレット、イザベラの三人と連れだって図書館に向かう。そのまま夕食の時間まで勉強をし、あとは寮の自室に戻って自由に過ごす。そんな毎日を送っているのだ。

あまりに普通過ぎて、逆に困惑している。

あれからエイミーも逆ハーの皆さんも手を出してくることはなく、トラブルだって何一つ起きていない。

誰とも話すことすらできず、エイミーの企みを阻止するために暗躍していた去年とはうってかわってまるで絵に描いたような理想の学園生活だ。

そんなある日、寮の自室で休んでいるとセバスチャンさんが訪ねてきた。そこで話をするために寮を出て、談話室へと向かった。

談話室というのはこの学園に用意されている特別室のことだ。個室になっていて、ここでの会話は誰かに聞かれることはない。

王族や貴族も通う学校だからか、そんな部屋が用意されているのだ。

もちろん使えるのはある程度の権力がある貴族だけだが、ラムズレット公爵家のセバスチャンさんが相手であれば俺でも使える。

「アレン様。その後、学園生活はいかがですか？」

「はい。アナ様や皆様のおかげでとても充実しております」

「そうでしたか。それは良かったですな。ところで、学園の様子はいかがですかな？　お嬢様の一連の事件が露見するまでに随分と時間がかかりましたし、気付いたことはなんでも教えて頂ければと思いまして」

「なるほど。そういうことでしたか」

つまり、俺を訪ねてきた目的は情報収集ということだ。恐らく俺以外の人たちにも話を聞いているのだろうが、要するにラムズレット公爵家に連なる者として学園での情報収集を期待されているようだ。

俺としてもセバスチャンさんからの情報にかなり頼っている部分があるし、ラムズレット公爵家には後ろ盾となってもらった恩もある。

それに何より、アナには笑顔でいてほしい。

そのためにはラムズレット公爵家が健在でなければならない。俺の力でゲームのような展開を避けられるのかはわからないが、できる限りその可能性が低くなるよう協力できる部分は協力しておきたい。

「もちろんです。公爵様にもアナ様にも恩がありますから、できる範囲では協力します。その代わりと言ってはなんですが、王宮での情勢を教えて頂けませんか？」

「王宮の、ですか？」

「はい。以前公爵様に申し上げたとおり、継承権争いからの国難を心配しております」

俺がそう言うと、セバスチャンさんは何かをじっくりと考えるような表情を見せる。

「……アレン様は、今の状況において何を想定しているのですか？」

「そうですね。まだ読めていないというのが正直なところです。特にクロード王子のことが気になっております」

「……そうですか」

表情こそ変えていないセバスチャンさんだが、少しだけ動揺したような気がする。

そこで、俺は試しに話題を変えてみた。

「今の俺は公爵様の支持するほうの王子を支持する、という立場です」

「そうですな」

「ですができることなら廃太子にするのか、それとも廃太子を認めないのか、どちらかに決めて欲しいというのが本音です」

「それは、つまり西が気になるからですかな？」

「はい。そうです。ただ、俺ではあまりにも得られる情報が少なすぎて確信が持てないのです」

もちろん、今の俺になんらかの確信があるわけではない。だが、どう動くべきかの指針すら無い状態では手の打ちようがないのだ。

「そうでしたか。そうですな。わかりました。後日、公爵邸にお招きいたしましょう」

「ありがとうございます」

　こうして俺は、再び公爵邸へ招待されることとなった。

◇◆◇

「よく来たな。学園生活は楽しんでいるかね？」

　俺が公爵邸の応接室に到着するなり、公爵様はそう声をかけてきた。

「はい。おかげさまで、アナ様にはとても良くしていただいています」

「そうか。『友人』として、アナの力になってやってくれ」

　再び友人という単語を強調してきたのはそういうことだろう。

「はい。もちろんです。俺は『平民』ですし、少しでもアナ様のお役に立てたならそれで満足です」

　俺は平民という言葉を強調し、身分制度に従う意志を示す。

「……いいだろう。合格だ」

　公爵様はニヤリと笑うと本題を切り出した。

「さて、アレン君。いや、アレンは西が気になるそうだな。これまでの情報から何を想定した？」

「はい。クロード王子はウェスタデール王国側の要請で退学となったと聞きました。そこからウェスタデール王国はエスト帝国となんらかの取引をしたのではないかという仮説を持ちました」

「ほう？」

公爵様は興味深そうな表情で俺を見ている。

「一般的な見方としては、今回の退学はクロード王子が晒した醜態に対する引責と懲罰でしょう」

「そうだな。一般的にはそう捉えられている」

「ですがクロード王子の様子を考えると、プライドを捨ててでもエイミー様の隣にいることを選ぶように思うのです」

「どうしてそう思うのだ？」

「クロード王子のエイミー様に対する愛は、もはや盲目の愛と言っても過言ではない様子でした。そのことは、一片たりとも正義のないあの決闘で代理人となったことからも明らかでしょう」

「なるほど。では、なぜクロード王子は退学に同意したのだ？」

「学園にいないことがエイミー様の利になるからです」

「ほう。つまり？」

「クロード王子は、エイミー様が我が国から出なければならない状態となることを予想しているのではないでしょうか？」

「続けなさい」

「はい。そこで考えられるのが継承権争いからの混乱です。ですが単なる継承権争いだけでは、あれだけの有力貴族の嫡男たちに気に入られているエイミー様が国外に脱出するという事態にならないでしょう。ということは、戦争による荒廃という可能性がそれなりにあるとクロード王子は踏んでいるのではないでしょうか？」

もちろん、王太子側が負けてエイミーもろとも国を追われる可能性も十分にある。だからこの論理には飛躍があることは否めない。

だが俺の意見を聞いた公爵様はしばらく黙って考え込んだ。それからニヤリと笑うと、おもむろに口を開いた。

「面白い推理だ。だがウェスタデール王国は我が国の友好国であり、北のノルサーヌ連合王国に対抗するための同盟国でもある。それに食糧や資源については我が国からの輸入に頼っている部分も多い。そのウェスタデール王国がなぜそのような取引をエスト帝国とするのだ？」

「あくまで、可能性の話です。ですが、一年生の名簿にはクロード王子の一歳年下の王女殿下のお名前がありませんでした」

「それがどうしたというのだ？　もともと自国の学園に入学する予定だったと聞いているぞ？」

「いえ。それほど重要な隣国であれば、別の人員を寄越すと思うのです。もしくは、政略結婚の話などが出てくるのではありませんか？」

「む」

「少なくとも、ウェスタデール王国は対エスト帝国や対ザウス王国では同盟関係にありません。それにもしノルサーヌ連合王国とウェスタデール王国の間で和睦が成立すれば、我が国はいよいよ四面楚歌の状況となります。ここは最悪の状態を想定して動いたほうがよいのではないでしょうか？」

こうまで言っておいてなんだが、退学の件は十中八九懲罰だと思う。

だが一方で、エスト帝国が侵略してきたときにウェスタデール王国が手を貸してくれる保証はどこにもない。

もちろん、ゲームでのウェスタデール王国は裏切らずに手を貸してくれた。しかしそれは王都壊滅から一緒に落ち延びたクロードがエイミーの聖女覚醒の瞬間に立ち会い、それをもって母国を説得したからだ。

もちろんそこにはゲーム特有のご都合主義もあるだろう。

だが、その説得する役を担うはずのクロードは退学してしまった。そのためクロードが聖女覚醒の瞬間に立ち会う可能性はほぼないだろう。

それにだ。そもそも俺はエイミーが聖女になれるかどうかはかなり怪しいと思っている。

もちろんエイミーの性根が腐っているということはあるが、それだけではない。

何しろ、エルフの里ではあの変態が光の精霊としてやりたい放題やっているのだ。だから、その救援イベントは発生しえない。するとシェリルラルラさんに会えないエイミーは迷いの森を抜けることができないため、エルフの里に辿りつくことすらできない。そうすると、エイミーが光の精霊から祝福を受けるイベントそのものが発生しないのだ。

それによしんばエルフの里に辿りつけたとしても、光の精霊はあの変態だ。

なんの見返りもなしに何かをしてもらうなどエイミーの年齢があと十歳、いやそれ以上若くないと無理なのではないだろうか？

そんな状況において、ゲームのようにエスト帝国が王都を奪ったと仮定しよう。仮に落ち延びることができたとしても、そのときの交渉相手は聖女でもないただの男爵家の庶子と平民相手に醜態を晒した王太子だ。

そんな彼らに自国を奪還するための戦力をなんの見返りもなく貸してくれるとは到底思えない。

色々と約束で縛って傀儡（かいらい）にしようにも、王太子はアレだ。

であればエスト帝国と手を組み、緩衝地帯だけ残して領土を分け合ったほうがはるかに利が大きいはずだ。

少なくとも、俺がウェスタデール王国の国王だったらそう考えると思う。

「ふむ。いいだろう。情報がほとんどない状況からよくそこまで考えたものだ。アレンの言うとおり、ウェスタデールとの関係は万全とはいえない。だがラムズレット公爵家としては、今の状況では王家のために動けぬ」

「はい」

公爵様はしばらくの間沈黙した。そしておもむろに口を開く。

「ところでアレン。フリードリヒは今領地に戻っている。なぜだかわかるか？」

え？　次期当主が領地に戻った？

ラムズレット公爵領といえば南部の穀倉地帯。南といえば、敵国であるザウス王国だ。そしてザウス王国はエスト帝国の同盟国でもある。

「……まさか、エストとザウスが同時に動く？」

俺の言葉に公爵様はニヤリと笑った。

「ふふふ、いいじゃないか。アレンよ。だが軍は急に動くことはできん。動きがあるとすれば冬小麦の収穫期が終わる夏以降だ。娘のハンカチを受け取ったんだろう？　頼んだぞ」

どうやら事態は俺の予想を遥かに上回る展開となっているようだ。

「はい」

俺は公爵様の目をしっかりと見つめ、頷いたのだった。

第七話　町人Aは指名依頼を受ける

不安はあったものの特にこれといった問題も発生せず、無事に前期の期末試験を終えることができた。

その結果がこれだ。

1位　アナスタシア・クライネル・フォン・ラムズレット（500）
1位　マーガレット・フォン・アルトムント（500）
1位　アレン（500）
4位　イザベラ・フォン・リュインベルグ（489）
5位　マルクス・フォン・バインツ（457）

⋮

9位　エイミー・フォン・ブレイエス（421）
10位　オスカー・フォン・ウィムレット（417）

⋮

32位　カールハインツ・バルティーユ・フォン・セントラーレン（392）

⋮

38位　レオナルド・フォン・ジュークス（223）

やった！

アナだけじゃなくてマーガレットも満点で、イザベラだって満点まであと少しだ。

毎日図書館で一生懸命勉強をした甲斐があったというものだ。

イザベラは去年まではＢクラスだったにもかかわらず、これだけ良い成績を取ったのは本当にすごいと思う。いかにきちんと正しく努力をすることが大切なのか、彼女は身をもって証明してくれたのだ。

そんなイザベラとは対照的に、頭が良い設定だったはずのエイミーはなぜかどんどん落ちぶれていっている。

そもそも今回の試験範囲は日本の中学校の内容にギリギリ届いたかどうかといったレベルな気がするのだが……。

前世の記憶があるはずなのに、どうしてこうなるのだろうか？

まあ、どうでもいいか。

最近は全く実害がないのだ。

釘を刺されているのか、エイミーはあれ以来ずっと大人しい。それに加え、王太子たちが実技の授業でアナにまるで歯が立たない状態となっていることも影響しているのだろう。

魔術にしろ剣術にしろ、授業で対戦した場合は圧倒的な大差をつけてアナが勝ってしまうのだ。

レオナルドと対戦したときなどは、試合開始の合図からわずか三秒でレオナルドは剣を弾かれて勝負がついてしまった。

そんなこともあってか、このところはちょっかいすら出してこない。

これは冬休みの高速周回のおかげもあるだろうが、アナが彼らに対して手加減をしなくなったということも大きいと思う。

怠けていたのか外に出してもらえなかったのかは不明だが、きっと俺たちとは違って冬休みにレベル上げをしていなかったのだと思う。

理由はどうあれ、こっちの邪魔をしてこないならわざわざ俺たちのほうからどうでもいい奴らに何かする理由はどこにもない。

そんな学園内の小さな話よりも、継承権争いや諸外国との関係のほうが気になる。

争いは同じレベルでしか起こらない。愛の反対は無関心。

まさかこれらの言葉をここまではっきりと実感するとは思わなかった。

◇◆◇

今日はアナと冒険者ギルドに行く約束をしていて、今一緒に町を歩いている。

先に断っておくが、別にアナを師匠に紹介するとか、そういった話ではない。

そんなことをしたら俺の首が飛ぶ。物理的に。

え？　そう言う意味じゃないならいいだろうって？

それはまあ、そうなんだが……。

ともかく！　これは真面目な学園の用事なのだ。

俺たち学園の生徒は夏休みに自由研究をする必要がある。去年は例の遺跡らしき場所を調査したわけだが、今年は別のテーマを選ぶ必要がある。

まずはテーマを決めるところからスタートするわけだが、今回はアナがこの国において冒険者の果たす役割について考えたいと言いだした。

そこで、テーマになるかどうかの検討も含めてとりあえずギルドを訪れてみることにしたのだ。

もちろんギルドにはきちんと事前の連絡を入れておいたので問題ないはずだ。

ちなみにマーガレットとイザベラの二人も一緒に自由研究をする予定だが、二人は二人で興味のあるテーマがあるらしい。そのため彼女たちは図書館で別の調べ物をしており、後日集まってテーマを決めるという約束になっている。

そんなわけで久しぶりに私服を着た俺たちは、騒ぎになるのを避けるために公爵家の馬車は使わずに徒歩でギルドへと向かっている。

いわゆる、お忍びというやつだ。

特にアナは目立ちすぎるため、少し暑いだろうがフード付きのマントを被ってもらった。さらにトラブルを避けるため、なるべく人通りの多い道を選んでギルドへと向かっていたのだが……。

なんと路地の先にエイミーたちの姿を見かけてしまった。

「あれ？　エイミー様？　それに王太子殿下たちも？　一体あんなところで何を？」

よく見ると、粗末な麻のローブを被った小柄な人を取り囲んでいるように見える。壁を背にしたその人は逃げ場を探しているように見えるのだが……。

ええと？　状況がよくわからないが、一体どういうことだ？

顔を見合わせた俺たちは頷き合うと、そっと彼らに近づく。

囲まれている人はずいぶんと線が細そうだ。男性ならあそこまで細くないだろうから、あれはきっと女性だろう。

「だから！　魔物はあたしたちが退治してあげるって言ってるのよ。早く里に案内しなさい」

「俺たちは学年トップレベルの実力者だ。魔物に襲われて困っている人を見捨てるなどできん」

エイミーに続いてレオナルドがそう言っているが、その台詞は自分で言っていて恥ずかしくないのだろうか？

俺は特殊だからカウントしないにしても、学年トップの実力者は誰がどう見てもアナで、そこからかなり離されてお前らなんじゃないのか？

しかも、たかが学年トップレベルぐらいでどうしてそんなに偉そうなんだ？

「ひっ。だから魔物なんていないって――」

完全に怯えた様子の女性は震えながらもそう反論した。

はて？　この声はどこかで聞き覚えがあるような気が？

「次期国王である俺に嘘をつくとはな」

「う、嘘なんて……」

偉そうに迫る王太子だが、マルクスとオスカーの態度は対照的だ。一緒にいるものの、積極的に加担している様子はない。困ったような顔をしており、どちらかというと居心地が悪そうにしている。

多少は思うところがあるのだろうか？

とはいえ、止めない時点で同罪だろう。

俺がアナのほうをちらりと見ると、アナが大きく頷いたので声をかける。

「おい。そんなところで何してる！」

今回は外でのトラブル対応なので粗暴な冒険者モードだ。

するとエイミーは鬼のような形相で俺を睨み付けてきた。

「何よ！　あんた！　またあたしの邪魔するっていうの？　あたしが祝福を受けるのを妨害しようったってそうはいかないわよ？」

「ええと？　なんの話だ？」

何を言っているのか全く意味がわからない。

しかし次の瞬間、その小柄な女性が俺のほうに向かって猛然とダッシュしてきた。

「アレン！　助けてっ！」

そう言って凄まじい勢いで俺の腹を目掛けてタックルを仕掛けてきた。

「おわっ!?　なんだ？」

後ろにアナがいるので避（よ）けるわけにもいかない俺は、なんとかそれを受け止める。

誰かと思ったが、ようやくその人物に思い至った。

「その声は、もしかしてシェリルラルラさん？」

「そうよ！　お願い、変な奴にいきなり脅されたの！　助けて！　きっとお金を奪う気だわ！」

それを聞いたアナの周囲の空気が冷たくなったのを感じる。

ヤバい！　怒ってる！

「なるほど。殿下が市井で強盗を働くなど、いったいどういうおつもりですか？」

「な、何を馬鹿なことを言っているのだ！　俺たちはエイミーが受けた神の預言に従ってやって来たのだ。この場所に、魔物に襲われて助けを求める者が現れるとな。そして、預言のとおりの時間に預言のとおりの姿のこの女が現れたのだ」

ん？　預言？　祝福？　シェリルラルラさんが？

あ、そうか！　これはエルフの里の救援を依頼する強制イベントか。

「ええと、シェリルラルラさん。なんかあんなこと言ってますけど？」

「あたしたちは魔物になんか襲われていない！　アレンに仕事の依頼をしに来たのよ！」

俺の背中に隠れるように引っ付いたシェリルラルラさんがそう言った。

「だそうですので、お引き取り願えますかね？」

しかし王太子は俺のことをものすごい目で睨んできた。エイミーに至っては恐ろしく醜悪な表情で俺を睨み付けているが、よくあの顔を見て目が覚めないものだと不思議に思う。

「殿下？　町で強盗など、本当によろしいのですか？」

アナが久しぶりにあの冷たい目線を向け、王太子にそう言った。そこまでされてようやく王太子は諦めてくれた。

「くっ。仕方ない。帰るぞ！」

「えっ？　ちょっと？　カール様ぁ」

先ほどまでの口調はどこへやら、エイミーは猫なで声を出して王太子を追いかける。

王太子とエイミー、レオナルドの三人はもう一度俺たちのことを睨み付けると、ようやく立ち去った。一方のマルクスとオスカーは恥ずかしそうにそそくさと立ち去ったのだった。

◇◆◇

「さすがアレンね。助かったわ」

俺の背中に引っ付いたまま、シェリルラルラさんがそう言ってきた。しかしなぜかアナが冷たい目で俺を見ている。

「おい、アレン。その女はお前の何だ？」

「え？」

「ねぇ、アレン。この小娘、誰？」

「小娘、だと？　私よりも小さな小娘が私を小娘だと？　この無礼者！　名を名乗れ！」

「あら、あたしよりも年下の小娘を小娘といって何が悪いのかしら？」

な、なんだ？　一体何が起こっている？

一触即発なその雰囲気に俺が戸惑っていると、今度はその矛先が俺に向いた。

「おい！　アレン！　この無礼な小娘を何とかしろ！」

「あら、アレン。あなたはあたしの味方よね？」

いや、ちょっと待て。俺にどうしろと？

やがて痺れを切らしたアナがシェリルラルラさんのフードを剝がそうと手を伸ばす。

「あ、アナ様。それだけはダメです。それをすると大騒ぎに！」

すんでのところでフードを剝がすのを阻止した。こんなところでエルフの長い耳が露見しようものなら大騒ぎになる。

「あら、アレン。やっぱり助けてくれるのね？」

「おい！　アレン！　お前は私の味方じゃないのか？」

シェリルラルラさんが弾んだ声でそう言い、アナは泣きそうな表情で俺に対して怒ってくる。

「ああ、もう。いい加減にしてください。とりあえず落ち着ける場所まで移動しますよ！」

俺は二人の手を摑むと急いで歩きだす。

今の言い争いのせいで人が集まってきてしまっているのだ。こんなところでシェリルラルラさんの耳を露見させるわけにはいかない。

こうしてなんとか二人を連れて冒険者ギルドへとやってきた俺は、師匠にお願いしてVIP用の応接室を借りた。

さらに誰も入ってこないようにお願いをし、ようやく落ち着いて話ができるようになった。

「さて。どういうことだ？　アレン」

「はい、アナ様。この方はシェリルラルラ様。エルフの里の女王様のご息女です。シェリルラルラさん。この方はアナスタシア・クライネル・フォン・ラムズレット様、ラムズレット公爵家のご令嬢で俺がお世話になっているお方です」

「はっ？」

アナが見事に固まった。そのまま数秒固まった後、貴族令嬢の顔となってすぐに淑女の礼を執った。

「王女殿下とは知らず、とんだご無礼を致しました。ラムズレット公爵家が娘、アナスタシアと申します。お会いできて光栄でございます」

「ふん。そう。わかればいいのよ。で、なんでそんな変なポーズしてるの？」

「え？」

再びアナが固まる。

「アナ様。ご説明が遅れて申し訳ありません。エルフの里にはそういった作法はなく、身分もあまり関係ないのです」

「な？」

「それでシェリルラルラさん。こんな人里まで出てきて、一体なんの用ですか？」

「ああ、そうよね。アレンに指名依頼？　とやらをしに来たの。今度、十年に一度のエルフの里の夏祭りがあってね。それにアレンを招待しに来たのよ。良く知らないけど、冒険者っていうのは指

名依頼？　とかいうのをすると来るんでしょ？」

「はい？」

「だって、アレンったら最近全然来ないじゃない。ミリィやロー様も、それに里のみんなも寂しがってるわよ？」

いやいや！　最近来ないって、冬休みに行ったばかりじゃないか！

そもそも！　なんで夏祭りくらいでこんな危険を冒してるんだよ！

「ええと、シェリルラルラさん？　エルフにとって人間の町が危険なのは知ってますよね？　それにどうして今年の冬に行ったときに誘ってくれなかったんですか。あのときに誘ってくれれば行きましたよ？」

「あ、いや、ええとね？　その。アレンのあの空飛ぶ舟に乗せてもらいたいなーって」

「そんな程度のことでこんな危険なことしないでください！」

「う、ごめんなさい……」

ていうか、どうすんだよこれ。アナにもブイトールのことがバレちゃったじゃないか。

「おい、アレン。色々と説明してもらわなければいけないようだな」

「……はい」

アナの視線が、ものすごく冷たい。

「まず、お前はどうしてエルフの知り合いがいるのだ？」

「それはアレンがうちの里の恩人だからに決まっているじゃない」

質問に答える前に、シェリルラルラさんが被せて答えた。

「う……。ですから、どうしてアレンが恩人なのですか？」

「アレンは里が悪霊に襲われたとき、空から舞い降りた風の神様の神子だからよ！」

「え？　風の神様の……神子？」

「あら？　知らないのかしら？　ふふん。あなたたち、仲良さそうに見えてそうでもないのね。あ、もしかして権力で従わせてるだけなのかしら？」

「ちょっと！　シェリルラルラさん！」

アナはあからさまにショックを受けた表情になっている。

「あんまりアナ様をいじめないでください」

「あら、やだぁ。アレンったらそんな小娘がいいの？」

シェリルラルラさんはコロコロと楽しそうに笑いながらそう言った。

「揶揄（からか）わないでください。言っていいことと悪いことがあります」

「ふうん？　まあいいわ。というわけで、アレンには夏祭りに来てもらうわよ？」

「はあ。それはまあ、いいですけど。で、いつですか？」

「明日からよ」

「は？」

「あら、アレンならすぐなんじゃないの？」

「まあ、そうですけど……」

「ま、待て！　アレンが行くなら私も連れていってもらうぞ？」

そんなやり取りをしているとアナが横から割り込んできた。

「はい？」

「ダメよ。アレン以外の人間を里に入れるわけにはいかないわ。アレンの奥さんだっていうならまだしも、そうじゃないんでしょ？　あなたたち、あんまり仲良さそうじゃないし？」

その一言を聞いたアナはそのまま無言で固まってしまった。

ああ、しかしどうしよう。これは難しいな。

「あの、シェリルラルラさん。エルフの里の存在はバレて良かったんでしょうか？」

俺は恐る恐るシェリルラルラさんに尋ねる。

「何を言っているの？　ダメに決まってるじゃない」

「ええとですね？　シェリルラルラさん。冒険者ギルドで依頼をすると身元を確認されます。シェリルラルラさんが依頼を出していたら多分、ものすごい大騒ぎになって捕まっていたと思われます」

「大丈夫よ。精霊を呼べば人間の一人や二人、なんとかなるわ」

シェリルラルラさんはドヤ顔で言うが違う。そうじゃない。

これは一体どうしたらいいのだろうか？　完全に常識が通じていない。

「ええとですね？　一人や二人じゃなくて十人や百人のレベルできます」

「あら。話には聞いていたけど、人間はそんなにエルフを捕まえたいのね？」

「そういう人もいますが、今回はそうじゃありません。ここではシェリルラルラさんが不審者だからです。そもそも、どうやって町に入ってきたんですか？」

「え？　門から普通に入ったわよ？　特に止められなかったけど？」

おい！　門番！　ナイスだけど仕事しろ！

「ま、まあいいです。で、とりあえず夏祭りには行きます。依頼料も普段お世話になっているし、俺もお祭りを見てみたいんでいらないです」

「なら早速！　二人で行きましょ！」

「そうではなく、アナ様も連れていってください。というか、アナ様がいないとシェリルラルラさんは町から出られません。門で止められます」

「でもこの小娘は奥さんじゃないのよね？」

「そうですが、門を出るところまで一緒に行ってもらってそれで終わり、ってわけにはいかないんです」

「ふーん？　そう。アレンはそう思っているのね」

シェリルラルラさんは俺とアナの間で視線をゆっくりと動かした。それから少し落胆したような表情で小さくため息をつくと、とんでもないことを言い出した。

「じゃあ、婚約者ってことでいいかしら？」

「こ、こんやく、しゃ……」

アナはそう言ったきり固まった。

ええと、いや、うん。考えるのは止めよう。首が物理的に飛ぶのは困る。

「では、それでお願いします。あの、アナ様？　よろしければエルフの里へ一緒に行きませんか？　冒険者のことはまた後日調べるということで」

「え？　あ、ああ。ああ！」

こうしてなんとかこの場を切り抜けた俺は、一度アナを公爵邸に戻した。

するとどうやったのかはわからないが、アナはあっという間に外泊許可をもぎ取って戻ってきた。

それからアナの顔パスで貴族用の門から抜け出すと、そのまま北東の森にあるルールデン空港へと向かったのだった。

◇◆◇

「おい、アレン。何だこの場所は？　なんで森の中にこんな一直線に開けた場所があるのだ？」

空港に着くなり、アナが驚いたような表情でそう言った。

「ここは俺の秘密基地です。アナ様以外にこの場所を知っている人間はいませんので、どうか内密にお願いします」

「あ、ああ。私だけなのだな」

アナはどことなく嬉しそうにしている。

「はい。では準備をしてくるのでここでお待ちください」

俺は地中の格納庫からブイトールを運び出した。

「な？　地面の中から？」

「俺の持っているスキルです。公表したらどうなるかわからないので、ずっと秘密にしていました」

「そ、そうか……。秘密、だな。よし！」

「はい。それと先に言っておきますが、絶対に暴れないでください。あとこの乗り物は一人乗りですので、お二人は縄で縛って固定します。よろしいですね？」

「もちろん。それで飛べるなら楽しみだわ」

「飛ぶ？　一体何を……いや、アレンだからそれぐらいはあるのか。よしわかった。覚悟を決めよう」

二人の了承が取れたところで、俺はブイトールに二人を縛りつけていく。

「あ、あの、アレン？　なんであたしはこの縛られ方なの？　これってもしかして？」

「いろいろと考えましたが、これ以外ですとバランスが取れそうにないので我慢してください」

「な、なあ、アレン。その、重くないか？　それと、その、こんなに密着するのは……」

「すみません。ですがそれ以外では安定しそうにありませんので、申し訳ありませんが我慢してください。それでは発進します」

風魔法エンジンを始動させ、フルパワーでブイトールを垂直に浮上させる。

俺が操縦のためにうつ伏せに寝そべり、アナには俺の腰の辺りに顔が来るように寝そべってもらった。アナの豊満なバストがちょうど俺の尻と太腿のあたりに当たって役得ではあるのだが……。

「ひいぃぃぃ。やっぱりぃぃぃぃ」

一方の悲鳴を上げているシェリルラルラさんは宙づりだ。前にオークを運んだときのように荷物を吊り下げるためのフックを使い、ロープで腰と肩を中心にしっかりと固定されたシェリルラルラさんをぶら下げて運んでいく。

少し違うが、ハンググライダーのような体勢になっているはずだ。

「ア、アレン！　すごい！　すごいぞ！　それに速い！　これは一体どうなってるんだ？」

ブイトールはぐんぐんと加速して高度を上げていくと、アナの興奮したような声が俺の背中のあたりから聞こえてきた。

「紙が風で飛ばされるのと同じようなものです。これも風魔法の応用です」

本当は違うのだが、いくらなんでも揚力の話をしたところで理解できないだろう。

「なあ！　もう王都が、王城があんなに小さいぞ！」

「はい。エルフの里まではおよそ四時間ほどのフライトです。日の沈むころにちょうど着くと思います」

ちなみにぶら下がっているはずのシェリルラルラさんは静かだ。ちゃんと荷重はかかっているので落ちたというわけではないだろう。

「そうか、やっぱりすごいな、アレンは」

穏やかな声でそう呟いたアナが俺の背中に頭を預けてきたのを感じた。

信頼している。

まるでそう言ってくれているかのようだ。そんなアナの重みと温もりを感じ、ドキドキするのと同時に心の中が何だかぽかぽかとしてとても温かいもので満たされていく。

ああ、そうか。

俺は……。

アナのことが本当に好きなんだ。

最初のきっかけはゲームのキャラが可哀想だったというだけだ。

前世の記憶が戻ったときだって、母さんを助けるついでに「悪役令嬢」とワンチャンあればなんていう軽い気持ちだった。

恥ずかしい！

そんなことを考えてた当時の自分を思い切りぶん殴ってやりたい。

これじゃあ、あのエイミーと一緒じゃないか！

アナはアナだ。

俺や母さんがゲームのキャラではないのと同じで、アナだって当然一人の人間なんだ。

すごく頑張り屋で、責任感が強くて、そして他人のために自分を殺してまで必死に努力してしまう。

でも本当は恥ずかしがり屋で、感情を表現するのが苦手で不器用で、そして素敵な笑顔で笑っていて。

そんなアナのことが、俺はいつの間にか好きになっていたんだ。

決して好きになってはいけないというのに。

そんな俺の想いを知ってか知らずか、ブイトールは夏の高い空を悠々と滑空していくのだった。

◇◆◇

山並みに日が沈むころ、俺たちを乗せたブイトールはエルフの里の空港に着陸した。

「おお、アレンさん！　よく来てくれ……た……え？　人間？」

「シェリルラルラ様？」

空港に到着した俺を出迎えてくれたエルフたちはロープでがっちりと縛られたシェリルラルラさんの姿を見て、そして俺と一緒にいるアナの姿を見て困惑している様子だ。

「あはは。色々とあってこうなっちゃった」

俺はシェリルラルラのロープをほどきながらそう言って誤魔化す。

「はい、シェリルラルラさん。もう地面ですよ」

「ううっ。宙吊りはもういやー」

ううん、さすがに宙吊りは可哀想だったかな？

ハンググライダーと同じ形式とはいえ、慣れていなければやはり怖かったよな。

だからといってアナを宙吊りにするわけにもいかなかったし……。

そんな俺を尻目にシェリルラルラさんは一人で立ち上がると、里のほうへフラフラと歩いていった。

「さ、アナ様」

俺はアナに手を貸して立ち上がらせる。

「あ、アレンさん？　その人間は？」

「彼女はアナスタシア様、俺の――」

「ああ、そうかそうか。アレンさんももうそんな年頃なのか。やっぱり人間はすぐに成長しちゃうなぁ。でも、女王様の許可は取ってもらうよ」

どうやら俺が最後まで言う前に自己解決したらしい。

「ああ、わかってるって。これから女王様のところに行くところだから」

俺は硬い表情をしているアナの手を取って頷くと、そのまま手を引いて里へと案内する。

「あー、アレンだぁ！」

「あれ？　知らない人間がいるよ？」

「大丈夫なのかしら？」

「夏祭りに連れてきたってことは、そういうことなのかしら？」

もう里のエルフたちとは全員顔見知りだ。そのため俺が歩いていても何かを言われることはもうないが、アナはかなり警戒されているようだ。

最初に迷い込んだときなんか、弓を向けられたもんな。

懐かしいことを思い出しつつも適当に挨拶を交わし、日の落ちた里を女王様の家に向かって歩くのだった。

◇◆◇

「アレン様。どうやらシェリーが強引なお願いをしてしまったそうで、申し訳ありませんでした。しかも助けていただいたそうで、本当にありがとうございました」

「そんな。こちらこそシェリルラルラさんを宙吊りにして運んでしまい申し訳ありませんでした」

お互いに謝ったところで女王様はアナに視線を向けた。

「それで、そちらの女性は？」

「はい、紹介します。こちらの女性はアナスタシア・クライネル・フォン・ラムズレット様、俺の……大切な女性です」

俺がそう紹介した瞬間、アナの息をのむ音が聞こえた。

「そう、この人がアレン様の……」

女王様は値踏みするような目で無遠慮にアナのことを観察する。

「アナスタシア様。こちらがこのエルフの里の女王様です」

「ラムズレット公爵が娘、アナスタシアと申します。女王陛下にお会いできて光栄でございます」

アナは優雅な所作で淑女の礼を執った。

「ふふ。そう。アナスタシアさんは良いところのお嬢さんなのですね。それでは、エルフの里がなぜ閉じられているかをご存じかしら？」

「……はい」

「そう。ではそれを知っていてなぜ、アナスタシアさんはここにアレン様と一緒に来ようと思ったのですか？」

「そ、それは……その……」

そう口ごもると俯いてしまう。

「アレン様。少し外してくださるかしら？」

「はい。ではアナスタシア様。俺は部屋の外にいます」

そう言われた俺は部屋から退出した。

するとすぐに変態とミリィちゃんがやってきた。

「アレンー！」

笑顔でそう言いながらミリィちゃんが突進してきたので、それを受け止めると抱き上げてあげる。

ちなみにミリィちゃんは俺が四年前に出会ったときにはすでに三～四歳くらいの外見だった。そして今もその外見はほぼそのままだ。

普通はエルフも十歳くらいまでは人間と変わらないスピードで大きくなるのだそうだが、ミリィちゃんはほとんど成長していない。

その原因こそが、この変態なのだ。

なんでも、この変態と契約したせいでミリィちゃんの存在はこの変態の存在に近づいた（？）のだそうだ。こうなったことで本来は五百から千年くらいのはずのエルフの寿命が一万から十万年くらいに延びるのだそうだ。

そんな設定はゲームに出てこなかったのでよくは知らないが、どうやらエルフにとっては嬉しいことらしい。その証拠に女王様もシェリルラルラさんも、里のみんなだって大喜びでミリィちゃんをお祝いしていたのだ。

個人的にはずいぶんと残酷だとは思うのだが、人間の価値観でエルフの価値観をとやかく言うのは良くないだろう。

そんなわけで、そのことについては一切口出ししていない。

ただ、それだけ寿命が延びた結果として体の成長もそれだけ遅くなっているわけで……。

つまりこの変態の目的は最初からそういうことだったのではないかと思う。

光の精霊様がこうも最低な欲まみれでいいのだろうか？

「アレン氏(うじ)！　久しぶりだおっ！」

「相変わらずの変態っぷりだな」

「アレン氏も相変わらず口が悪いんだお」

「お前ほどじゃない」

「おっおっ」

こんなのが光の精霊とか、世も末だ。

「なんか、アレン氏が嫁を連れてきたって聞いたおっ。どこを好きになったんだお？」

「え？　う～ん、まあ、性格？」

「アレン氏が認める性格の良い幼女とか楽しみだおっ！　早く見せるんだお？」

「……お前に見せるとアナが穢れそうだ」

「むむ、そんなにかわいい幼女なのかお？　さすがアレン氏。ボクチンの認める同志だお」

「アナは幼女じゃねえ。それにそもそも勝手に同志扱いするな！　俺はお前の趣味を一片たりとも理解できねぇ」

「照れ隠しはいいんだおっ！　ボクチンのミリィたんを愛でるその態度はどう考えても同志なんだおっ！」

いや、小さい子が甘えてきたら普通は可愛がらないか？

「ねぇー、抱っこぉー」

「あー、はいはい」

一度下ろしたミリィちゃんに再び抱っこをせがまれ、俺はもう一度抱き上げてやる。

「ほら、論破だお！」

「お前は相変わらずうぜぇな」

こうして俺は変態から論破認定された挙句にニヤニヤされるというこの上ない屈辱を味わったのだった。

Side. アナスタシア（三）

アレンは冒険者だ。だが、学園において冒険者の印象はあまりよろしくない。

なぜなら、貴族たちは冒険者たちのことをなんでも屋の荒くれ者程度にしか考えていないからだ。

そこで少しでもそのイメージが良くなればと思い自由研究のテーマを考えたのだが、まさか冒険者ギルドの見学に行くだけでこれほど大事(おおごと)になるとは思ってもみなかった。

冒険者ギルドへの道中で殿下たちとあの女がフードを被った小柄な女性を取り囲み、脅している現場に遭遇した。

当然その女性を助けたのだが、驚いたことに脅されていた女性はアレンの知り合いだった。

しかもなんと！　エルフの里のお姫様だったのだ！

こんなことが起こるだなんて、一体誰が想像できただろうか？

だが、私はいくつかあり得ない失態を犯してしまった。

いきなりシェリルラルラ様がアレンに抱きついたのだが、その時の私はなぜか無性に腹が立ってつい攻撃的になってしまった。そしてそんな私から彼女をアレンが庇ったときは無性に悲しい気分になった。

もちろん、彼女がエルフだとあの場でバレていたらとんでもない騒ぎになっていただろう。ついカッとなっていきなりフードを取ろうとした私の行動は間違っていたし、礼を失していた。

だからアレンのその行動は正しかった。

だが！　だが！

わかっているのにそれでもモヤモヤしてしまうこの感情は一体なんなのだろうか？

それにしても、アレンがエルフと知り合いだったとは驚いた。この国はおろか、世界でも唯一の人間なのではないかと思う。

そしてもしこのことを知られたなら、アレンは一体どうなってしまうのだろうか？

冷静に考えるなら、私は何も見なかったことにしてそっと送り出してやるのがもっとも賢い選択だ。

そうすればアレンも彼女も、今までどおりに過ごせるのだから。

それなのに！　そうと頭ではわかっていたというのに！

なぜ私は一緒に行くと言ってしまったのだろうか？

私がそう言えば、アレンは断れないとわかっていたはずなのに。

いや、そうだ。答えは単純だ。

彼女が私の知らないアレンの秘密を知っていたことが、羨ましくて仕方がなかったのだ。

そんな彼女がまた私の知らないアレンとの思い出を作るんだと思うと居ても立ってもいられなくなり、つい連れていってほしいと願ってしまったのだ。

そんなことを言えばアレンの迷惑になるのはわかっているのに。

私は……最低な女だ。

権力で無理やり従えている。

まさにその通りだ。

だが、アレンはそんな驕った私のわがままを叶えてくれた。

もっともらしい理由をつけて私を連れ出してくれて。

それに私のことをこ、婚約者だなんて。

方便なのはわかっている。だがそれでもなぜかとても恥ずかしくて、それでいてなぜかこそばゆいような不思議な気持ちになる。

婚約と言われて思い出すのは辛かった思い出ばかりだ。できることなら、思い出したくもない。にもかかわらず、もしもアレンだったら……！

そう考えるだけで温かい気持ちになるのはなぜなのだろうか？

こうして賢い選択をできず、アレンに無理やりついていった私は彼のさらなる秘密を暴いてしまうことになる。

アレンは王都北東の森の奥に奇妙な場所を作っていたのだ。そして不思議なスキルを使って荷車のようで鳥のようでもある、なんとも言えない不思議な形をした乗り物を地中から取り出した。

それからアレンに密着するように私の体はその乗り物に縛りつけられた。

私の胸がアレンのお尻に当たっていて、私の顔の目の前にアレンの腰があって、なんだかものすごく恥ずかしい。

しかし、この乗り物が動き出してからはそんな気持ちは一瞬で吹き飛んでしまった。

アレンが何かの魔法を使うと凄まじい風が吹き、どういう仕組みなのかはわからないがその乗り物は動き出す。

そしてぐんぐん加速するとふわりと浮き上がり、あっという間に空高く舞い上がったのだ！

すごい！

王都が、お城があんなに小さく見える。

「ア、アレン！　すごい！　すごいぞ！　それに速い！　これは一体どうなってるんだ？」

私はまるで子供のようにはしゃいでしまったが、それは致し方のないことではないだろうか？

人が空を飛ぶだなんて聞いたことがない。

そもそも、こんなに重たいものが空を飛ぶだなんてどう考えてもおかしいのだ。

重たいものは下に落ちる。それが常識だ。

だというのに！　私は今！　こうして空を飛んでいるのだ！

これほどの重さを風の力で空中に浮かせるなど、一体どれだけの魔力が必要なのだろうか？

だがそうこうしているうちにルールデンの町が、城があっという間に遠ざかっていく。

どうやら四時間ほどでエルフの里に着くらしい。

この速さで移動して四時間ということは、もしかすると北の山を越えて国境近くまで行けてしまうのではないだろうか？

「そうか、やっぱりすごいな。アレンは」

私はそう言ってアレンの体に身を預け、それからゆっくりと深く息を吸い込んだ。

するとアレンの匂いがいっぱいに広がり、なぜかとても穏やかな気分になる。

それと同時に、不思議な感情が私の中に浮かんできた。

この場所を、絶対に他の女に渡したくない。

ロープでぶら下げられている彼女には悪いとは思う。

だがもしこの場所に他の女がいたら、そう考えただけで胸が張り裂けそうになる。

ああ、そうか。私は、ずっと前から……。

◇◆◇

日が沈んで薄暗くなってきたころ、私たちはエルフの里に到着した。おそらくここは、リンゼアの近くにある迷いの森の奥だろう。

リンゼアにある迷いの森は有名で、エルフの隠れ里があるのではないかという噂はあった。だが迷いの森に足を踏み入れた者で生きて帰ることができた者は誰一人としていない。

最近だと、あの無私の大賢者ロリンガス様がなんらかの秘薬を求めて立ち入ったものの、未(いま)だにお戻りになられていないというのは有名な話だ。

そんな迷いの森の向こう側へ、アレンはいとも簡単に辿りついてしまったのだ。

しかもアレンはエルフたちからかなり歓迎されているようだ。

だが、やはり私は異分子なのだろう。相当警戒されている。

しかしそれは人間がエルフに対して行ってきた仕打ちを考えればやむを得ないことだろう。

そんなことを考えたせいで少し沈んだ気持ちになってしまったが、アレンは私の手を取って案内してくれた。里のエルフたちと親し気に挨拶を交わしながらゆっくりと里の中を進んでいく。

そうして案内された建物の中に入ると、あっという間に女王陛下の御前へ通された。先触れもなく女王陛下にお会いできるなど、一体どれほどの信用をアレンは勝ち得ているというのだろうか？

アレンと女王陛下が簡単な挨拶を交わした後、私の話となった。

「それで、そちらの女性は？」

「はい、紹介します。こちらの女性はアナスタシア・クライネル・フォン・ラムズレット様、俺の……大切な女性です」

嬉しい！　私のことを大切な女性と言ってくれた！

「そう、この人がアレン様の……」

「アナスタシア様、こちらがこのエルフの里の女王様です」

「ラムズレット公爵が娘、アナスタシアと申します。女王陛下にお会いできて光栄でございます」

私は公爵家の娘として、そして何よりアレンの大切な女性として恥じないようにしっかりと淑女の礼を執った。すると女王陛下は少しだけ表情を崩す。

「ふふ。そう。アナスタシアさんは良いところのお嬢さんなのですね。それでは、エルフの里がなぜ閉じられているかをご存じかしら？」

「……はい」

痛いところを突かれてしまった。

「そう。ではそれを知っていてなぜ、アナスタシアさんはここにアレン様と一緒に来ようと思ったのですか？」

「そ、それは……その……」

私は上手く答えられずに口ごもってしまう。

ああ、もう！　どうしてアレンのことになると私はこんなにも上手く喋れなくなってしまうのだ！

「アレン様。少し外してくださるかしら？」

「はい。ではアナスタシア様。俺は部屋の外にいます」

アレンは女王陛下に促されて退出し、部屋には私と女王陛下だけが残された。

「さて、アナスタシアさん。あなたはなぜエルフの里が閉じられているかを知っていると仰いましたね？」

「はい」

「ではアレン様がエルフの里と交流があると知られたならば、アレン様の身に危険が及ぶことを理解していますね？」

「……はい。わかっていました。私たち人間の中には卑劣にも見目麗しいエルフたちを捕まえ、奴隷として扱う者がおります。彼らはきっとアレンを脅してエルフの里の場所を吐かせようとするでしょう」

「ではどうして見なかったことにしなかったのですか？　アナスタシアさんはアレン様の奥方とい

うわけではないのですよね？　しかも『大切な女性』という表現ですと、まだ将来を約束した仲ですらない」

「……はい」

淡々とした表情で女王陛下は私に正論を投げかけてきた。何一つ反論することのできない私はきゅっと唇を噛む。

「では、なぜですか？　アナスタシアさんにとってアレン様の存在はその程度ということですか？」

女王陛下の口調には非難の色が含まれるようになり、その言葉は私の胸にぐさりと突き刺さる。

悔しくて、そして自分が情けなくて……。

気が付けば私の頰を涙が伝っていた。

ああ、人前で涙を流してしまうなんて！

私はラムズレット公爵家の令嬢として失格だ。

しかし、そんな私に女王陛下は優しい口調で語りかけてきた。

「そのことが理解できていたのに、アナスタシアさんは理性ではわかっていたのに、ここに来るという道を選んでしまった。それがどうしてなのか、アナスタシアさんはわかっているのではありませんか？」

「それは……」

わかっている。しかしそんなことは許されない。決して口に出してはならない想いなのだ。

だが、私はそれを堪えることがどうしてもできなかった。

「アレンのことが……好きだから！　だから、だからっ！　私のいないところでアレンがっ！　他の女となどっ！」

ああ、言ってしまった。

身分に差があるから。貴族としての義務があるから。

だから、だから！

「あ、ああああ」

その言葉を口に出してしまったことに深い後悔の念を感じ、またも涙が頬を伝う。

「つまり、アナスタシアさんはアレン様のことが好きだけれど、人間の世界では一緒になることができない、と？」

私は小さく頷いた。

「それでしたら、この里でアレン様と暮らしてはいかがですか？」

「えっ？」

「私たちも恩人であるアレン様には幸せに暮らしていただきたいのです。人間の世界で叶わぬ恋ならば、いっそ全てを捨ててしまえば良いのではありませんか？」

あまりにも……甘美な提案だ。思わず飛びつきたくなってしまう。

だが、そんなことは絶対に許されない。

「それは……許されません。民の血の上に生きる貴族の娘として、民のためにその身を捧げる義務があります。だから私が、私だけがそのような幸せを掴むなど……許されないことです」

するとと女王陛下は心底不思議そうな顔をして私に問うた。

「不思議ですね。ではなぜ両方を掴み取る道を選ぼうとしないのですか？」

「え？」

「アナスタシアさんは民のおかげで生活できたので民のために生きる必要がある。それなら、アレン様と共に民のために生きれば良いのではありませんか？」

理想はそうだ。そんな道があるならぜひともそうしたい。

だが、そんな道が本当にあるのだろうか？

それに、アレンはそれを望んでくれるのだろうか？

「アナスタシアさん。私にはあなたは少々自己犠牲が過ぎるように見えますよ。もう少し肩の力を抜いて、自分に素直になっても良いのではありませんか？」

「わ、私は……」

優しく私を諭すかのようにそう言ってくれた女王陛下に、私は何一つ言葉を返すことができなかった。

第八話　町人Aは変態に悪役令嬢を紹介する

「ア、アレン？」

抱っこからの高い高いに続いて肩車をさせられていた俺に、女王様の部屋からようやく出てきたアナが恐る恐る声をかけてきた。

どうしてそんなにおっかなびっくりな感じなのだろうか？

不思議に思いつつも俺はミリィちゃんを下ろし、アナに二人を紹介する。

「アナ様。こちら、女王様の末の娘のミリルレルラ様です。それと、一応ここにいて、一応光の精霊であるロー様の契約者でもあります」

俺は変態を指さして「一応」と二回言っておいた。大事なことだからな。

『一応とはなんだお？　失礼だお？』

よくわからない変態の抗議を無視し、ミリィちゃんにアナを紹介する。

「ミリィちゃん。この人はアナスタシア様で、俺の大切な女性だよ」

するとミリィちゃんはじっとアナを見つめた。そんなミリィちゃんに向かってアナは優雅に礼を執って挨拶する。

「アナスタシア・クライネル・フォン・ラムズレットと申します。お会いできて光栄です。ミリルレルラ様。それと……」

そう語尾を濁すと何かを探すようにキョロキョロと辺りを見回した。

『アレン氏、まさかこの年増が嫁かお？　それから、普通の人間に精霊は見えないんだお。アレン氏はそんなことも忘れてたのかお？　プークスクス』

変態が色々と失礼なことを言っている。

こんなのが光の精霊とか、本当に！　本ッ当に世も末だ。

「(じゃあなんで俺にはお前が見えてんだよ?)」

『エルフのお守りの所有者であるアレン氏は特別だお。アレン氏は名誉エルフだお』

俺が小声で変態に尋ねると、そんな答えが返ってきた。

「申し訳ありません。どうやらエルフの助けを借りないと精霊は見えないそうなのですが、ここに一応います。はい。一応」

そう言って変態を指さした。

「……そうか」

少し残念そうな表情を浮かべると、何も見えていないはずだというのにアナは俺の指した方向に向き直って再び淑女の礼を執った。

「光の精霊ロー様。アナスタシア・クライネル・フォン・ラムズレットと申します」

『ふーん？　年増のくせに素直なんだお？　実はいいBBA……ん？　どこかで聞いたことある気

がするんだお?」

　そう言って変態はアナの顔をじっと見つめる。

「……おっ?　おっ?　おっ?　クライネルでラムズレットって、もしかしてラムズレット公爵家かおっ?　おっ?　おっ?』

　変態はアナの周りを飛び回り、ジロジロと全身をくまなく観察している。

『言われてみればリザたんの面影があるんだお?　もしかしてこの娘はゲルハルトとエリザヴェータの娘のアナスタシアなのかおっ!?』

「(何だ、お前知り合いか?)」

『知り合いも何も、リザたんがまだ幼女だったころに魔法を教えたのはこのボクチンなんだおっ。あの頃のリザたんは天使だったたんだおっ』

「……」

　こいつは……。やれやれ。やっぱりここに隔離して正解だったようだ。

『そういえば、結婚して子供が生まれてからは一回しか会いに行ってなかったんだお。あの幼女がまさかもうこんなBBAになってるなんて!　失敗したんだお!』

「お、おう……」

　呆れて視線を泳がせると、アナが淑女の礼を執ったままミリィちゃんにじっと見つめられて居心地悪そうにしているのが目に入った。

　俺と視線が合ったアナはすぐに助けを求めてくる。

「お、おい、アレン……」

「ええと、アナ様。礼を執る必要はないかと思います」

そう答えてからすぐに名案を思いついた。

「あ、そうか。ミリィちゃん、アナお姉ちゃんが抱っこしてくれるって」

「え？　アレン？」

俺がそう言うと、ミリィちゃんはにぱっと笑みを浮かべてアナに抱っこをせがんだ。そんなミリィちゃんをアナはひきつった表情を浮かべつつ、ぎこちない手つきで抱き上げる。

ものすごい美少女がエルフの美幼女を抱っこしていて、しかも美幼女のほうは抱っこをしてもらえてご満悦の様子だ。

まるで絵画のように美しい光景だ。

アナの表情が引きつっている点を除けば、ではあるが。

『ふーん？　ボクチンのミリィたんも懐いてるし、悪人ではなさそうなんだおっ。んっ？　そういえばアレン氏。平民じゃなかったかお？』

「(それがどうかしたのか？)」

『なるほどなるほど。アレン氏、意外と火遊びが好きなんだお？　なるほどなんだお？　おっおっ？』

あーうぜぇ。変態のくせにウザ絡みかよ。くそっ。

わかってるさ。俺はアナのことを好きになっちゃいけないし、アナだって俺なんかを相手にしちゃいけないってことぐらい。

アナはいずれ政略結婚をしなければならない。その相手は王太子では無くなったが、間違っても平民の俺ではない。高位の貴族、あるいは外国の王族のはずだ。

アナは、平民の俺なんかには決して手に入ることのない高嶺の花なのだ。そのことを願うことすら俺には許されない。

くそっ！

だというのに！　母さんを救うためだったはずなのに！

いつの間にか守りたい人が増え、そして願ってはいけないことを願ってしまっている。

『その顔はそういうことなんだおっ？　アレン氏はあの娘に本気なんだおっ？　おっおっ。ボクチンのことを散々変態とか言っておきながら道ならぬ恋をするとか、ダブスタもいいところなんだおっ？　プークスクス。ねぇねぇ今どんな気持ちかお？　ＮＤＫ？　ＮＤＫ？』

ぐぬぬ。悔しいが言い返せない。

『まあいいお。ボクチンも鬼じゃないお。この里の中なら絶対にバレないから大丈夫だお。今晩はやることやってすっきりするといいんだおっ！』

「なおさら悪いわ！　あ……すみません」

しまった。つい大声を出してしまった。

そんな俺をニヤニヤした表情の変態と胡乱気（うろんげ）な表情のアナ、そしてキョトンとした表情のミリィちゃんが見つめていたのだった。

第九話　町人Aはエルフの夏祭りに参加する

明くる朝、俺たちは連れだって十年に一度のお祭りに沸き立つエルフの里を歩いている。昨夜は暗くてほとんどわからなかったが、里の家々はたくさんの花と飾りでカラフルに彩られている。いかにもお祭りといった楽し気な雰囲気で、華やかな里を見ているだけでもわくわくした気分になる。

ちなみに、昨晩はちゃんと別々の部屋で寝た。あの変態に煽られたからといって、夜這いなどかけなかったからな。

そりゃあ、アナに悪くは思われていないとは思っている。もしかしたら異性として好かれているんじゃないか、と思う節もないわけではない。

もちろん、自惚(うぬぼ)れじゃなければだがな。

だからといって一線を越えてしまったらもう取り返しがつかない。そこまで行ってしまったらもう俺は自分自身を止められる自信はない。

それにもしそうなったとして、アナが全てを捨ててついてきてくれるかと言われたら答えはきっとＮｏだ。

そのことは、これまでのアナを見ていれば断言できる。

だが、どうにも昨日からアナの様子がおかしい。正確には女王様と会った後からなのだが、何やらぎこちないのだ。

もしかして、女王様に何か言われたのだろうか？

そんなアナと連れ立って道を歩いている俺たちにエルフたちは好き勝手なことを言ってくるが、そのあたりは適当に返事をしておく。

「ふーん、その娘がアレンさんの？」

「そうだぞ。アナ様は俺の大切な女性だからな」

そこは別に否定するところじゃないからな。

「あら、結構美人さんじゃないの？」

「お、意外。アレンさんて顔で選ぶタイプだったんだ」

「里のエルフたちには見向きもしなかったのにね」

「さあ。どうだろうな」

別に顔で選んだわけではないが、アナの内面に惚れたといっても信じてもらえないだろう。あと、隣にアナがいるのにそのことを口に出して言うのはちょっと恥ずかしいということある。

「でも、それならちゃんとその娘を守らなきゃね。そら、そっちの娘さん。こっちにおいで」

呼ばれたアナは怪訝そうな顔をしつつも美人エルフの女性――といってもたしか四百歳オーバーのおばさんだったはずだ――に連れられて建物の中に入っていった。

そしてすぐに花の冠を頭に被って出てきた。

「アナ様。とても似合っていますよ」

「あ、ああ。ありがとう。アレン。それと、これは一体？」

「それはね。この祭りで男女の仲を認めてもらうのに必要なものだよ。男の子は惚れた女の子を必死に守るのさ。それで女の子を必死に守って、最後までその花冠を汚されずにいられた女の子は好きな男の子にその花冠を精霊の前で渡すのさ。そうすると精霊の祝福が貰えてね。その男女は結ばれるのさ」

おい！　そんなイベントがあるなんて聞いてないぞ？

「今年は参加するカップルが五組だからね。ああ、果物を投げつけられるだけだから安心しな。さ、早く中央広場にお行き」

「な、なあ。その、アレンは私を守ってくれるんだよな？」

「はい。もちろんです」

完全に騙された。こんなイベントがあるなんて誰も言ってなかったじゃないか。

それに、いくら果物だって当たりどころによっては怪我をするだろう。

万が一顔が腫れた状態で帰したりでもしたら大事(おおごと)になるのは間違いない。

かといって、今から不参加というのも難しそうだ。

これは……覚悟を決めるしかないか。

何やら周りに流されたような気はするものの、こうして俺たちはこのイベントに参加することとなったのだった。

◇◆◇

中央広場へ行くと、俺たち以外の四組はすでに集まっていた。エルフらしく美男美女ばかりだ。下は四十歳くらいから上は五百歳くらいまでおり、年の差に関係なくカップルとなっているようだ。

すぐにお祭りが始まった。

美しい調べが鳴り響き、それに合わせて俺たちはダンスを踊る。

踊るといっても俺は言われたとおりに足を動かしただけなので踊れてはいなかっただろうが、なんとなく踊っている風にはなったのではないだろうか。

だが腕の中にアナがいると思うとその体温に、そしてふわりと漂うその香りにどうしても胸は高鳴ってしまう。

そんな俺の気持ちを知ってか知らずか、アナを果物から守るイベントはスタートした。

制限時間は一時間。その間アナの花冠が果物で汚されなければ勝利だ。

銅鑼（どら）が鳴らされ、攻撃開始の合図が鳴り響く。

すると俺たち以外の四組はいきなり魔法を使い、高速で走り出した。

「はぁっ!?」

驚いてつい声を上げてしまったが、すぐにアナの死角から果物が凄まじいスピードで飛んでくるのが目に入った。

「アナ様！　失礼します」

俺は急いでそれをはたき落とすと、アナを横抱きにして一気に駆け出す。

「な、ア、アレン！　これはっ！」

慌てた様子のアナが俺の腕の中で抗議してくるが、今はそんなことを言っていられる状況ではない。

「アナ様！　話は後です。逃げますよ」

里の中を駆け抜ける俺たちの行く手を阻むため、今度は水の槍が飛んできた。水の槍は俺たちの先の地面に命中すると大きな水たまりを作り出す。

「おい！　ちょっと待て！　投げてくるのは果物だけじゃなかったのか？」

「怪我をさせたり物を壊したりしなければなんでもありですよ！」

水の魔法を飛ばしてきたと思われるエルフが俺にそう告げてきた。

なるほど。そういうことならこっちだって！

俺は煙幕を作り出すとそれに紛れてそっと逃げ出す。

そうして里の中を走り抜け、とある建物の陰に隠れた。

「はぁはぁはぁ。何とか撒(ま)きましたかね？」

「あ、ああ。その、アレン……」

俺の腕の中でアナが恥ずかしそうに顔を赤らめながら俺を見つめてきている。

う、かわいい。

そんなアナに見つめられ、その反則的な可愛らしさに俺は思わず固まってしまう。

「お、おい。アレン？　その、ええと、わ、私は自分で歩けるから」

「あ、す、すみません」

そう言われてようやく我に返った俺は慌ててアナを下ろして立たせてあげる。

「それと、その……あ、ありがとう。た、助かった」

「いえ、俺のほうこそ……その、失礼しました」

「いや、ええと、その、す、すまない」

「ええと？」

「いや、そ、その、お、お、重くは、なかったか？」

アナが顔を真っ赤にしながらそんなことを言ってくる。

これは、狙ってやってるのか？　もしかしてアナは俺の理性を破壊するために、わざとこんな態度をとってるんじゃないだろうか？

そんなあり得ない考えが頭を過るほどにその破壊力は抜群だった。

俺は自分を落ち着けるべく深呼吸をし、このまま抱きしめたくなる衝動をなんとか抑え込む。

「いえ、アナ様。アナ様はとても軽いですから、何時間だって大丈夫です」

「な、何時間もするのかっ!?」

なぜか慌てたアナが大声を上げてしまい、その声で気付かれてしまったのではないかと俺は急いで周囲を見回す。

すると俺の背後には変態の姿があった。変態はニヤニヤと意地の悪い笑みを浮かべており、しかもなぜかその変態の周囲に他の精霊たちが続々と集まってきている。

な、なんだ？　ま、まさかエルフたちを呼び寄せるつもりか？

『おっおっ！　聞いたお聞いたお！』

そう言うといきなり身振り手振りで変態が俺たちの真似をした風な演技で揶揄い始めた。

『ハニー、重くはなかったかお？』

『おお、マイエンジェル、君はとっても軽いんだおっ。このまま君を攫って百年だって逃げて見せるんだおっ！』

『まあ！　ハニーったら素敵なんだおっ！』

台詞を言うたび左右に移動して向きを変えている。どうやらこれは俺とアナを模して一人二役の演技をしているつもりらしい。

まったく似ていないし、そんな台詞を言ってすらいない。にもかかわらず変態の周りに集まってきた無数の精霊たちは、その身振り手振りを一斉に真似し始めた。

「こ、このっ！」

「おい、アレン！　エルフたちが」

思わず怒鳴りつけそうになったが、アナの声に俺は我に返ることができた。そんなことをやっている間に俺たちは発見されてしまっており、ニヤニヤした表情のエルフたちが手に思い思いの果物を持って俺たちに迫ってきている。

「に、逃げましょう」

「ああ」

アナの手を引いてその場から慌てて逃げ出すが、俺たちの逃げる先には果物を手にした別のエルフたちがニヤニヤしながら待ち構えている。

「こ、こっちに」

再びアナの手を引いて逃げるが、やはりその先にもエルフたちが先回りしている。

そうして逃げ回っているうちに、ついに俺たちは壁際まで追い詰められてしまった。

「くそっ」

投げつけられる果物を風魔法で逸らし、手で受け止める。間に合わないときは体で受け止めて守るのだが、いくらなんでも多勢に無勢だ。

完全に遊ばれている。

それに何より、あのニヤニヤしている変態が心の底から腹立たしい。

「アレンさん、惜しかったですねぇ。いやあ、お熱いものを見せてもらいました」

「でもそんなに簡単にゴールインなんかさせませんよ」

「そうだそうだ。俺たちだって彼女がいないのに！」

もはや単なる嫉妬からくる言いがかりにしか聞こえないが、ここはアナを守ることだけを考えよう。

だがしかし物を壊せないという制約がある以上、【錬金】で派手なことはできない。

「じゃあ、そろそろおしまいですね。アレンさんもその彼女は諦めて、あと十年俺たちと一緒に喪男してもらいますよ」

「へへへ、ざまぁみろ」

そういってエルフたちが手に持った大量の果物を次々投げつけてきた。

『プークスクス』

ニヤケ顔の変態が俺の目の前でプギャーと指さしてくる。

くそっ！　万事休すか？

いや、そうじゃない！　こうなったらアナだけでも守らねば！

「アナ様、失礼します！」

俺はアナをそのまま自分の胸に抱きしめて押し倒し、自分の体を盾にして果物の攻撃を全身で受け止める。

「お、おい！　アレン？」

「こうして時間切れまで耐えていればアナ様を守れますから」

「アレン!?　……ええい、ふざけるな！　マナよ。万物の根源たるマナよ。我が命に従い氷となりてその形を成せ。氷棺」

アナが氷魔法を発動すると俺たちをすっぽり包み込むように氷の棺桶が形成された。

当然だが、氷なのでものすごく冷たい。

「何が時間切れまで耐える、だ。それでお前が傷ついては意味がないだろう！」

「ですが……アナ様……」

「アナ、でいい。このエルフの里では人間の世界の身分など関係ないと、そう女王陛下に言われたのだ。だから、その、なんだ。この里にいる間だけは……」

最初のうちは饒舌に喋っていたアナの声がどんどん消え入りそうな程に小さくなっていき、それと比例するかのように最初は怒りの表情だったのにどんどん羞恥の色に染まっていく。

「アナ様……いやアナ。それって……」

「……ああ」

氷の棺桶の中で俺たちは外側でエルフと精霊たちが見ているのも忘れて見つめ合う。

そして……。

コンコン。

氷棺がノックされる音で俺たちはハッとなり、顔を上げた。

透明な氷の外側に困った表情の女王様がおり、俺たちを覗き込んでいる。周りにいるエルフたちも果物をもう持っていない。

「あっ。え、ええと、アナ……」

「あ、アレン。ああ」

アナが恥ずかしそうに顔を逸らすと氷棺の魔法を解いた。

その瞬間、近くにいたシェリルラルラさんが果物を投げつけてくる！

だが、俺はその動作を見逃さなかった。

体をよじってアナを庇うとその果物を顔面で受け止める。何だかわからない赤い果物の果汁がべっとりと張り付き、甘い香りと共に俺の視界を赤く塗りつぶす。

そして次の瞬間、終了を告げる銅鑼の音が里に鳴り響いたのだった。

「シェリルラルラさん？」

「ふふん。最後まで油断せず、よく頑張ったわね」

「アレン……その、すまない。私が油断したせいで」

「いえ。俺のほうこそ。ですが、きちんとお守りしましたよ」

俺がそう言うとアナも笑い、それから嬉しそうに言った。

ありがとう、私のナイト様、と。

◇◆◇

こうして果汁まみれになった俺は、同じく果汁まみれの他の参加者たちと中央広場で再会した。

アナの花冠はなんとか汚れずに守り抜くことができたが、他の四組のうち二組は守れなかったようだ。だがそれほど悲嘆にくれている様子はなさそうで、次こそはがんばろう、などと励まし合っている。その様子はまるで、部活の大会で負けた部員が次の大会で頑張ろうと言っているかのようだ。

やはり寿命が違うエルフは、俺たち人間と比べて時間の感覚が随分と違うのだなとしみじみ思う。

守るのに成功した残りの二組のほうへと視線を移す。それぞれ女性が男性に花冠を渡し、それから男性の額に口付けをした。

受け取った男性は花冠に口付けを落としてから再び女性に被せると、その唇に口付けをした。

……いや、口付けというよりもディープキスだ。

ディープキスをしている間、周囲を飛んでいる精霊たちがそれぞれキラキラとした光を降らせている。

「おお、すごい」

「キ、キ、キスまで、す、す、する、の、だな……」

アナには精霊たちが見えていないので仕方がないが、キラキラした光が見えていないのはなんだかもったいない気がする。

「アナ。もしこれ以上は嫌だったら、その、キスはふりだけでも……」

そう申し出ると睨み付けられ、足を踏むぞという動作をされてしまった。

俺は気を遣ったのに……。

最後に俺たちの番が回ってきた。

アナの前に跪くと、アナは花冠を手渡してくれた。それを受け取って瞳を閉じると、ふわりとした香りとともにチュッと優しい口付けが額に落とされた。

俺は立ち上がると花冠に口付けをし、アナにそっと被せる。

「よろしいんですね?」

「くどい。お前も男なら覚悟を決めろ」

「はい」

アナが瞳を閉じて少し上を向き、唇を突き出す。その小さくすぼんだピンクの可愛らしい唇に俺は優しく口付けを落とした。

そのまま唇を吸い、そして舌を差し入れてはアナの歯列を優しくノックする。そんな俺にアナもおずおずと舌を絡めてきて……。

俺たちのファーストキスは、名前はわからないがとても甘い赤い果物の香りで満たされていたのだった。

そんな俺たちにも精霊たちは光のシャワーを降らせてくれる。

それからしばらくして、俺とアナの唇は名残惜しいもののゆっくりと離れた。頬に朱が注がれてややトロンとした表情のアナが俺を見つめてくる。

だが次の瞬間、アナは目を見開いて周囲を見回した。

「こ、この光は？」

「精霊の祝福だそうです」

「これが……」

アナはうっとりとそのあまりに幻想的な光景に見とれている。

そんな俺たちのところへあの変態がやってきた。

「エリザヴェータとゲルハルトの娘、アナスタシア」

なんだと!?　こいつがまともな口調で話すなんて！

「あなたは？」

「私は光の精霊ロー。そして無私の大賢者ロリンガスに連なる者です」

……無私……だと……!?

あの変態のリビドーを凝縮したかのようなこいつがか!?

しかもそんな恥ずかしい二つ名を自分から名乗るのか!?

「ロリンガス様に？　ああ、ロリンガス様っ！」

どうしてアナがこんなに感動しているのかと疑問に思ったが、よくよく考えたらこの変態はエリザヴェータさんの魔法の先生なんだったな。

はぁ。まったく……。

「アナスタシア。あなたの覚悟と愛、確と見届けました。あなたに私の聖なる祝福を授けましょう」

変態は変態らしからぬよそ行きの芝居じみた口調でそう言うと、アナの頭に手を置いた。するとすぐにアナの体を柔らかで暖かい光が包み込んだ。

今の俺は、きっとこの光景を死んだ目で見つめていることだろう。

「あなたがその愛を失わぬ限り、光の精霊ローとロリンガスの魂は常にあなたを守るでしょう。アナスタシア。アレンのことをよろしく頼みましたよ」

「ああ、ロー様。ロリンガス様。はい！　はい！　ありがとうございます！」

感動のあまり涙を流しているアナの周りを精霊たちが飛び回っている。それはまるでアナのことを祝福するかのようで、周囲にはキラキラと幻想的な光が舞い踊る。

そんな美しい光景を、俺は何とも言えない複雑な気持ちで見つめるのだった。

第十話　町人Aは悪役令嬢と……

エルフの里は上を下への大騒ぎとなった。

光の精霊が人間の女性に祝福を与えた。

エルフの里の者たちが総出で祝う十年に一度の夏祭りで起きたこのことを知らぬ者はいない。

この一件でアナは完全に里のエルフたちに認められ、受け入れられた。

そこまでは良かったのだが……。

「アレン様、アナスタシアさん、おめでとうございます」

女王様が俺たちにお祝いの言葉をかけてくれる。

「あ、ありがとうございます」

「ふ、ふん。でもお似合いの夫婦よね」

シェリルラルラさんもだ。だが、結婚したわけではないんだぞ？

「「「おめでとー」」」

「ど、どうも」

見てのとおり、俺たちは完全に夫婦として扱われている。後から知ったのだが、あのイベントは要するにエルフの結婚式みたいなものだったのだ。

だが、エルフの場合は人間のように結婚という概念はない。

仲良くなって気が合えばパートナーという夫婦のような関係になり、なんとなく合わなくなればさらりと別れてしまう。

ただ、この夏祭りのイベントを越えた場合は別なのだそうだ。なんでもこのイベントに参加するということは「子供を作りたい」という意思表示になるのだそうだ。

じゃああの喪男云々と言ってきたあいつらは何だったのかというと、どうやらそういう役を持ち回りで担当して楽しんでいるらしい。

実際、あの中の一人にはパートナーがいて子供までいたのだ！

とまあ、そんなイベントに飛び入りで参加して、しかも乗り越えてしまったのだから当然エルフたちは俺たちがそれほどの深い仲だと思っている。

そして人間が子供を作ると言えば結婚だと思っている彼らは、俺たちが結婚したと思ってお祝いしてくれているというわけだ。

だが、ひとこと言わせてもらいたい。

そこまで大事なことなら先に言え！

不快なわけではないものの、どうにもやり場のないこの怒りをどこにぶつけたらいいのだろうか？

そんな俺にアナが話しかけてきた。

「なぁ、アレン。私はこの里が好きだ。エルフたちも、精霊たちも皆幸せそうにしている」

「そうですね」

「民から税を搾り取り、その金を使って無駄に贅沢な暮らしをしている王族も貴族もいない。誰もが平等だ」

「はい」

「なぜ、人間はこうあることができないんだろうな……」

そう言ったアナの表情は酷く悲し気に見えた。

たき火を囲んで賑やかな音楽が鳴り響き、エルフたちが、精霊たちがそれぞれ楽しそうに歌い、踊っている。

エルフの里のお姫様であるシェリルラルラさんだってその輪の中に交じり、楽しそうに踊っている。

そこには身分の壁なんてものは見当たらない。

ただ単に、シェリルラルラさんという一人のエルフが存在しているだけだ。

「王とは、貴族とは一体なんなのだろうか？」

「アナ……」

エルフの里にも女王様はいる。だが、強権的に何かを決めるということはない。どちらかというと困ったときの調停役で、あとはごくまれに現れる外敵に対応するくらいだ。

間違ってもあの王太子のように、身分を笠に着て傲慢(ごうまん)な命令をすることなどない。

「やはり人間には無理なのだろうな」

アナはそう寂しそうに呟くと俺の肩に頭を預けてきた。そんなアナの肩を抱き、優しく支えてやる。

「なあ、アレン。ここなら私はラムズレット公爵家の令嬢ではなく、ただのアナスタシアでいられるんだろうか？」

「……そうですね」

愛しい。

大切にしたい。

守りたい。

そんな気持ちが心の奥底から湧き上がってくる。

「それならアレンも、平民のアレンではなく、ただのアレンでいてくれるのか？」

潤んだ瞳でアナが縋（すが）るように俺を見つめてくる。

俺はたまらずその唇を塞いだ。

それはまるで永遠とも思えるような時間で……。

それで……。

それで…………。

こうしてエルフの里の夜は更けていった。

ここは決して人間の立ち入れぬ迷いの森の奥深く。

十年に一度、楽し気な音楽と踊りが新たなカップルの誕生を祝って鳴り響いている。

そしてその夜、俺とアナは……。

◇◆◇

俺が目を覚ますと、左腕の感覚が一切なかった。

ああ、そうだった。

俺はその原因でもある大切な存在を思いやる。俺の左腕を枕に安らかな寝息を立てる彼女はどこまでも美しい。そんな彼女をいつまでも見ていたいという欲求に駆られつつも、あまり遅くなるのもどうかと理性に咎(とが)められる。

そんな葛藤を覚えつつ、起こすべきかどうかを悩んでいるとアナが目を覚ました。

「あ……」

俺と目が合った瞬間顔を真っ赤にし、そして伏し目がちとなった。

「おはよう。アナ」

「お、おはよう、アレン……」

そう返事をしたきりアナは黙りこくってしまった。

「ええと、アナ。起きる?」

「あ、ああ。ええと、そ、そうだ。まずは服を着ないと」

そう言ってベッドから立ち上がったアナは、何かを庇うようなぎこちない足取りでゆっくりと自分の荷物のほうへと歩いていったのだった。

◇◆◇

俺はアナと連れだって里の外れにある美しい泉へとやってきた。

澄み切った水を満々と湛えるその泉の周りには種々の花々が咲き誇り、その周りを精霊たちが飛び回っている。

なんとも神秘的な雰囲気の場所だ。

そんな雰囲気の中、俺は勇気を振り絞って口を開く。

「アナ、あのさ？」

「何だ？」

「その、昨日のことなんだけど」

そう言った瞬間に一気にアナの顔に朱が滲む。

「な？　い、今さらになって謝ったりなどするなよ？　わ、私はっ！」

慌てた様子で捲し立てるアナに俺は首を振ると跪いた。

「アナ。俺、いつになるかわからないけど、必ず公爵様に認められるように、アナを迎えに行けるように手柄を立てます。そしてずっとアナを守ります。だから、その、順番は逆になってしまったけど、俺と結婚してください」

俺は身代わりの指輪を差し出した。

目を見開いたアナは俺の顔と差し出した指輪を交互に見て、そしてポロポロと涙を流し始める。

「……はい」

そう言って頷いてくれたアナの左の薬指に、俺は身代わりの指輪をそっと通したのだった。

◇◆◇

その日の昼過ぎにブイトールで飛び立った俺たちは、行きと同様に密着した状態で王都へのフライトを楽しんだ。その時間は身分を忘れていられる最後の時間で、俺たちは噛みしめるように空からの景色を堪能したのだった。

ちなみに、アナは妖精の髪飾りという装飾品をエルフの女王様からプレゼントされた。

恐らく使うことはないと思うが、これを身に着けていればアナは一人で迷いの森を抜けることができる。

もともとはエイミーが手に入れるはずだったアイテムなわけだが、まあ別に問題ないだろう。魔物がいないのだからエルフの里はエイミーたちを受け入れないだろうし、もしエイミーたちが迷いの森に行ったとしても集団で遭難するだけだ。

あれ？　それはそれでいろんな問題がまとめて解決するような？

ま、まあいい。

ええと。ああ、そうそう。あの変態のことだが、アナが祝福のおかげでその姿を見られるようになったせいかずっと猫を被っていた。

ただ、別れ際に耳元で「やることやってスッキリしたかお？」などと言われたときは思わず大声を上げそうになった。

どうにか我慢はしたものの、相変わらず変態は変態だ。

まあ、感謝はしているわけだが……。

それともう一つ、重要なことがある。それは、一応は光の精霊である変態が聖なる祝福をアナに与えたことだ。

ゲームではエイミーに与えられるはずだったもので、この聖なる祝福は聖女となるためには必須のものだという説明がなされていた。

ということは、エイミーが聖女になれる可能性はこれで消滅したと考えていいだろう。

そうなると当然、エイミーは聖女でもないただの男爵令嬢ということになる。そんなエイミーが、本来一夫一婦制であるこの世界において逆ハーでゴールインすることはもはや不可能だということだ。

はっきり言って、エイミーはもう詰んでいる。

そう思うのは俺だけではあるまい。

であれば、もうエイミーのことなど無視しても問題ないはずだ。

　そうこうしつつもアナを公爵邸に送り届けた翌日、俺は想定通り公爵様に呼び出しを受けた。

「さて、アレン。お前はなぜ呼び出されたか、わかっているな？」

「はい」

「では、説明しろ。あの指輪は何だ？　なぜ娘が左の薬指にあんな指輪をしているのだ？」

「あの指輪は、俺がお贈りしました」

　そう言った瞬間公爵様は鬼のような形相となり、怒りをあらわにした。

「この馬鹿者が！　決闘騒ぎの際に後ろ盾となって王家から庇ってやった恩を忘れたか！」

　すさまじい迫力だが、この反応は想定の範囲内だ。

「それはお互い様ではありませんか。それとも、あのままアナスタシア様があのような非道な方法で貶められ、そして公爵家の名誉を貶められたままのほうが良かったと？」

「黙れ！　お前は平民だ！　そして娘は貴族の、しかもこのラムズレット公爵家の娘だ！　そんじょそこらの貴族の娘とは重みが違うのだ！」

「はい。だからこそのあの指輪です」

　公爵様は虚をつかれたのだろう。俺がそう言うとポカンとした表情になった。そしてすぐにまた怒り狂う。

　よしよし。これは何十パターンと想定したうちの一つだ。

「馬鹿なことを言うな！　平民の贈った指輪を公爵家の娘が着けるなど！　あまつさえ、左の薬指だぞ！」

この反応も想定通りだ。

「公爵様。あの指輪はただの指輪ではありません。あれは『身代わりの指輪』という叙事詩級の指輪です。あの指輪を身に着けた者はたとえ殺されたとしても、一度だけ指輪が身代わりとなって命を助けてくれるという特別な代物です。全力を尽くしますが、俺が常にアナスタシア様をお守りできるわけではありません。ですからアナスタシア様に対する俺の気持ちの証として、身代わりの指輪をお贈りしました」

一切の嘘は言わず、事実だけで説明する。あの指輪は俺の決意なのだ。

「なっ？　叙事詩級だと!?　一体どうやってそんな物を？」

驚いた公爵様は自ら話を脱線させた。いくら公爵様といえども、この返しは予想外だったのだろう。そもそも叙事詩級の身代わりの指輪ともなれば、本来は国王が身に着けるべき代物だ。当然市場で買うことなど不可能で、もしそれを売ったならば一生働かなくても良いレベルの金を手に入れられる。

そんな指輪を平民の俺が贈ったと言ったのだから、驚くのは当然のことだろう。

そしてこのパターンもまた、想定済みだ。これならいけるだろう。

「俺は冒険者です。かの有名な風の山の迷宮に潜り、自分で見つけて参りました」

「なっ!?　風の山の迷宮だと!?　あそこはまだ八層までしか攻略されていない最難関の迷宮ではないか！」

「その風の山の迷宮の第二十八層、浮遊小島のギミック層にある隠し部屋より入手しました」

「第二十八層だと!?」

「はい。風の山の迷宮は全三十層から成り、最終層のボスはブリザードフェニックスでした」

「ブリザードフェニックスだと!?　まさか本当に倒していたというのか!?」

「はい。前に申し上げたとおり、俺はその単独討伐に成功しています」

「なっ？　いや、そんな馬鹿なことが」

俺の言葉に公爵様は完全に呑まれている様子だ。だがそれでも俺の言葉そのものに疑念を抱いているあたりはさすがだ。

やはり、証拠もなしに信じるほど甘い人ではない。

そこでダメ押しにブリザードフェニックスの魔石と尾羽、そして風切り羽をバッグから取り出して公爵様に差し出す。

「これは？」

「これがその証です。ブリザードフェニックスの魔石と尾羽、そして風切り羽です。俺にとってはいくらでも入手できるものですので献上いたします。どうぞお納めください」

すると公爵様はしばらくの間黙り込んだ。

長い長い沈黙の後、ゆっくりと口を開く。

「何が望みだ？」

「爵位を得られるだけの武勲を得られる場を。そして十分な戦果を得たならばアナスタシア様の隣に立ち、俺の残りの人生の全てで彼女をお守りする権利を頂きたい」

公爵様は眉間にしわを寄せる。それから再度の長い沈黙の後、吐き捨てるように答えた。

「三年だ。その間は待ってやる。だが、今以上の関係に進むことは許さん」

「はい。感謝します」

俺は頭を下げて礼をした。

すると公爵様はギロリと一睨みし、またもや吐き捨てるように言い放った。

「覚悟しておけよ。死んだほうがマシだと思えるほどの過酷な戦場に送り込んでやるからな」

「……望むところです。なんなら俺一人ででも、敵の本拠地に乗り込んでやりますよ」

「いいだろう」

そう啖呵を切り、俺は公爵邸を後にしたのだった。

Side．アナスタシア（四）

これは、夢なのだろうか？

物心ついたころから礼儀作法を学び、八歳からは王妃となるために育てられてきたこの私にとって恋などというものは夢物語の中にしか存在しないはずだった。

どんなに嫌でも、どんなに疎まれようとも民の血の上に生きてきた私は民のためにこの身を捧げる義務がある。

そんな私に、まだ恋をするなどという感情が残っているとは夢にも思わなかった。

しかも、こうして好きになった男性といられるなんて！

本当に、本当にまるで夢のようで……！

こ、こほん。

アレンは人間に対して強い警戒心を持っているはずのエルフたちから驚くほどの信頼を勝ち取っている。

その証拠に、エルフの里の王女殿下が自ら危険な人間の世界にやってきてまでアレンを十年に一度の夏祭りに招待したのだ。

きっと、エルフたちはアレンがこの里に骨を埋めてくれることを願っているのだろう。

王女殿下だってきっと……。

だがそんな大切な儀式で私がアレンのパートナーとなることを許してくれ、アレンも見事に私のことを守り抜いてくれた。

そのうえ精霊様にも祝福していただいただけでなく、なんと光の精霊ロー様に聖なる祝福までお授けいただいたのだ。

しかも驚いたことに、なんと光の精霊ロー様はあの無私の大賢者ロリンガス様に連なるのだという。

ロリンガス様といえば、幼い子供たちのために私財をなげうって数多くの孤児院を設立することに尽力なさった偉大な大賢者様だ。ありとあらゆる魔法を使いこなすだけでなく、一切の詠唱をせずに魔法を発動なさる世界でも屈指の魔法のエキスパートとしてその名を知られたお方だ。そんなロリンガス様を慕い、尊敬する者は今でも多い。

かくいう私もその一人だ。ロリンガス様の伝記を読んではその尊い行いに感動を覚え、自分もこうありたいと襟を正したものだ。

それにロリンガス様はお母さまの魔法の師でもあった。そのおかげで私は幼いころに一度だけお会いしたことがあるのだが、今でもその時のことは鮮明に思い出すことができる。

ロリンガス様は優しく、とても温かく幼い私を見守ってくださっていた。特にその優しい眼差しはとても強く印象に残っている。

もしかすると、ロー様は迷いの森に囚われたロリンガス様の子供たちを救いたいという切なる願いによって生まれた精霊様なのかもしれない。

そんなロー様に私はアレンとの愛を祝福していただいたのだ。

もう、自分を殺すことはやめようと思う。

私にとってエルフの里はある意味理想の社会に見えた。里に暮らす者たちはそれぞれ協力し合っており、そこに身分の貴賤など存在しない。一人一人がただのエルフとしてそこに在ったのだ。

私はアレンと、そんな未来を築きたい。

もちろん、今そのようなことが許されないのはわかっている。

それこそ、全てを捨ててエルフの里に駆け落ちでもしない限り不可能だろう。

一方で、私は王太子殿下との婚約を解消したことで政略結婚の駒としては大きく価値が下がったことは間違いない。あれだけ長く続いていた婚約を解消してしまった以上、たとえ私に非が無かったとしても上方婚、つまり正妃として嫁ぐことはかなり難しくなったはずだ。

となると、きっとお父さまは家格が下だが力を持つ貴族家に嫁がせることを想定していることだろう。

そのため、アレンと一緒に駆け落ちでもしようものならお父さまは何をするかわからない。もしかしたら、彼のお母さまを人質に取るくらいはするかもしれない。だから、アレンだってそんなことは望んではないはずだ。

それに、アレンは約束してくれたのだ。時間がかかっても必ず私を迎えに来てくれると。

そんな彼を待つのも、その、つ、妻としての役目ではないだろうか？

だが、そんな夢のように幸せな時間も王都へ戻れば終わりを迎えてしまう。つまらない現実がやってきてしまうのだ。

そう考えるとどうしても憂鬱な気分になってしまう。

悔しいが、あの女に溺れた王太子殿下の気持ちがほんの少しだがわかってしまった。

そうしてアレンに送ってもらい、王都邸へと戻った私はお父さまに強く叱責された。エルフの女王陛下に頂いた妖精の髪飾りについてはチクリと言われただけだったが、左手の指輪のことはそれはものすごく怒られた。

だが、この指輪だけは誰がなんと言おうとも絶対に外すことはしなかった。

いや、できなかったのだ。

アレンが外す必要はないと言ってくれていたこともあるが、何よりもこれは私の意志でもあるのだ。

もちろん隠しておけば余計な詮索をされず、穏便に済んだであろうことは愚かな私の頭でもわかる。

だが、愛する男性から最高のプロポーズとともに左の薬指にはめてもらった指輪なのだ。私にはどうしても、どうしてもこの大切な証を外すということができなかった。

その翌日、案の定アレンはお父さまに呼び出されてしまった。しかしどういう意図なのかはわからないが、話し合いという名の断罪の場を隠し部屋より見ているようにとお母さまから命じられた。

きっと一方的な断罪の場となるに違いない。それを見せ、私に貴族の令嬢としての自覚を促すつもりなのだろうか?

気が進まないものの、逃げるわけにはいかない。

私はお母さまに連れられ、監視部屋へと入ってアレンたちを見守る。

だが、話し合いは私が想像していたものとは全く異なる結果となった。

最初のほうこそアレンが一方的にお父さまに叱られていたが、途中から風向きが変わった。

特にこの指輪が風の山の迷宮産の叙事詩級(エピック)の魔道具で、暗殺を恐れる王族や貴族が血眼(ちまなこ)になって探し求めているものだと知ったときは心底驚いた。

はっきり言って尋常ではない。この指輪を陛下に献上するだけで爵位が貰えるのは間違いない。

そんなレベルの代物なのだ。

アレンは一体どこまで想定していたというのだろうか？

そうこうしているうちに私の愛する男性はお父さまにほぼ全ての要求を認めさせてしまった。

私の頬をとめどなく涙が伝い、そんな私をお母さまは優しく抱きしめてくれる。

「お母さま、私はもう……」

お母さまはただただ優しく、そのまま抱きしめ続けてくれたのだった。

第十一話　町人Aは悪役令嬢を鍛える

俺はアナを連れて風の山の迷宮へとやってきた。もはや勝手知ったると言っても過言ではないこの迷宮だが、誰かを連れてきたのは初めてだ。

もちろんここに来たのには理由がある。

俺が公爵様に対して嘘を言っていないことを証明するためで、その証人としてアナを連れてくる許可を貰ったのだ。

あんなことがあったのによく許可してくれたものだとは思うが、おそらく公爵様の考えはこうだ。

まず、公爵様は俺がブリザードフェニックスの単独討伐をしたということを疑っていないのだと思う。

もちろん、風の山の迷宮を単独踏破したということもだ。

ではなぜそんなことを言ってきたのかというと、アナを最初の踏破者にするためだ。

というのも踏破の報告は義務ではないため、俺はまだその報告をギルドにしていない。

俺と一緒にアナが踏破すれば記録上は初踏破ということになる。そうなれば、アナに降りかかった不名誉を幾分か打ち消すことができるだろう。

しかもラムズレット公爵家は、令嬢を連れて迷宮を初踏破できる冒険者を抱えているということでその力を内外に誇示することもできる。

まあ、これは俺の単なる推測なので正しいかどうかはわからないがな。

だが一方で、この迷宮にアナを連れてくることができたのは俺としても都合が良い。

というのも、俺はアナのレベル上げをしておきたいのだ。

俺はもうゲームのシナリオと同じような展開になるとは思っていない。

アナが追放される理由はどこにもないし、内乱によってラムズレット公爵家が全員処刑されるような事態になることも考えづらい。

セバスチャンさんの話によると、ラムズレット公爵家を中心とする南部貴族たちの結束は非常に固い。そんな状況にもかかわらず、理由もなしにラムズレット公爵家を排除することなどいくら王家といえども不可能だ。仮にそんなことをしてしまえば、南部貴族たちは一丸となって王家に反旗を翻すだろう。

それこそ、ラムズレット公爵家が独立するという可能性すら考えられる。

そうなってしまえば、ゲームのように責任を擦り付けて処刑するなどということはできない。

多くの血を流し、ある程度の決着がつくまでは延々と戦い続けることとなるだろう。

だが、そんなチャンスを周辺各国が見逃すはずもない。

ここぞとばかりに戦争を仕掛けてくるはずで、そうなればラムズレット公爵家以外も無傷で済まない結果となることは火を見るよりも明らかだ。

いくら反ラムズスレット派とはいえども、現状においてそんなことをする愚か者はいるはずがない。

そんなわけなのでアナが絶望して暗黒騎士となるような未来はあり得ないし、エスト帝国の手先となってセントラーレンへ復讐にやってくるなどということもあり得ない。

それに、アナのことは俺が支える。たとえどんなに辛い目に遭ったとしても、アナが笑顔でいられるように全力で支えてやるのだ！

とまあそんなわけなので、このまま均衡状態を保っていれば王都壊滅は当面避けられるだろう。

だが依然として三方を敵に囲まれている状況は変わらないため、一切油断などできる状況ではないのも事実だ。

そこで、この世界でも特に稀な二つの加護を持つアナが強くなるということには大きな意味がある。

アナという象徴的な存在があれば、ラムズスレット公爵家と南部貴族軍はより強くなるだろう。

それにアナの性格だ。どうせ有事には先頭に立って戦うと言い出すに決まっている。

本来であれば前線になど出て欲しくないが、仮に前線に出たとしても余裕で生き残れるだけの実力を付けてもらいたい。

前置きが長くなってしまったが、そんなわけでこの迷宮にやってきているのだ。

「なあ、アレン。この迷宮は本当に不思議な場所だな。どうして地下にいるはずなのに空があるのだろうな？」

「そうだね。迷宮はわかっていないことばかりだけど、でもレベル上げにはちょうどいいよ」

マーガレットの冬休み

私はマーガレット。アルトムント伯爵家の娘で、ラムズレット公爵家のご令嬢アナスタシア様の親友でもあります。

昨年はアナスタシア様が王太子殿下に婚約破棄を宣告されるという信じられない出来事がありました。私もまだ気持ちの整理ができていない部分もありますが、きっとアナスタシア様のためにもあれで良かったのだと思います。

学園の冬休みは長く、その長いお休みを利用してアナスタシア様が我がアルトムントへ遊びに来てくださることになりました。

アナスタシア様にお越しいただくのはどれほどぶりでしょうか?

王太子殿下の婚約者となられてからはずっと王妃となるべく努力をされていましたので、それよりも前ということになります。

それに、アナスタシア様を決闘で守ってくれた平民のナイト君も一緒だと聞きます。ここはひとつ、お二人が良い仲となれるようにしてあげなければいけませんね。

もちろん、お二人が結ばれるということは不可能でしょう。でも、短い学生の間くらいはせめて心安らかに過ごしていただきたいのです。きっと卒業後は望まぬ結婚を強いられるのでしょうからね。

「それでは、アナ様。お泊りいただくお部屋にご案内しますね。アレン君も、お部屋を用意したからぜひ泊っていって」

こうして久しぶりに我がアルトムント伯爵家は久しぶりにアナスタシア様をお迎えしたのでした。

◆◇◆

私たちはアレン君の助けもあって最近発見されたばかりの迷宮をあっさりと踏破しました。

決闘での強さを知っていた私も、彼があれほどまでに優秀な冒険者だとは思ってもみませんでした。

安全に迷宮を踏破できたので私としては良かったのですが、どうやらアナスタシア様にとっては物足りなかったようで、彼としばらく迷宮で修行をされていました。

そう仰ったきり、アナスタシア様の顔が真っ赤になりました。

あら？　これはもしや、きちんと伝えてらっしゃらないのでしょうか？

「アナ様。それなら、クラスの皆の前でハンカチを手渡されてはいかがですか？」

「そ、そう、だな……」

「ほら。刺繍は食欲全開のを見られているじゃないですか。ここは公爵家のご令嬢として、きちんと家紋の刺繍だってできるところを見せるチャンスですよ？」

「え？　あ、ああ。そうだな。よし」

そう仰ったアナスタシア様は目をキラキラと輝かせています。

ああ、こんな笑顔を取り戻してくれた彼に本当に感謝しなければいけません。

そんなことを思いながら、私はお砂糖を三個入れたいつもの甘い紅茶を一口すすります。

それに対して今日のアナスタシア様は五個の角砂糖を入れています。普段王宮で開かれるお茶会では一つしか入れていませんので、どうやら今日は特別のようです。

そんな甘い紅茶を召し上がったアナスタシア様は幸せそうにふにゃりと表情を崩されました。

それはまるで初めてアナスタシア様とお会いした幼いあの日のような屈託のない笑顔で、私は思わず釣られて笑顔になります。

と、このナイト君のおかげですね。

「やあ、アレン君。久しぶりね」

「マーガレット様、お久しぶりです」

「いいよ、アレン君。君はクラスメイトだからね。それに、アナ様を救ってくれたナイト君だもの」

「俺なんてそんな……」

「はあ、まったく。学年最強の五人を一切寄せ付けなかったアレン君が何を言ってるんだか。アナ様のナイト君じゃなければウチでスカウトしてたところよ」

私はほんの冗談のつもりでしたが、アナスタシア様は過敏に反応されます。

「おい、マーガレット」

「わかってますって。アナ様の大事なナイト君を横取りしたりはしませんよ。あの売女とは違いますから」

「……ああ、そうだな。それに、アレンはそんな男ではないからな」

ああ、本当にもう！　アナスタシア様が可愛らしくて仕方がありません。

ご本人は気付いていてらっしゃらないようですが、付き合いの長い私からすればバレバレです。

少しでもアナスタシア様のお辛い気持ちが和らいでくれたなら。

私は親友として、いえ、一人の人間としてそう思わずにはいられません。

◆◇◆

「アナ様。ようこそ。我がアルトムントへ」

王太子殿下の婚約者でなくなったおかげで再び呼ぶことを許された愛称で、私は大切な親友を出迎えました。

「ああ。マーガレット。久しぶりにここに来られて嬉しいよ。これからしばらく世話になるぞ」

まるで騎士のように変わってしまった口調はそのままですが、その声色は今までになく穏やかです。

「はい。どうぞごゆるりとおくつろぎください」

「そうさせてもらうよ」

アナスタシア様はそう仰って、いつ振りかの穏やかな笑顔を浮かべられました。これもきっ

「ん？　どうした？」

「いえ。そのような甘い紅茶を召し上がれているので、つい幼いころを思い出してしまいました」

「ああ、そうだな。私は少し、無理をしていたのかもな」

そうしてアナスタシア様は自虐的な笑みを浮かべました。

「はい。ですから、ゆっくり休んでください。私たちは、アナ様が笑顔でいてくれるのが一番なんですから」

「……ありがとう。マーガレット」

そう仰ったアナスタシア様はもう一口紅茶をすすり、穏やかな笑顔を浮かべたのでした。

そんなアナスタシア様が戻ってらしたので、今は中庭でティータイムを楽しんでいます。

「アナ様。彼のことはどうするつもりなんですか？」

「ん？　どう、とはどういう意味だ？」

「だって、彼は代理人として王太子殿下に逆らってまでアナ様を守ってくれたんですよ？　それに、あの魔法もです。鉄の弾を風魔法で飛ばすなど、今まで誰も考えたことがありません。自由な冒険者であれば、何かの拍子で敵国に流れでもしたら大変なことになるのではありませんか？」

「ああ、そうだな。だが、アレンに限ってそんなことはあり得ないよ。あいつはな。本当にすごい男なんだ。私なぞよりもよほど、我が国のために身を犠牲にしようとしてくれている」

とても優しい口調でそう仰ったアナスタシア様は少しだけ遠い目をしました。

これはきっと、私の知らないやり取りがきっとあったということなのでしょう。

誰よりも国のために尽くそうとしてきたアナスタシア様がそう仰るなら、きっと間違いありません。もしかすると、ラムズレット公爵閣下のお墨付きなのかもしれませんね。

「では、アナ様の騎士に召し上げられるのですね？」

「っ！　それは……」

町人Aは
悪役令嬢をどうしても救いたい
2
一色孝太郎
イラスト Parum
初回版限定
封入
購入者特典
特別書き下ろし。
マーガレットの冬休み
※『町人Aは悪役令嬢をどうしても救いたい 2』を
お読みになったあとにご覧ください。
EARTH STAR
NOVEL

「……そんなことを考えるのはお前くらいなものだよ」

アナは呆れた様子だが、前回があったおかげかあまり驚いていない。

「あ、来たよ」

「ああ！」

アナは氷の矢を放ち、鳥の魔物を次々と射落としていく。落としきれなかった魔物を倒すのは俺の役目だ。

いつもお世話になっているサイガを構えると狙いをつけ、向かってくる鳥の魔物に一発お見舞いしてやる。

結果はいつもどおり。さすがは散弾銃だ。

「……相変わらず、アレンのその魔法はすさまじいな」

「俺には剣の才能がないから、これしかないんだよね」

師匠に習って必死に稽古はしたものの、結局加護を持っている相手に対して実戦で戦えるレベルにはならなかったのだ。そのため俺の戦い方は必然的に、銃による遠距離攻撃と隠密による一撃必殺を組み合わせたまるで暗殺者のようなスタイルとなったのだ。

「安心しろ。近づかれたなら私が守ってやる」

そう言ってアナは少し自慢気な笑みを浮かべた。

女性に守られるなんて、という気持ちが一切無いというわけではない。

だけどアナのその笑みはとても素敵で……。

「あ、ああ。ありがとう」

俺は自然と感謝の言葉を口にしていたのだった。

◇◆◇

「この先がブリザードフェニックスのいるボス部屋だよ」

「ここが……」

「準備はいい？」

「ああ。その透明な盾を前に出して吹雪を防ぐ。その間にアレンが魔法でブリザードフェニックスの翼を攻撃し、地面に叩き落とす。こうだったな？」

「そう。吹雪も氷の礫（つぶて）もかなり強力だから、気をつけて」

「あ、ああ」

そう頷いたものの、アナの表情はどうしても硬い。

「もう何度も単独討伐しているから、大丈夫だよ」

「そ、そうだよな。アレンがいれば大丈夫だよな……」

自分に言い聞かせるようにそう言ったアナだったが、やはり表情は硬いままだ。

これは……最初くらいは俺一人で倒してしまったほうがいいかもしれないな。

「まあ、見ていてよ。その盾もしばらくは壊れないはずだからさ」

そう言って俺は魔法の袋の中から一丁の銃を取り出した。サイガよりも大口径の散弾銃で、今の俺が全力で魔力を込めて弾を撃っても壊れないように改良されている。

前世の銃をモデルにはしていない完全なる俺のオリジナルだが、一応サイガを改良して作ったのでサイガ改という名前で呼んでいる。当然のことながら、見た目はまったく似ていない。

「じゃ、行くよ。盾を構えて」

「ああ」

返事を聞き届けてから扉を開けると素早く中に駆け込んだ。

「キュイェェェェェェェ！」

扉が開かれた瞬間にブリザードフェニックスは鳴き声をあげ、侵入者である俺たちにむかって吹雪を放とうとする。だが俺は吹雪を放たれる前にサイガ改を構え、素早く引き金を引いた。

ドォォォン！

重たい発砲音と共に大型のスラッグ弾が発射され、ブリザードフェニックスの体にしっかりと命中した。

体に大穴の空いたブリザードフェニックスは吹雪を放つことができず、力なく地面へと落下していく。

「アナ！　動ける？」

「え？　あ……え？」

ブリザードフェニックスが墜落していく様子を呆然と見つめている。

どうやら理解が追いついていないようだ。

俺は素早くブリザードフェニックスに近づくと、その頭部にもう一発撃ち込んでとどめを刺した。最初はあれほど苦戦したブリザードフェニックスだが、今となってはただの鳥だ。もう何度狩ったか覚えていないほどに繰り返したおかげもあり、もはや作業でしかない。

「アナ。終わったよ」

「あ、ああ……。これが……ブリザードフェニックス……」

そう言いながらもどこか呆然とした様子で歩いてきたアナは、やはり呆然とブリザードフェニックスの死体を見つめている。

「回収できるのはここの尾羽と風切り羽、それから魔石かな。骨も採れるけど、俺はいらないから最近は捨てているよ。あと、肉は見てのとおりの色だからちょっと……」

「あ、ああ。すごい色だな」

さっと解体すると羽と魔石をアナに手渡した。

「え？　私は何もしていないぞ？」

「いや。そうじゃなくて、俺がブリザードフェニックスを単独討伐したということの証明も兼ねてきたわけだからさ」

「あ、ああ。そうだったな。確かに見届けたぞ」

そうは言っているものの、どこか心ここにあらずといった様子だ。

どうやらかなり衝撃的な光景だったらしい。

「宝はもう回収しちゃったからね。この迷宮で回収するものはもう無いかな」

「……そうか。アレンはもう何年も前に踏破したんだったな」

「うん。宝箱だけなら残っているけど……」

空騎士の剣が入っていた宝箱を開けて見せるが、当然中身は空だ。

「そうか……どんな宝が入っていたんだ？」

「これだよ」

魔法の袋から空騎士の剣を取り出すと、アナに手渡した。

「これは……すごい……！」

どうやら手に持った瞬間、その価値を理解したようだ。興奮した様子でキラキラと目を輝かせている。

「それは空騎士の剣。伝説級の剣なんだけど――」

「伝説級!?　そ、そうか。これほど高難度の迷宮だと、これほどの宝があるのか……」

アナはそのままじっと空騎士の剣を見つめている。

あれ？　もしかしてアナはこの剣が欲しいのだろうか？

そういえばこれまで一度も何かを欲しいと言われたことがなかったし、アナが喜んでくれるならあげてもいいかな。

そもそも俺は【騎士】の加護を持っていないため、この剣を持っていてもあまり意味はない。それにもしどこかで【騎士】の加護を手に入れたとしても、【風神】の加護があるので【風魔法】のスキルは必要ない。

であれば、【騎士】の加護をアナが使うほうがよほど有意義なのではないだろうか？

よし。

「じゃあ、今度の誕生日にプレゼントするよ」

「えっ!?」

アナの表情が輝いたが、すぐに申し訳なさそうな表情を浮かべる。

「いや、だがこんな伝説（レジェンダリー）級の剣など……」

「ほら。去年は立場と身分もあったからお祝いもできなかったしさ。それに、ほら。プロポーズを受けてくれた大切な女性の最初の誕生日プレゼントくらい、一番いいものを贈らせてよ」

「……最初の誕生日プレゼント」

何やら心ここにあらずといった様子でアナはそう呟くと、徐々に顔が赤くなっていく。そのまま真っ赤になったアナだが、同時にニヤけるというなんとも器用なことまでしている。

誰も見ていないし、わざわざ指摘するのは野暮だろう。

それにどうやら、喜んでもらえたらしい。

「あ、あ、アレン。その、ありがとう」

そう言ってアナは空騎士の剣を返してきた。

「うん。今度の誕生日にね。約束するよ」

「ああ。約束だぞ」

上気した顔で、アナはとても嬉しそうにそう言った。
アナの誕生日は文化祭の後だ。俺も今から楽しみで仕方ない。

第十二話　町人Aは飛竜の谷を再訪する

夏休みも残すところあと二日となった。

今日はアナと二人でのフライトを楽しんでいる。

目的地は飛竜の谷だ。久しぶりにメリッサちゃんとジェローム君の無事を確認しつつ、彼らにアナを紹介しようというわけだ。

この夏休みはなんだかんだと色々あったものの、俺とアナは今までどおりの関係を続けさせてもらっている。

どうやら一線を越えてしまったことはまだバレていないらしい。多少のうしろめたさはあるものの、それ以外には今のところ大した問題は起こっていない。

エスト帝国には動きはなく、派閥の力関係にも目立った変化は起きていない。

危ういバランスの上に成り立っている平和ではあるが、平和であること以上に素晴らしいことはない。

あり得ないとは理解しつつも、この平和がずっと続いてくれればと願わずにはいられない。

そんなことを考えていると、背中で密着しているアナが身じろぎした。

「どうしたの？」

「いや。相変わらずアレンの魔法はすごいと思ってな」

「……そっか。ありがとう」

ここ最近、アナと二人きりの間は敬語を使わないことにしている。

理由はアナにそう頼まれたからだ。プロポーズしてくれたのだから、せめて二人きりのときだけは敬語抜きで普通に話してほしいと。

「そういえば、さ」

俺はふと、前から気になっていたことを質問してみることにした。

「なんだ？」

「アナのその口調って、どうしてそんな感じなの？　なんかこう、他の貴族のご令嬢とは言葉遣いが違うよね」

「……か？」

後ろでアナが息を呑んだ音が聞こえてきた。

「え？」

何か小さな声で言われたようだが聞き取れなかった。聞き返してみると、予想外の言葉が返ってくる。

「アレン様は、やはり丁寧な口調の女性がお好みですか？」

ええと、どうしよう。これはこれでものすごくグッとくるのだが、だからといって今さら変えられても違和感が半端ない。

「いや、俺はアナとは気の置けない仲でいたいし、アナが一番楽な喋り方でいいよ。普段の喋り方が楽ならそれでいいし、今みたいな喋り方が楽ならそっちでもいいと思う」

「……そうか」

アナの口調が元に戻った。ということはやはり、ご令嬢っぽい丁寧な口調で喋るには気を遣うということなのだろう。

「あのさ。今の口調がイヤだとかそういうことじゃなくてさ。どうしてそういう喋り方なのかなって」

「ああ、それはな。私はその、あの殿下と婚約していただろう？　それで私は一時期、行儀見習いとして王城に住んでいたことがあるのだ。だが不思議なことに行儀見習いのはずの私が、なぜか殿下と一緒に騎士としての訓練を受けることになったのだ」

うん？　どうしてそうなるんだ？

「おかげで剣の腕は磨けたし、それ自体は良かったと思っているよ。だが、殿下が必要な命令を自分の護衛騎士や侍女たちに出さなくてな。それでいつも私が代理で命令を出していたんだ」

「はあ」

「そうしたらいつの間にか彼らとは上官と部下のような関係になってしまったんだ。そのせいでこうした喋り方がすっかり染み付いてしまったというわけだ」

なんと。何をどうすればそんな状況になるのかはさっぱり理解できないが、どうやらアナのこの口調も元をただせばあの王太子が原因らしい。

あれ？　王太子があんな性格になったのって、もしかしてアナや周りの大人たちが王太子の怠慢を許して甘やかし続けたせいなのでは？

いや、もういいか。そんな話は。

「あ。でも、な？　その、は、母親になってもこの口調だとまずいよな？」

なんだかものすごくグッとくることを言ってくれた。でも、アナがそう思っているなら単にきっかけがあればいいだけの話なのかもしれない。

「じゃあさ。俺と結婚したら少しずつ変えていこうよ」

アナが息を呑んだ音がして、それから少しの間沈黙した。あいにくその顔を拝むことはできないが、きっと可愛らしく真っ赤になっていることだろう。

それからアナは小さく「そうだな」と答えると、話題を転換してきた。

「ところで、飛竜の谷といえばワイバーンが飛び交う恐ろしい場所だと聞いているぞ。本当に大丈夫なのか？」

「知り合いがいるから多分大丈夫だと思う」

俺がそう答えると、アナは俺の腰に頭を預けてきた。

信用する。

これはアナのそういうサインだ。

こんな俺たちを乗せたブイトールは飛竜の谷へと向かって一直線に大空を進むのだった。

◇◆◇

飛竜の谷の上空へとやってきた。ワイバーンたちはブイトールに少し驚いた様子ではあったものの、攻撃してくるような素振りはない。もし襲われそうになったら全力で引き返して陸路に切り替えようと思っていたが、どうやらきちんと俺のことを覚えていてくれたようだ。

それからそのまま飛竜の谷の上空を進み、風の神殿前にある広場へとブイトールを着陸させた。以前、ジェローム君が惰眠を貪っていた場所だ。

アナの手を取ってエスコートすると、そのまま風の神殿の中へと足を踏み入れる。

するとそこには姿かたちが少し、いやかなり変わったジェローム君とメリッサちゃんの姿があった。鱗の色や瞳の色は変わっていないものの体はものすごく大きくなり、なんというかとても精悍でかっこいい感じになっている。しかしその雰囲気から一目でメリッサちゃんとジェローム君だと確信できた。

どうやら無事スカイドラゴンになることができたらしい。だがゲームとは違い、子供が居るわけではなさそうだ。

「なっ！　あれはスカイドラゴン!?」

「おーい！　ジェローム君、メリッサちゃん」

驚くアナを尻目に入り口から声をかけると、ジェローム君がドシドシと俺のほうに走ってきた。

近くまでやって来たジェローム君は俺に向かってペコリと頭を下げる。

「ア、ア、ア、アレンさん！　お、お久しぶりです！」

今のジェローム君の見た目は一対の翼を持つ黒い巨大な空の王者という表現がぴったりなほどかっこいい容姿をしている。

しかしそんな外見とは裏腹に、以前と変わらず驚くほど低姿勢だ。そんな変わらないジェローム君に懐かしさと安心感を覚えるが、アナは驚きのあまり目をまん丸にしている。

そんな驚いた表情すらも可愛いのだから、やはり美人というのはすごいと思う。

「あら？　アレンさん？　久しぶりね。どうしたの？　ついに助けが必要になったの？」

神殿の中に座っているメリッサちゃんは、長い首を動かして俺たちのほうへと頭を向けてきた。

メリッサちゃんは以前と変わらず白くて美しいスカイドラゴンへと進化していて、優美で気品溢れるその姿はまさに空の女王という言葉がぴったりだ。

「まあ、半々といったところかな。一つは様子を見に来たんだが、誰かに襲われたりしなかったか？」

「え？　ああ、そういえばピンクの変な女とその取り巻きが訳のわからないことを言いながら襲ってきたって聞いたわね。うちの谷のワイバーンたちから」

「被害は無かったか？」

「なんだか、ものすごく弱かったそうよ？　尻尾で一撃だったって。まあ、あたしはアレンさんのおススメもあったし、ちょっとウチのジェリーと旅行に行っていたわ。楽しかったわよ？」

「そっか。それは良かった」

「で、助けが必要なのは何？」

「今すぐってわけじゃないんだけどな。将来彼女に何か危機が迫ったとき、力を貸してほしいんだ」

「ふうん？」

メリッサちゃんはそう言うと顔をアナに近づける。するとアナは「ひっ」と小さく悲鳴を上げて俺の腕にしがみついた。

「この娘がアレンさんの選んだ番ってこと？」

「ああ。そうだ。まだ彼女の両親には認めてもらえていないが、俺は絶対に認めてもらうつもりだ」

「あらあら、それはそれは」

メリッサちゃんはニヤニヤしながらそう言った。しかし、ジェローム君はもじもじしながらも何かを言いたげにしている。

「ジェローム君？　どうした？」

「ア、ア、アレンさんの頼みだったら……」

そんなジェローム君をメリッサちゃんはギロリと睨む。

「この娘の両親を殺すとかダメよ？」

「え？　認めてくれないなら……」

「はぁ。全く、あんたは相変わらずダメね。そんなんじゃまだパパにはしてあげられないわよ？」

「う、うん」

おや？　なぜかはわからないが、しばらく会わないうちにあのジェローム君が過激思想に染まってしまったらしい。

一体何があったというのだろうか？

だが今も昔もメリッサちゃんの尻に完全に敷かれているのは変わらないらしい。しかもその様子がとても板についており、見ていると妙に安心する。

きっと、メリッサちゃんとジェローム君の関係はこれが最上なのだろう。

しかし、今の口ぶりからするとジェローム君はいまだにおあずけってことなのかな？

それはそれで可哀想な気もするが……。

「まあ、いいわ。じゃあ、ちょっと匂いを覚えさせてもらうわよ」

それからメリッサちゃんは顔をアナに近づけるとクンクンと匂いを嗅ぎ、それに倣うようにジェローム君もアナの匂いを嗅いでいく。

「うん、わかったわ。他ならぬアレンさんの頼みだもの。大事な番を守る手助けをしてあげるわ」

「ありがとう。メリッサちゃん」

「ふふ、いいのよ。お礼を言いたいなら牛肉でも持ってらっしゃい？」

「そう言うと思って少し持ってきたぞ」

俺は魔法のバッグに入れておいた牛肉とオーク肉を取り出すとメリッサちゃんに差し出した。

「あら！　さすがアレンさんね！　気が利くわ！」

嬉しそうにそう言ったメリッサちゃんはすぐにお肉にかぶりついた。なんとも美味しそうに次々と平らげていく。

そんなメリッサちゃんがちらりと俺を見たので頷いてやると、もの欲しそうに見ているジェローム君を尻目にあっという間に俺の渡したお肉を食べつくした。

「そんなに気に入ったのなら、いつになるかわからないがまた持ってくるよ」

「あら？　本当？　待ってるわよ！」

メリッサちゃんが嬉しそうにそう答えた。

一方で、ジェローム君は相変わらずの表情で俺を見つめている。

おいおい、ジェローム君。お前は頑張って新鮮な獲物を狩って、メリッサちゃんが安心して子供を産めるようにしないといけないんだぞ？

卵を温めている間はどっちかが狩りをできなくなるんだからな？

というか、欲しかったらちゃんと言おうな？

そうは思いつつも、ジェローム君だけなしというのはいくらなんでも可哀想だ。

俺はジェローム君のために用意しておいたお肉を別の魔法のバッグから取り出し、ジェローム君に差し出す。

「ほら。ジェローム君の分もあるぞ」

「あ、あ、ありがとう！」

ジェローム君はいつものように尻尾をブンブン振り、嬉しそうにそのお肉にかぶりついた。

ま、ジェローム君はこれでいいのかもしれないな。

第十三話　町人Aは奸計に屈する

長いようで短い夏休みが終わり、俺たちは再び学園へと戻ってきた。

自由研究のテーマは冒険者と国の関係性を選び、冒険者とギルドの役割から国の関係性までの幅広い内容を多角的な観点からまとめたレポートを書き上げた。

今回もアナが手を回してくれたおかげで国内の専門家や冒険者ギルドのギルドマスターなど、多くの関係者から話を聞くことができた。レポートではそれぞれの立場を明確にし、そこに生じている利害の対立にまで踏み込めたのは良かったと思う。

その対立というのは、迷宮からの利益の問題だ。国や貴族としては迷宮からの稼ぎを財政に組み込みたいと考えている。だがそんなことをされては多くの冒険者が赤字になってしまうため、冒険者ギルドとしてはどうしても認められない。

そもそもの話をすると、国が迷宮からの稼ぎを財政に組み込みたいのであれば冒険者たちを騎士団と同じような待遇で雇い入れれば良いだけだ。

しかし、国にも貴族にもそんな金はない。いや、正確に言うなら金を出したくないだけだ。それとついでに責任も取りたくない。

要するに利益だけを寄越せという身勝手な要求を国や貴族がしているわけなのだが、さすがにそこまでは書かなかった。

そう書いてしまうといくらなんでも色々な方面に喧嘩を売りすぎてしまう。だからかなりオブラートに包んで財政面の問題という表現に留めておいた。

ただ、マーガレットのアルトムントでは騎士団と冒険者が良い関係を築けていた。これは、こうした歪（ゆが）んだ関係に一石を投じるものと言えるだろう。

アルトムントではオークの狩猟を安定的に行うため、騎士と冒険者の合同作戦が定期的に行われている。

今回のレポートでは、アルトムントでの事例を踏まえつつ冒険者との新たな関係を提唱することで締めくくった。

やや耳の痛い話も含まれているが、果たしてどう評価されることやら。

ちなみにこのレポートとは無関係に風の山の迷宮を踏破したわけだが、周りからは自由研究の一環として攻略したと思われている。

しかも世間的にはアナがお抱えの冒険者を連れて初踏破したということになっているため、幾分かは名誉を回復できているのではないかと思う。

そのついでといってはなんだが、この功績が認められて俺はBランク冒険者へと昇格した。どうでもいいが、Bランク到達の最年少記録を更新したそうだ。どうやら最難関の迷宮の一つを、ご令嬢を守りながら初踏破したということが決め手だったらしい。

俺としてはもうランクなどどうでもいいが、ランクが高ければ多少ははったりが効くこともあるためありがたく受け取っておいた。

一方のアナだが、身代わりの指輪と妖精の髪飾りを毎日必ず身に着けている。特に指輪については噂にはなったそうだが、アナは誰からの贈り物なのかは決して言わず貴族のご令嬢らしい笑顔で躱(かわ)し続けているのだそうだ。

もっともマーガレットとイザベラは誰から贈られた指輪なのかはすぐにわかったようで、俺も登校するなり冷やかされてしまった。

ただ、指輪についてはその程度のことで済んでいるため実害はない。

だが、妖精の髪飾りについてはそうはいかなかった。というのも、エイミーがゲームのスチルに描かれていた妖精の髪飾りの外見を覚えていたのだ。

そのため、始業式でアナの身に着ける妖精の髪飾りを目ざとく見つけたエイミーは激怒し、アナに言いがかりをつけてきた。

「ちょっと、なんであんたがあたしのもらうはずだった髪飾りをしてんのよ！　返しなさい！」

マナーはおろか、ゲームの主人公を演じることすら忘れた様子で怒り狂っている。

そんなエイミーをアナは冷たい視線で見遣ると、当然のことながらその理不尽な要求をぴしゃりと断る。

「お前は一体何を言っているのだ？　これは私がとある高貴なお方から授かった大切な宝物だ。お前の所有物では無いし、誰に頼まれてもくれてやることはできん」

どう考えたってエイミーの言い分はおかしいということくらいはわかるはずだ。にもかかわらず王太子はなんの疑問も持たなかったようで、エイミーの言い分を鵜呑みにして命令してきた。

「何を言っているのだ。その髪飾りはエイミーのために存在している。おかしなことを言わずにさっさとエイミーにその髪飾りを返せ」

王太子には立ち直ってまともになって欲しいと思っていたが、もしかしたらこれはもうダメかもしれない。

「殿下。ご自分が何を仰っているか、本当に理解されていますか？」

「当たり前だ！　だから早くその髪飾りを返せ」

あまりの要求にアナはたじろいだ。

するとその隙を狙い、レオナルドが髪飾りを奪い取ろうと手を伸ばしてきた。だがレオナルドの指先がアナに触れようとしたその瞬間、突如眩い光が髪飾りから放たれる！

その光に触れたレオナルドは弾き飛ばされ、始業式が終わったばかりの講堂の壁へ強かに叩きつけられた。

そしてどこからともなく無数の声が聞こえてくる。

「精霊に認められし者よりその証を奪う者に罰を」

「罰を」

「「罰を」」

「「「罰を」」」

「「「「「罰を」」」」」

　まるで輪唱でもしているかのように次々と声が聞こえ、その声は徐々に増えていく。

「精霊の愛し子に害をなすのは誰だ」

「誰だ」

「「誰だ」」

「「「誰だ」」」

「「「「「誰だ」」」」」

　その声に講堂はパニックに陥り、他の生徒たちは我先にと講堂から逃げ出していく。

　エイミーは腰が抜けてしまったのか、尻もちをついてアナを見上げている。一方の王太子たちは理解が追いついていないのか唖然としている。

　俺はアナを庇うように前に立った。

「殿下。この髪飾りはアナスタシア様が高貴なお方に授けていただいたもので間違いありません。ご覧の通り無理やり奪おうとすれば罰を受けるようですが、それでもエイミー様の物だと仰るのでしょうか？」

「ぐっ。だがっ」

　その表情を見る限り、自分が横暴なことをしていると理解しているように見える。であるならば、なぜこんなことをしているのだろうか？

　不思議に思って彼らの様子をちらりと確認すると、エイミーがまるで呪い殺さんばかりの視線を俺に向けてきていた。

もともとはヒロインなのだ。きちんとしていれば可愛らしい顔をしているはずなのに、もはや見る影もない。この表情は、もはや醜悪という言葉がぴったりだ。

「そ、そうよ！　こいつよ！　こいつが何もかもをおかしくしたのよ！　あたしが聖女にならなきゃいけないのに！　そうじゃなきゃこの国は終わりなのよ！」

最後の言葉は、まるで自分に言い聞かせているように聞こえた。

これは……もうエイミーは正気ではないのではないだろうか？

こんなことを続けていたって誰一人幸せになんてなれない。きっと関係者全員を不幸にしてしまうだろう。

だったらなるべく早くエイミーをこの環境から引き剝がし、少しでも自分を見つめ直す機会を与えてやったほうが良いんじゃないだろうか？

それにメリッサちゃんからの又聞きではあるが、飛竜の谷では普通のワイバーンに一撃でやられたのだ。ということは、レベル上げもサボっていたのだろう。

仮にゲームのシナリオどおりに進めるのであれば、自分たちも努力して強くならなければいけない。そうでなければ、この国が危機に陥ったとしてもそれを救うことなどできないからだ。

もはやこいつはゲームの主人公としても完全に失格だろう。

「ちょっと！　なんとか言いなさいよ！」

エイミーは醜態を晒していることにも気づかず、ひたすらに文句を言い募る。

だがもう、終わりでいいだろう。

「エイミー様。あなたがなんと言おうとも、この髪飾りはアナスタシア様のものです。エイミー様。どうかもう、目を覚ましてください。エイミー様がどのような夢を見ているのかはわかりませんが、ここは現実なんです。ちゃんと、今目の前で生きている人たちのことを見てください。この世界にヒロインなんていないんです。アナスタシア様も、殿下も、マルクス様も、オスカー様も、レオナルド様も、それにエイミー様だってシナリオに沿って動くキャラクターじゃないんです。みんな生身の人間で、この王都には大勢の人々が暮らしているんです」

ここはゲームの世界じゃないし、ゲームを知って行動しているのはお前だけじゃない。

それに何より、この世界の人たちは生きている。みんな、それぞれの暮らしがあるのだ。

元日本人として常識があるなら、やって良いことと悪いことくらいわかるはずだ。

そんな願いを込めて言った言葉の意味をエイミーは正しく受け取ったようだ。

目を見開いたエイミーはがっくりとうな垂れ、それから無言で講堂を後にした。

この時の俺は愚かにもこう思っていた。

これでエイミーによる介入は止まるだろうと。そして元日本人なのだから、きっと反省してくれるだろうと。

だが、後々になってそれがただの希望的観測に過ぎなかったことを思い知ることになるのだった。

◇◆◇

授業も始まり忙しくなってきたある日、アナたちと食堂でランチを楽しんでいる俺たちのところに王太子がやってきた。珍しく一人のようで、封蝋の施された封筒を差し出してきた。

「アナスタシア・クライネル・フォン・ラムズレット。父上からお前にだ」

「国王陛下から？　ありがとうございます」

アナは礼を執ると恭しくそれを受け取った。王太子はしかめっ面をしてはいるものの、どこか口元が緩んでいるような気もする。

あれは、一体どういう表情なんだろうか？

「これは……間違いなく陛下のものだな」

アナはそう呟くとすぐに封を切り、中身を確認した。

何やら少し怪訝そうな表情を浮かべつつも、王太子に返答を伝える。

「陛下にはすぐにお伺いするとお伝えください」

「ああ。では明日の朝、迎えの馬車を寄越そう」

そうぶっきらぼうに言い残すと、王太子は踵を返して立ち去っていった。

「妙ではあるが、どうやら陛下が私をお呼びらしい」

そう言って見せられた手紙には、ずいぶんと汚い字でアナに対する出頭命令が書かれていた。

「見てのとおり詳しいことは何も書かれていない。だが封蝋と押されている玉璽の印影は本物だ。一週間ほど、いやもう少しかかるかもしれないな。ともかく、しばらくは王城に行かねばならなくなってしまった。すまないが、留守を頼むぞ？」

「はい」

「アナ様。戻ってきたら図書館で復習ですね」

「ああ。そうだな。頼む」

それから他愛もない会話を交わしながらランチを楽しみ、そして午後の授業へと向かう。

いつもどおりの平和な学園生活だ。

だが俺は想像だにしていなかった。まさかこれがこのメンバーで食べる最後のランチになるとは。

◇◆◇

翌朝、アナは迎えに来た馬車で王城へと向かうと全ての授業を欠席した。

クラスでは、アナは王命による公務のためしばらく欠席すると説明された。

だが、最初に話していた一週間が過ぎてもアナは戻ってこなかった。それからさらに三日が経ち、
それでもアナは戻ってこない。

さすがにおかしいと思った俺は公爵様のお屋敷へと向かった。

「おや？　アレンさん？」

「すまないが、アナスタシア様のことで確認したいことがある。公爵様かセバスチャンさんに取り次いで欲しい」

「お嬢様の!?」

門番はすぐに公爵様に取り次いでくれた。いつもの応接室に通されると、すぐに公爵様が出てきた。

「アレン君。アナはどこへ行った？」

「え？　では公爵様もご存じないのですか？　国王陛下の玉璽の押された出頭命令に従い、十日前に王城へと向かったきり戻ってきていないんです！　一週間と少しくらいと聞いていたんですが、まだ戻ってきていないので何かあったのかと思いここに来ました」

「なんだと？」

公爵様の顔に一瞬、焦りの色が浮かんだ。だがすぐにいつもの表情に戻る。

「アレン君。ひとまずは学園に戻りなさい。私が直接陛下に確認をしてくる。夜になったらまた来るように。場合によっては君の冒険者としての力を借りることになる」

「……わかりました」

こうして俺は学園へと戻っていつもどおりに授業を受けたのだが、まるで集中できなかったのは言うまでもない。

◇◆◇

その夜、俺は再び公爵様のお屋敷へとやってきた。

「アレン君。面倒なことになった。君の力を借りたい」

「っ！　アナは！　アナはどこにいるんですか？　無事なんですか？」

「これを見なさい」

公爵様は一枚の命令書を差し出してきた。そこには信じられない内容が記されている。

『アナスタシア・クライネル・フォン・ラムズレットにエスト帝国魔術師団長ギュンター・ヴェルネルへの輿入れを命ずる』

「なっ!?　公爵様！　これは一体どういうことですか!?」

「私も知らん話だ。今日、王城で初めてこれを見せられた」

「そんな！」

「しかしこの命令書には玉璽が押されている。その意味はわかるな？」

「……はい。王命、ということですよね？」

「そうだ。だが不思議なことに、国王陛下はそのような命令を出していないのだそうだ」

「え？」

思わず聞き返したが、どうやら空耳ではなかったらしい。

「さらに言うと、アナに対する召集命令も出していないのだそうだ」

それはつまり……王太子が命令書を偽造した？

「王太子殿下はこの件に関して証言を拒否した。しかしやましいことはしておらず、王国のためにならないことはしていないと言い張っている」

意味がわからない。別の女に目移りしたからと自分で婚約破棄を突きつけただけでなく、今度は本人の同意すら得ずに敵国へ売ったというのか？

混乱する俺に、公爵様が追い打ちをかけてきた。

「さらに悪いことに、エスト帝国が宣戦を布告してきた」

「え……？」

「宣戦布告の大義名分は『和平を目的としたラムズレット公爵家令嬢アナスタシアの輿入れの車列がセントラーレン国内で襲われ、花嫁と護衛の兵士が殺害されたこと』だ」

「……」

あまりの状況に少し頭がフリーズしてしまったが、少し冷静になれてきた。

つまり、王太子は命令書を偽造してアナを騙して帝国に売り払った。それに対して帝国は自作自演で馬車を襲い、被害を受けたということにして宣戦を布告してきたということか。

あんのっ！　クソ王太子がっ！

「アレン君。Ｂランク冒険者である君に依頼をしたい」

「……なんでしょうか？」

「娘の行方を捜してほしい」

「言われずとも！」

そう答えて立ち上がろうとした俺を公爵様が止める。

「落ち着きなさい。君が娘を心配しているのはわかる。だが恐らく娘は今、帝国軍によってどこかに監禁されているはずだ」

「どうしてそんなことがわかるのですか？」

「馬車の車列が襲われたという情報がどこにもないからだ。実際は襲ったのではなく、人質として連れていったと考えるのが妥当だ」

「……そうですね。それは、そのとおりだと思います」

「そこで君には明日、学徒出陣に志願してもらいたい」

「え？　どうしてですか？　そのまま捜しに行ってはダメなんですか？」

「君は冒険者であって軍人ではない。民間人である冒険者が軍を攻撃してしまえば、軍による民間人の虐殺を正当化してしまう。だから、軍に志願した者が戦ったという形式が必要だ」

なるほど。それは一理ある。もし民間人が攻撃してくるのであれば、敵軍としては民間人もろとも殺してしまうのが手っ取り早い。

それに、ゲームの世界でエスト帝国軍は王都で虐殺をしている。その大義名分を与えないためにも、俺は軍の一員でなければならないということのようだ。

「だから君には軍に所属してもらう。ラムズレット公爵家の冒険者としてな」

「……理屈はわかりました。ですが、軍の指揮系統に組み込まれてしまえば自由な捜索はできないのではありませんか？」

「普通はそうだな。だが、陛下の性格を考えれば可能だ」

公爵様はニヤリと笑い、俺にその作戦を教えてくれたのだった。

◇◆◇

公爵様との面談を終えて寮に戻ってくると、なんと入口にエイミーが意地の悪い笑みを浮かべて立っていた。

会釈だけしてそのまま通り過ぎようとしたのだが、エイミーは俺の進路を妨害するように立ちはだかった。

「……エイミー様？」

「残念だったわね？　でもモブですら無いくせに分不相応なことをするからよ。悪役令嬢はぐちゃぐちゃにレイプされて、それから兵器になるのが運命なのよ？」

「は？」

思わず頭に血が上り、怒鳴りつけそうになったがすんでのところで踏みとどまる。こんなところで余計なトラブルを起こすわけにはいかないのだ。

「……お前が仕組んだのか？」

「あら？　なんのことかしら？　強制力ってやつじゃないの？」

そう言ってエイミーは再び意地の悪い笑みを浮かべ、そのまま立ち去っていったのだった。

くそっ！　やられたっ！

第十四話　町人Aは学徒出陣に志願する

一夜明け、セバスチャンさんが追加の情報を持ってやってきた。

どうやらアナが王城へと向かったあの日、不審な馬車が東門から町の外に出たのだそうだ。門を出ると一気にスピードを上げて走り去ったそうで、門番の印象に残っていたとのことだ。

そしてその馬車と思われる残骸が東に乗合馬車で一週間ほどの場所にある森の中で発見されたのだが、そこに争ったような形跡は一切なかったそうだ。

賊に襲われたというよりは証拠隠滅を図ったと見せかけたか、あるいはわざと見つかるように痕跡を残したと考えたほうが納得がいく状況だったらしい。

公爵様の推測では、囮として追跡を攪乱（かくらん）するためにわざとやったものだとのことだ。

推測ではあるものの、その説を裏付けるような証言は得られている。証言の主は街道でその馬車とすれ違ったという商人で、彼の証言によるとその馬車にはほとんど荷物が積まれていなかったのだそうだ。しかも、御者も一人しか乗っていないように見えたのだという。

確かにその状況であれば囮という推測は信憑性を増してくる。

というのも、普通に考えるならば一人でアナを拘束し続けることはできないはずだ。夏休みのレベル上げも相まって、アナのレベルはかなり高い。しかも剣と魔法の両方を使えるのだから、アナを拘束し続けるために必要な人員は一人や二人ではないはずだ。

となると、他のルートを使って連れていかれたと考えるのが妥当だろう。だが、他に怪しい馬車の出入りは確認されていないらしい。

また、王城でも少し動きがあったそうだ。

まずマーガレットたちと学園の反王太子派の子弟たちが証言したことにより、王太子がアナに命じて王城へと向かわせたことまでは事実と認定された。

だが、王太子は迎えの馬車がエスト帝国のものだとは知らなかったということにされた。

しかも驚いたことに、命令書の偽造は「仮のものだった」などという常識で考えればあり得ない理屈がまかり通ってしまったのだ。そのため、王太子は謹慎処分を受けるだけで決着となってしまった。

にもかかわらず学園で授業を受けることは許可されているため、これは事実上の処分なしだ。

要するに、王太子はアナを王宮に連れていくように命令した。しかし馬車が敵国のものにすり替わっていたため、アナは図らずも誘拐されてしまった。だから王太子とアナはどちらも被害者だ、という理屈らしい。

だが、こんなことを許せば玉璽に意味が無くなってしまうことは誰にだってわかるはずだ。

国王様は一体何を考えているのだろうか？

それとも、子は親の鏡ということなのだろうか？

一方の公爵様は、今回の件について徹底的に王家に抗議をし廃太子を要求した。そしてアナが無事に戻らない限り王家には一切の協力をしないと宣言したそうだ。

それに伴い、近々王都を後にするつもりなのだという。

これは貴族が王に対して行う抗議としては最も強いものなのかも知れない。

いや、これは抗議というよりはむしろ……。

とはいえ、一応はその求めに応じる形で王国は国境の検問を厳しくするということになったらしい。

だが、今から検問を厳しくしたところでなんの意味があるのだろうか？

電話のような連絡手段がないため、検問を命じるにしてもその場まで行く必要があるのだ。国境の検問が始まるころには、すでにアナは帝国へと連れていかれているのではないか？

そのことを考えると、胸をかきむしりたくなるほどの後悔に苛（さいな）まれる。

今にして思えば、俺はきっと慢心していたんだろう。

八年越しの計画が成功して運命（シナリオ）を破壊できたことで。

エイミーたちが半年以上ずっと俺たちにちょっかいを出してこなかったことで。

そして何よりアナにああして愛を向けてもらえたことで。

そんな達成感と充足感の中、これが危ういバランスの上に成り立つ砂上の楼閣であることをすっかり忘れてしまっていたのだ。

ゲームのアイテムもイベントも先回りして回収した。エイミーが聖女になる可能性だって全て潰した。

だからといって、この国が安泰である保証など何も無かったというのに！

今の状況で自分からできることは何も無いなんて、ただの言い訳だったのだ。

できることを探して、ほんのわずかでも王都が蹂躙される可能性を減らすために動くべきだったのに！

そうやって大事なことを、本当に考えなきゃいけなかったことを後回しにしていた俺のせいだ。

くそっ！　くそっ！

そもそもアナが王太子から手紙を受け取ったあの日、すぐ公爵様に報告すべきだったのだ。

そうすればこんなことにはならなかったはずなのに！

だが、馬鹿で愚かな俺のせいでアナは誘拐されてしまった。

それに俺がエイミーにあんなことを言わなければ！

妖精の髪飾りを隠しておくように言っておけば！

もっと王太子たちの動きに気を付けていれば！

だが、何もかもがもう遅い。

どうやってアナを外に連れ出したのかすら、一切不明なのだ。

完全に手掛かりゼロな以上は、俺が闇雲に探してもできることはまずないだろう。

だとすれば、俺が次にやるべきことは……！

◇◆◇

俺は今、学園の講堂にやってきている。公爵様の言っていたとおり、これからここで、公爵様の言っていたとおりに生徒の中で出征を希望する者が募集されるからだ。

知ってのとおり、エスト帝国はセントラーレン王国に対して東部の暫定国境を越えて侵略を開始している。

しかもその手際はあまりにも鮮やかだった。アナが誘拐されるとすぐに宣戦布告の書状が届けられ、その書状が届いたのと同時に軍を侵攻させてきたのだ。

この手際の良さから考えるに、これは以前から綿密に準備されていた軍事行動であることは間違いないだろう。

さらに悪いことは重なり、西のウェスタデール王国は早々に不干渉を宣言したのだ。ウェスタデールとセントラーレンは対ノルサーヌ連合王国では同盟を結んでいるが、彼らが国境を接していない対エスト帝国と対ザウス王国については同盟関係にない。

それでもこれまでは紛争が勃発するたびに様々な物資を支援してくれていたのだが、今回はそれが期待できないということだ。

こうしてたった一日で国際情勢が大きく動いたことに生徒たちのほとんどは戸惑っている様子だ。

俺だってこんな場所にはもう居たくない。一秒でも早く動きたいのだが、公爵様との約束がある。

まずは前提条件を整えなければならない。

飛び出したい気持ちをなんとか抑えつけていると、エイミーが近寄ってきて大げさに煽ってきた。

「残念だったわねぇ？　あんたの大事なアナスタシア様は嫁いじゃったわよ。しかもその花嫁の馬車はならず者に襲われて、この後無残にレイプされて売られるの。ああ、可哀想に」

「なぜそんなことがわかる？」

視線だけで殺してやれるんじゃないかという勢いでエイミーを睨み付ける。だがエイミーは全く意に介していない様子だ。あれはむしろ、優越感にでも浸っているかのような表情だ。

「決まってんじゃない。あいつは悪役令嬢よ。なら婚約者に捨てられて、ぐちゃぐちゃにレイプされて売られるの。それで暗黒騎士に堕ちて復讐にくる。そこをあたしたちが倒してハッピーエンド。そう決まっているのよ。ねぇ？　あんただって知ってるわよね？　散々あたしの邪魔をしてくれちゃって」

「……クズが」

「ふふっ。負け犬の遠吠えって気持ちいいわね。あんたはモブですらないのよ。登場人物でもない異物はさっさと退場しなさい？」

俺は何も言い返せなかった。これは愚かな俺が招いた事態だから。

だが、まだだ。まだ諦めるには早い。

アナが死んだと決まったわけではない。

そんなことを考えていると、講堂の壇上に学園長が上がった。学園長の隣には一人の騎士が立っている。

「今日は悲しいお知らせがあります。すでにご存じの諸君もいるかもしれませんが、エスト帝国が再び我らがセントラーレン王国に一方的な侵略戦争を仕掛けてきました。戦争はとても悲しいことです。戦争で犠牲になるのは常に弱い無辜の民で、これから民を守り導く立場にある皆さんにはとても辛いことでしょう。ですが……」

学園長の話が長いのはいつものことだ。

だがゲームでは騎士が一緒にいることはなかったし、そもそも侵略戦争が発生するのは内乱騒ぎの後だ。しかも王国内の混乱の隙を突いたうえ、絶望して悪堕ちした悪役令嬢が先頭に立って攻め込んでくるのだ。これはもともと優秀だったうえに、セントラーレンの情勢に詳しい悪役令嬢の手引きがあったからこそ成功した電撃作戦だったはずだ。

だが、アナがゲームの悪役令嬢のように裏切るとは思えない。

そもそもアナの家族は処刑などされていないし、俺だっている。マーガレットやイザベラもいる。いくらクソ王太子に嵌められたからといっても、侵略に手を貸したりなどしないはずだ。

そんな考えを巡らせていたちょうどその時だった。

「そんなの！　あんまりですぅ！　どうしてみんなもっと仲良くできないんですかっ？　話し合えばきっとわかり合えるはずなんですぅ」

エイミーは学園長の長い話を遮り、ゲームの台詞をそのまま叫んだ。

あ、いや、こんな酷い台詞だったか？　もう少しマシな台詞だったような気もするが……。

さすがにもう細かい記憶は曖昧だ。

だがエイミーはその瞳に涙を溜め、いかにもな表情を浮かべている。その様子だけを切り取れば確かにヒロイン然としており、それに騙されている王太子とレオナルドは「その通りだ」とでも言わんばかりに頷いている。

しかし学園長はコホンと一つ咳払いすると、エイミーを諭すような口調で語り掛けた。

「はい。話し合うことも大切ですが、それは相手が話し合いに応じる意思がある場合に限りますからね。それと、勝手な発言は認めません。いいですね？」

「えっ？」

エイミーはショックを受けたような様子だが、どうでもいい。

要するに、ここでもゲームのシーンの再現を狙ったのだろう。

たしか王太子たちが壇上に上がってラブ&ピースを叫び、全生徒から賞賛を浴びるというようなシーンだった気がする。

だが、現実には誰一人としてエイミーの言葉に賛同の声をあげる者はいなかった。

そもそもゲームのシナリオなど、とうの昔に壊れているのだ。王太子の立場はゲームのそれよりも明らかに弱い。

だから当然ゲームのときよりも反対派の数も多いのだし、そもそも王太子のやらかしたことが発端となって戦争が起きているのだ。

再現などできるはずもない。

それにこれはゲーム特有のご都合主義でどうにかなる問題ではない。もともとセントラーレン王国の領土を狙っていたエスト帝国が、馬鹿な王太子が余計なことをしたのを口実に準備していた侵略プランを実行に移した。

そう。ただそれだけの話なのだ。

「さて。今までの話でわかると思いますが、我が国は戦時体制へと突入いたします。差し当たっては次の春まで休校となりますので、皆さん親元に帰る準備をお願いします」

「え？　どういうことよ？」

エイミーが注意されたにもかかわらず食って掛かろうとするが、学園長は無視した。

「それと、学徒出陣についてお知らせがあります。本日は王宮より騎士団長にお越し頂いております。では、団長、よろしくお願いいたします」

そう言って学園長は騎士団長に話者をバトンタッチする。

「私が騎士団長のオットー・フォン・ジュークスだ。騎士団はエスト帝国の一方的で違法かつ、非道な侵略から祖国を守る勇敢な若者を探している！　祖国のために立ち上がろうという気概のある諸君は手を挙げてくれ！」

俺は真っ先に手を挙げた。公爵様と約束したのだ。迷う理由などどこにもない。

それにもしゲームと同じようにエスト帝国へ連れていかれたならば！

アナを利用しようとしているなら！

絶対に俺が助けてやる！

「なるほど。君が特待生のアレン君か。他にはいないかね？」

壇上から飛ばされるその大声に生徒たちはピクリと身を縮めた。それからなんとも情けない声が漏れ聞こえてくる。

「平民が行くのに貴族の俺たちが行かないとかヤバくないか？」

「でもほら。王太子殿下も立候補してないし。別にいいんじゃないか？」

「確かに」

「わ、私は戦いなんてできないし……」

そんな会話が聞こえてくる中でもちらほらと挙手する者が現れていき、最終的には全生徒の三分の一くらいが立候補した。

にもかかわらず、王太子たちは誰一人として立候補しなかった。

なんのための王族なのか。なんのための貴族なのか。

そしてレオナルドよ。お前は……。

◇◆◇

志願した俺たちはそのまま王宮へと向かい、そこで軍服を支給された。俺たちは見習い扱いらしく、基本的には後方で支援物資の運搬や事務処理、救護所の手伝いなどをやらされるのだそうだ。

きっと、高等学園に通うエリートたちを失わないための配慮なのだろう。

そうして支給された軍服に着替え、俺たちは国王様の御前へとやってきた。

「良く来たな。勇敢な学生たちよ。悪逆非道のエスト帝国の野望を打ち砕くべく……」

国王様の長ったらしくありがたい話を跪いたまま黙って聞き流す。

「諸君の健闘を祈る」

「「「はっ」」」

皆がありがたい話に感動した、かどうかは不明だが俺は挙手をして発言の機会を求める。

このまま指揮命令系統に組み込まれるわけにはいかない。

どうしても要求を呑ませる必要があるのだ。

「うむ？　まあよい。発言を許そう」

「ありがとうございます、陛下。俺はアレン、ラムズレット公爵家の庇護下にある冒険者です」

「む？　ああ、お前があやつの言っていた平民か。それでアレンとやら。あやつは今回協力しないなどとほざいておったが、ここに冒険者を寄越したということは国難を前に団結するというラムズレット公爵からの意向か？」

「そこまではわかりません。ですが、公爵様は国のことをお考えです。南の領地に引き上げたことも、セントラーレン王国と王家を支える意思があってのことであると確信しております」

「左様か。して、お前は何が言いたいのだ？」

「はい。重ねてのお願いにはなりますが、ラムズレット公爵家のご令嬢アナスタシア様を一秒でも早く保護していただきたい。そして今回の玉璽の盗用、もしくは偽造に関わった者に厳正なる処罰をしていただきたく存じます」

「なんだと？」

国王様の顔に怒りがはっきりと浮かぶ。

なるほど。どうやら一応は自覚があるようだ。

そしてその様子を見た俺は確信した。諸悪の根源はこいつだと。

それにこんな程度のことで簡単に怒って顔に出るということは、つまりそういうことだ。

公爵様やセバスチャンさんの話を聞いてうすうすは気付いていたが、こいつはかなりの暗君で間違いない。

理由は不明だが、あれだけのことをやらかした王太子をこいつが徹底的に甘やかしているのだろう。

だからいつまでたってもあの馬鹿は馬鹿のままで、周りもそれで良しとしてしまうからさらに馬鹿になっていくのだ。

「失礼いたしました。ですので俺は今の発言の責任を取り最前線で一人、戦って参りたいと思います。どうぞそのようにご命令ください」

「何？」

国王の顔に困惑の表情が浮かんだ。

それはそうだろう。いきなり喧嘩を売ってきたかと思ったらそいつが自殺を志願したのだ。

「ですが、もし俺が見事に帝国軍を打ち破りましたら十分な報酬を頂きたい」

すると、国王はニヤリと笑うと宣言した。

「ああ、いいだろう。ラムズレットのアレンよ。最前線に一人で赴き、自由に帝国兵どもを蹴散らしてこい。それまではこの王都に戻ることは許さん。だが、もしそなたの働きで我がセントラーレン王国に勝利をもたらした暁には、褒美はそなたの思いのままだ。金、宝、爵位、女、望むものをくれてやろう」

公爵様から事前に聞いていたとおりだ。こうやって煽ってやれば、こいつは平気でこんな馬鹿なことを言ってくれる。

「はっ。ありがたき幸せにございます。それでは、どちらの戦場で勝利をもたらせばよろしいでしょうか？」

「要塞都市カルダチアを攻略し、ブルゼーニ地方を奪還するがよい。それが成れば我が国の勝利だ」

「ははっ。拝命いたしました。命令書をいただけますか？」

「よかろう」

国王はニヤリと笑い、その場で直筆の命令書を作って玉璽で押印した。

「拝命いたしました！」

恭しく命令書を受け取った俺は一礼し、ざわつく謁見の間を後にした。

馬鹿な奴。

ラムズレット公爵は飼い犬に手を嚙まれた。

そんな声が聞こえてくるが、ここまでは公爵様との打ち合わせのとおりだ。この馬鹿で愚かな国

王から百点満点の回答を引き出せたのだから十分だ。

それにだ。アナを誘拐されたのは想定外だったが、それでも戦争になることは見越してコツコツ準備はしてきたのだ。

今回はその成果を存分に見せつけてやることにしよう。

エスト帝国め。アナに手を出したことを後悔させてやるからな！

◇◆◇

軍服姿のまま実家へと戻った俺は、事の顚末を説明した。

今日初めて母さんにアナとのことを説明したのだが、なんと母さんは俺が予想もしていなかったことを口にする。

「知っていたわ。夏休みの初めのころでしょう？　雰囲気が大人になったというか、柔らかくなったというか、そんな感じだったものね。本当はアレンに戦争になんか行ってほしくないけれど、好きになった女の子が公爵様のご令嬢だったんだもの。仕方ないわ」

母さんはそうして悲しげなような寂しげなような、それでいてどこか嬉しそうな複雑な表情を浮かべる。

「母さんのことは気にせず、アナスタシア様を迎えに行けるように頑張っておいで。いい？　大事なものは何か、決して順番を間違えてはダメよ？」

母さんはそう言って俺を送り出してくれた。

順番を間違えるな。その言葉が俺の胸に深く突き刺さる。

やはり俺は母さんには頭が上がらないな。

でも、いやだからこそ俺は言い出せなかった。

そのアナが誘拐され、現在行方不明だということを。

◇◆◇

公爵様に結果を報告した俺はすぐにルールデンを出発し、飛竜の谷へとやってきた。メリッサちゃんとジェローム君にアナの捜索を依頼するためだ。

「あら？　アレンさん、また来たのね。どうしたのかしら？　ん？　今日は番の娘はどうしたのかしら？」

「実は――」

俺はメリッサちゃんとジェローム君にも事情を説明した。

「何それ！　許せない！　じゃあそのオータイシとかいうやつを殺せばいいのね？」

「だ、だ、ダメだよ、メリッサちゃん。そ、そ、そ、そのオートという場所にいる人間を皆殺しにしなきゃ」

「いや、違うから」

確かに王太子をオータイシするという提案には若干心動かされるものがある。だが、そうではない。

「王都には俺の家族も住んでるんだからダメ。それに王都も王太子も襲ったら賞金が懸けられちゃう。そうしたら俺も君たちと戦わなきゃならなくなるからダメだ。そうじゃなくて、アナを見つけ出してほしいんだ」

「そう？　まあ、あたしもあなたと戦うのは気が進まないもの。じゃあ番の娘を捜せば良いのね？」

「ああ、頼む。俺はこのまま戦争に行ってくるから」

その言葉を聞いたメリッサちゃんは呆れたような表情を浮かべた。

「全く。普通はその戦争にあたしたちの力を借りるんじゃないかしら？」

「そ、そ、そこが、ア、アレンさんのいいところだもん」

「戦争は、馬鹿な俺たち人間同士でやっていればいいんだよ」

つい自虐的にそう言ったが、メリッサちゃんとジェローム君は不思議そうに俺を見つめている。

深く突っ込まずにいてくれたことを心の中で感謝していると、メリッサちゃんは翼を広げた。

「わかったわ。あなたの番の娘は任せなさい。匂いも覚えているしね。さ、ジェリー。行くわよ？」

「う、う、うん。ア、アレンさん。任せてっ。ど、泥船に乗った気分でいてよね」

「あ、ああ」

なんてベタな、とは思ったがあえてツッコミは入れなかった。いや、大船だとツッコミをいれてあげたほうが良かったのだろうか？

そんなことを思っているうちにメリッサちゃんとジェローム君は俺との約束を果たすべく大空へと舞い上がり、そのまますぐに姿が見えなくなったのだった。

Side．エイミー（二）

あはは、もう上手くいきすぎて笑いが止まらないわ。

そうよ。悪役令嬢は、エスト帝国に売られるのが正しいのよ。

それにしてもムカつくわね。あたしの妖精の髪飾りを勝手に自分のものにして！

あとあの陰キャ、まさかあたしと同じ転生者だったなんて思わなかったわ。ということは、鑑定のスクロールが無かったのも全部あいつのせいだし、冒険者なんて野蛮なことをやってたのもそのためね。

ズルしてシナリオを滅茶苦茶にしたくせに！

ホント、ムカつくわ！

ま、でもあたしがちょっと本気を出せばこんなものね。

それにあの陰キャ。悪役令嬢なんかに盛っちゃって気持ち悪いのよ。

きっと前世も女子にキモイとか言われてたに違いないわね。あれはきっと童貞だったんじゃないかしら？

そもそも乙女ゲーやる男子とかキモイったらないわよね。童貞拗(こじ)らせて顔だけはいい悪役令嬢を見て画面を舐めてたりして。

うわっ、キモッ。

想像したら鳥肌立ってきたわ。

ふふ、でも残念ね。あんたの大好きな悪役令嬢は今ごろ悪い男たちにご奉仕しているはずよ。強制的にね。

それで絶望した悪役令嬢はラスボスになって帰ってくるのよ。

ああ、ざまぁ！　ざまぁ！

本当にすっきりするわ。

それにしてもエスト帝国側から悪役令嬢をくれって言ってくるだなんて思わなかったわ。やっぱりゲームの強制力ってあるのね。

しかも、肉体が無事ならなんでもいいとかね。

エスト帝国って女をなんだと思ってるのかしら？

今回は悪役令嬢だったから別にいいけど、他の女の子にもそんなことやってるならドン引きだわ。

まあ、あたしはヒロインだし？　そんなの関係ないけど。

ふふ。そんなことより今日の紅茶のフレーバーは何にしようかしら？

◇◆◇

あ、あれ？　どうなってるの？　なんでエスト帝国がこんなに早く攻めてくるのよ。

まだ文化祭も終わってないんですけど？

反乱イベントだってまだじゃない！

それなのにどうして!?

しかももう開戦報告イベントが始まってるし！

あ、でもあたしたちが実際に行くわけじゃないから別にいいのかしら？

そう思っていたら、陰キャが仏頂面で立ってるのを見つけたわ。

ちょうどいいわ。

こいつで憂さ晴らしをさせてもらいましょ。

「残念だったわねぇ？　あんたの大事なアナスタシア様は嫁いじゃったわよ。しかもその花嫁の馬車はならず者に襲われて、この後無残にレイプされて売られるの。ああ、可哀想に」

「なぜそんなことがわかる？」

あは。凄い顔で睨み付けてきた。ホント、気持ちいいわぁ。

「決まってんじゃない。あいつは悪役令嬢よ。なら婚約者に捨てられて、ぐちゃぐちゃにレイプされて売られるの。それで暗黒騎士に堕ちて復讐にくる。そこをあたしたちが倒してハッピーエンド。そう決まっているのよ。ねぇ？　あんただって知ってるわよね？　散々あたしの邪魔をしてくれちゃって」

「……クズが」

「ふふっ。負け犬の遠吠えって気持ちいいわね。あんたはモブですらないのよ。登場人物でもない異物はさっさと退場しなさい？」

あはは。黙っちゃった。

無様ねぇ。

ざまぁ！

ああ、スッキリした。

それから学園長の長い長い話が始まったわ。

どうせそんなの誰も聞いていないのにね！

あ、そろそろいいかしら？　ヒロイン台詞（ゼリフ）を決めてさっさと終わらせちゃいましょ。

「そんなの！　あんまりですぅ！　どうしてみんなもっと仲良くできないんですかっ？　話し合えばきっとわかり合えるはずなんですぅ」

あたしは目に涙を溜めて渾身の演技をしたわ。

そうしたらカール様もレオも感動したように頷いてくれているの。マルクスとオスカーは頷いてはくれないけれど真剣な表情で見つめてくれているわ。

きっと二人は、この後あたしたちがどうしたらいいか考えてくれているに違いないわ。

ふふ、完璧ね。さすがあたし。

「はい。話し合うことも大切ですが、それは相手が話し合いに応じる意思がある場合に限りますからね。それと、勝手な発言は認めません。いいですね？」

「えっ？」

ど、どうなってるのよ！　この後あんたはたじろぐのが仕事でしょ？

もしかして、こいつも転生者だっていうの？

それに、どうしてカール様たちは壇上に上がって演説してくれないのよ！

「さて、今までの話でわかると思いますが、我が国は戦時体制へと突入いたします。差し当たっては次の春まで休校となりますので、皆さん親元に帰る準備をお願いします」

「え？　どういうことよ？」

休校って、それじゃあ残りのイベントは？　戦時体制？

あたしはあまりのことに理解が追いつかなくて、頭が真っ白になってしまったわ。

カール様たちは戦争が起こったことにショックを受けたって思って慰めてくれているけれど、それどころじゃないわ。

あ、そういえばあの陰キャが志願兵になったらしいわね。

でも悪役令嬢も処分できたし、今日の顔を見てすっきりしたからもうどうでもいいわね。

さっさと戦争で死んでちょうだい。どうせあんたはゲームのキャラじゃないんだから。

そうよ。あんたは登場人物でもなんでもないのよ。

あんたみたいにモブですらない奴は、ストーリーの外でひっそりと死ぬべきよね？

第十五話　町人Aは帝国軍を蹂躙する

飛竜の谷を後にした俺は全力で飛ばし、ブルゼーニ地方へとやってきた。ここは四方を山に囲まれた広大な盆地で、湖やいくつもの川が流れる肥沃な土地でもある。

この肥沃な土地を巡り、セントラーレン王国とエスト帝国は長年争い続けているのだ。

この戦争が始まる前は、面積だけで見ればそれを半分ずつ分け合っていた。

ただ、人口という観点ではエスト帝国が八割以上を押さえている。それもひとえに、帝国が要塞都市カルダチアを支配下に置いているためだ。

そんなブルゼーニを巡る争いだが、どうやら戦況はかなり苦しいらしい。

セントラーレン王国軍はしっかりと準備をしていたエスト帝国による突然の宣戦布告に対応できず、常に後手を踏んでしまっているようだ。

紛争地帯の国境警備をしている軍隊が何をやっているんだ。

そんな国民の声が聞こえてきそうではあるが、正直その責任を末端に求めるのは酷だと思う。

そもそも敵は時間をかけてじっくりと準備し、兵糧も武器も人員も万全な状態で宣戦布告をしてきたはずだ。

ただその件に関しては、国境警備にあたっている部隊からは何度となく警告と増援の要請が上層部に対して行われていたとセバスチャンさんから聞いている。

にもかかわらず王都にいる首脳陣はエスト帝国に対して警告を行うのみで、増派はおろか装備の刷新すらも許さなかったのだそうだ。

つまり敵が挑発してきたからといって安易に乗らず大人の対応を取ることで衝突を避け、話し合いで解決するという対応を取り続けてきたわけだ。

何やら前世の日本っぽい対応ではあるわけだが……。

ただ、そういった消極的な対応を取っていると相手に対して誤ったメッセージを送ることになる。その結果として戦争を招いたという事例は歴史を振り返れば枚挙に暇がない。

そもそも国にとって、戦争というのは外交手段の一つに過ぎない。話し合ったほうが自国の利益になるなら話し合うし、戦争をしたほうが自国の利益になるなら戦争をする。

ただそれだけの話で、最初から話し合いでの解決だけを前提にするなんて根本から間違っているのだ。

あれ？　なんだかそこまで考えていると、この国に固執している意味がよくわからなくなってきたぞ。

ま、まあ、いいか。

今はアナを救出することが第一で、それ以外のことはどうでもいい。そして助けたアナを迎えに行くためにも、今はこの戦争を勝利で終わらせて王都の壊滅を防ぐことに全力を尽くすのだ。

今度こそ、順番は絶対に間違えてはいけないのだ。

そんなことを考えているうちにブルゼーニ地方へと到着した。眼下にはセントラーレン王国の旗が掲げられた砦が見える。

その近くに着陸すると、ブイトール改をロープで牽引（けんいん）しながら砦の前へとやってきた。

「ラムズレット公爵家の旗？　何者だ！」

砦の見張りをしている兵士が俺を呼び止めた。

「俺はアレン。ラムズレット公爵家の庇護下にあるBランク冒険者だ。そして王命によりエスト帝国軍をここブルゼーニから駆逐するためにやってきた」

舐められないように俺はあえて粗暴な口調でそう言うと、玉璽の押された命令書を見せた。命令書にはあのとき国王から引き出した言葉が全て書かれている。

「こ、これは陛下の！　ということは、やはりラムズレット公爵家はセントラーレンを見捨てたわけではなかったのか！」

「ラムズレット公爵家もセントラーレンのために戦ってくれるなら心強い！」

どうやら王家がラムズレット公爵家にした仕打ちはこんな最前線にも伝わっていたらしい。

そして小麦の流通に大きな影響力を持つラムズレット公爵家がまだ味方だとわかったことで安堵しているようだ。

この状況でラムズレット公爵家にそっぽを向かれるということは、食糧の供給がおぼつかなくなるということを意味している。

もちろん王都のお偉方は高くても買えるので飢えることはないだろうが、末端になればなるほど、貧しければ貧しいほど厳しい状況に追い込まれるのは言うまでもない。

そう考えると、ゲームであそこまで簡単に王都が攻め落とされた理由の一つにもその辺りの事情が絡んでいるのかもしれない。

つまりこういうことだ。ラムズレット公爵家がまとめて処刑されてしまったのは、この辺りの利権を馬鹿どもが手に入れようとしたためだ。しかしそんな手段で無理やり統治者となったため、体制の移行がうまく行かずに領地はまともな統治が行われなくなってしまった。その結果として軍に満足な食べ物が供給されなくなり、まともに戦うことができなかったと考えたらどうだろうか？

割と筋の通った説明だとは思わないか？

まあ、今となってはどうでもいい話だがな。

「さて、景気づけに一発やってくる。どこを落とせばよいか教えてくれ」

俺がそう言うと見張りの男たちは顔をひきつらせた。

「な、何を言っているのだ！　我々が軍隊だ。それに一人で何ができるというのだ！　まともな武器の補給すらも！」

なるほど。想像していたよりも状況はかなり悪いらしい。

「……ならばこの砦の責任者を呼んでくれ。王命を受けたラムズレット公爵家の冒険者が来た、と」

「……わかった。ここで待っていろ」

そうして見張りの男は砦の中へと姿を消すが、すぐに立派な軍服を来た一人の男を連れて戻ってきた。

「私がこの砦の守備隊長をしているグラガスだ。よく来てくれた」

「ラムズレット公爵家のＢランク冒険者アレンだ。エスト帝国の侵略者どもを排除するよう、王命を賜っている」

そう言って俺は命令書を守備隊長に差し出した。

「……これは確かに陛下の正式な命令書だな。だが、一体どうやるというのだ？」

「空から敵兵を殲滅(せんめつ)する」

「空からだと!?　一体何を言っているのだ？」

守備隊長は怪訝そうな表情を浮かべたが、それは仕方のないことかもしれない。

なぜならこの世界には航空機は存在せず、空を飛ぶ魔法というものだって存在しない。

「それは実際に見てもらったほうが早いだろう。友軍を誤爆しないように、こちらの部隊が展開している地域を教えて欲しい」

すると守備隊長は苦虫を嚙み潰したような表情を浮かべた。

「すでに我々はこの砦より先の全ての地域を失陥している」

「……そうか。では、友軍はいないものとして敵部隊を無差別に攻撃してこよう」

「あ、ああ」

怪訝そうな表情を浮かべつつも、守備隊長は頷いた。

「では、出撃する！」

　俺は相変わらずの表情の守備隊長に敬礼をするとブイトール改に乗り込み、風魔法エンジンを起動して発進する。

　ふわりと機体が空に浮いたところでちらりと彼らを見ると、守備隊長と何人かの兵士が腰を抜かしている。

　きっと、「な!?　と、飛んだっ!?」などと言って驚いていることだろう。

　ちなみにこのブイトール改というのは、戦争を見越してコツコツと改良を重ねてきた新型だ。

　まず、機体が二回りほど大きくなっている。寝そべって操縦するやり方に変更はないが、コックピットの前面から側面の一部にかけて着脱可能なポリカーボネート板で覆われている。これは空力に配慮すると同時に風の寒さや敵の攻撃からパイロットの身を守ってくれる。

　また、機体が少し大きくなったおかげで物を乗せるスペースも増加した。それからアナと一緒に乗ることも想定して改良してあるため、二人乗りをしたときの居心地も良くなっているはずだ。助け出したら今度はこれで一緒にフライトを楽しみたい。

　それと一番の目玉は爆撃機としての機能を備えているということなのだが、これは使いながら説明しようと思う。

◇
◆
◇

俺は今、高度二百メートルくらいの低空を飛行している。普段の飛行高度はおそらく上空千メートルくらいのはずなので、今回はそれよりもかなり低く飛んでいることになる。

その理由は、地上にいる兵士が敵か味方かを目視で確認するためだ。二百メートルぐらいの高さであれば、自作した双眼鏡を使うことでほぼ確実に判別できる。

ちなみに光学分野は詳しくないため、この双眼鏡はあまり高性能なものにはならなかった。だが、仕組み自体は難しくないのでまあまあ満足のいくレベルにはなったと思う。

そうして偵察飛行をしていると、前方に敵部隊を発見した。

人数は五十、いや百人くらいはいるかもしれない。エスト帝国の軍隊の組織がどうなっているのかは知らないが、おそらく中隊規模といったところだろう。

いや、部隊の規模はどうでもいいな。

最初の標的はこいつらにしよう。これは戦争だ。迷っている暇などない。

風魔法エンジンを切って滑空飛行に切り替え、ブイトール改を爆撃モードへと移行した。爆撃は少し集中する必要があるため、エンジンに回す魔力すらも節約したいからだ。

やがて敵部隊の上空に到達したが、上空を無音で滑空する俺に気付いた様子はまだない。

そこで俺は早速爆撃を開始した。ブイトール改の機体の腹の部分から丸い透明の球体がポコポコと生み出され、次々に投下されていく。

この球は火薬こそ使っていないものの、れっきとした爆弾だ。しかも結構えげつない威力がある。

まず、この球体は氷でできている。そしてこれは中空構造となっており、中には尖った小石やガラス片、金属片などが圧縮空気と共に詰め込まれている。

内部の気圧は測っていないためわからないが、かなりの高圧であることは間違いない。にもかかわらず破裂しないのは、魔法陣を描いておくことで中からの圧力に対してのみ強化してあるからだ。

だが、この爆弾は地面に落ちて衝撃が加わることで簡単に破裂する。

外側からの衝撃に対しては一切強化がされていないため、衝撃を受けて魔法陣が破損すれば内側からの圧力に対する強化は失われる。

するとその圧力に耐えきれなくなった氷は当然破裂し、強烈な爆風と衝撃波を伴って尖った硬い物体を周囲にまき散らすという仕組みだ。

もちろん衝撃波を伴った爆発をするのだから、尖った何かを入れなくても近くにいるオークを倒せる程度には強力だ。

だが尖った何かが一緒に飛び散ることで広範囲の敵にダメージを与えることができる。要するに破片手榴弾と同じ原理で、より多くの敵を戦闘不能に追い込むことができるのだ。

ちなみに、最初はきちんとした爆弾を作ろうと研究を始めた。だが俺には信管に関する知識がまったくなかったため、あっという間に行き詰まってしまった。

そこで考え出したのはこの仕組みというわけだが、このやり方は想像以上に色々な問題を解決してくれた。

まずは材料の問題だ。この爆弾はホーンラビットやゴブリンの魔石といった価値の低い小さな魔石とその辺で拾ってきた何かだけで錬成することができる。

なぜなら、氷の材料となる水は空の上でだって簡単に入手可能だ。空の上には何もないと思うかもしれないが、雲があるということは水蒸気が存在しているということだ。つまり、よほどの乾燥地帯でなければ水には事欠かない。

しかも爆弾の形で運ぶわけでもないため暴発の心配もない。

今回、俺は小さな魔法のバッグ五つに材料をたっぷり入れて持ってきている。このバッグはこれまでにコツコツとルールーストアで買い集めたものだ。正直この出費はちょっと手痛かったが、背に腹はかえられない。

そんなわけで、この材料が尽きなければ弾切れの心配もない。

そして俺は高度二百メートルくらいの上空にいるため、帝国兵の魔法も弓もどうやったって届かない。

ただ、一つ難点をあげるとするならばそれは命中精度だ。照準器や精密誘導などといった高度な技術があるわけではないため、完全に自由落下任せとなる。

そのため命中精度はお察しのとおりなわけだが、そこは数撃ちゃ当たるの精神で大量に爆弾を投下して解決する。

そうこうしているうちに着弾したようだ。

ドォーン、という大きな爆発音がしたのを皮切りに、大量にばらまいた爆弾が次々と爆発する音が後方から聞こえてくる。

結果を確認するために大きく機体を旋回しようとして、いつの間にか高度が少し落ちていることに気が付いた。

危ない。あまり高度を下げてはこちらの優位性が失われてしまう。

風魔法エンジンを起動させて高度を戻しつつ、土煙の上がっているあたりを確認してみる。だが肉眼では動くものを確認することはできなかった。

これは……おそらく全滅させたのだろう。

おや？　よく見ると端のほうには動いている者がいるようだ。だが、あまりはっきりとは確認するのはやめておく。いくら魔物退治や盗賊退治で血や死体を見るのは慣れているとはいえ、あまり自分のやった現場を見過ぎるとＰＴＳＤとかになりそうな気もする。

何より、一個中隊の戦闘能力を奪ったのだ。これで十分だろう。

「任務完了。さあ、次だ」

俺は自分に言い聞かせるようにそう言葉に出して気持ちを切り替え、次の敵を探し始めた。

やがて発見した敵部隊に爆弾を落とし、全滅させたらまた探して。

こうして索敵と爆撃を繰り返していると日が傾いてきた。

初日の戦果としては十分だろう。

そう考えた俺は砦へと帰投するのだった。

◇
◆
◇

「アレン、帰投した」

「あ、ああ。ご苦労。ものすごい音が何度も聞こえてきたのだが、何か知っているか？」

「それをやったのは俺だ。今日の戦果は大隊規模の帝国部隊を四、中隊規模を十二、小隊規模を九の全滅だ」

「な？　なんだと？　一体どうやって？」

「空から魔法で爆撃した。何が起きているのかわかっていない様子だったからまだしばらくは通用するだろう」

「あ、ああ」

守備隊長はいまだに半信半疑の様子だ。

「明日以降も同じ任務でいいか？」

「あ、ああ。任せる」

「了解した」

こうして初日の任務は終了したのだった。

◇◆◇

俺がブルゼーニ地方で戦い始めてから一週間が経過した。さすがにこれだけの戦果を上げていると、周囲からの扱いもかなり良くなってくる。

これまでに俺が全滅に追い込んだ帝国部隊は大隊規模で十、中隊規模で三十一、小隊規模で四十七、さらに細かい分隊規模も合わせるとどれだけやったかは数えきれない。

ちなみに全滅というのは「戦闘能力を奪った」という意味であって「全員を殺したことを確認した」という意味ではない。つまり生き残った敵兵が基地に戻り、再編されて別の部隊として出撃してくる可能性はある。

だが、今の状況でもう一度戦場に立てる兵士がどれだけいるだろうか？

彼らは周りに誰もいないのに突然自分たちの周りで次々と大爆発が発生し、気が付けば戦友が、上官が、部下が物言わぬ死体となっているという状況を経験したのだ。

俺なら相当な期間トラウマになるだろうし、なんの対策もなしに同じ場所へ行けと言われてもきついと思う。

その証拠にエスト帝国軍は日に日に精彩を欠くようになってきており、俺のいない戦場でもセントラーレン王国軍が押し返せるようになってきているのだそうだ。

これらの情報は全て守備隊長から教えてもらっている。

一介の守備隊長がどうしてそんなことをしているのかというと、なんとあの守備隊長が実はブルゼーニ地方の軍を率いる将軍だったのだ。

俺もまさかそんな重要人物が砦の守備隊長をやっているとは思わなかったが、よく考えれば他の砦は全て失陥していたのだ。

残った砦の責任者が軍の責任者であっても不思議はない。

そんなわけで彼は俺の戦果をかなり評価してくれており、最近は作戦を決める会議への出席を許されるようにまでなった。

そしてその会議の場でついに、最重要拠点である要塞都市カルダチアの奪還作戦を行うことが宣言された。

「この作戦の鍵はアレンだ。君には要塞都市カルダチアの攻略を支援してほしい」

「ああ。任せてもらおうか。作戦はどうなっている？」

俺が冒険者モードで返事をすると、他の将校が噛みついてきた。

「おい！　貴様！　なんだその態度は！　貴様は学徒出陣で来た学生だろう！　上官への態度をわきまえろ！」

まあ、言い分はわかる。

だが、俺はラムズレット公爵家の冒険者であるため、軍の序列の外側にいるという立場だ。しかも王命まで受けているのだから非難される筋合いはない。

それに今さら丁寧な言葉遣いに変えるというのも妙な感じがするので、結局このまま冒険者らしい偉そうな物言いを続けている。

「構わん。アレンはラムズレット公爵家のBランク冒険者だ。その戦果はお前も見ただろう。それにアレンは王命をもって派遣されているのだ。俺たちの指揮下にはない」

「ですが」

「黙れ。王都からおかしなのが来る前に終わらせてしまいたい」

おかしなのが来る、というのは王都から派遣される偉い将軍のことだ。宣戦布告されたせいで、王都から偉い貴族の騎士様が部隊を引き連れてやってくることになっているらしい。

「……それは確かに……かしこまりました」

要請をことごとく却下し、事態を悪化させたお貴族様に来られても邪魔なだけだというのは彼らも同じ思いなのだろう。

渋々といった様子ではあるが、守備隊長の言葉に従った。

「よし。ではは作戦を説明する。まずは――」

◇◆◇

「では、出撃する！」

指定された時間に俺はブイトール改を発進させる。今回の俺の任務はカルダチアを守る三つの砦から戦意を奪うこと。その方法は俺に一任してもらった。

そのまま東へとしばらく飛んでいくと、やがて視線の先に巨大な要塞都市が見えてきた。

どうやらこの要塞都市は三重の城壁と水堀で守られているようだ。しかもそれぞれの城壁は三十メートルはあろうかという高さで、水堀の幅も十メートル、いやもしかすると二十メートルくらいあるかもしれない。

さらにその要塞都市の西側にはこれまた堅牢な三つの砦がお互いをカバーするような位置に建設されており、セントラーレン方面への睨みを利かせている。

そんな砦の一つにセントラーレン軍が攻めかかっているのだが、やはりかなり苦戦しているようだ。砦は高い壁で囲まれており、その上から放たれる矢や魔法のせいで破城槌（はじょうつい）や雲梯（うんてい）といった攻城兵器が近づけないでいる。

だが、こうして苦戦してくれているのはある意味好都合だ。砦の中に爆撃すれば、味方への誤爆を気にせずに済む。

いつものように空から近づき、そしていつものように爆弾の雨を降らせる。

もちろん狙いはいつもどおり適当だ。城壁上にいる守備兵を狙って爆撃するなどといったことはできない。

だが、どうやら俺が思っていたよりも今日までの爆撃作戦が効いていたらしい。

爆発音を聞いた敵兵はたちまちパニックに陥ったようで、砦からの反撃は急激にその統制を失っていく。

しかも敵兵の中には慌てて逃げ出す者までいる始末だ。

そうこうしているうちに破城槌が城門に到達し、雲梯が城壁に取りついた。

こうなればこの砦が落ちるのは時間の問題だろう。

そう考えた俺は次の砦へと向かい、そしてすぐに次の砦に到着した。

どうやらここには友軍はまだ到着していないようだ。

だが敵はかなり警戒をしているようで、砦を囲んでいる壁の上にはずらりと兵士たちが配置されている。さらに壁の外側にも迎撃するためなのか援軍に向かうためなのかは不明だが、大隊規模の部隊が展開している。

そこで今度は砦の外にいる部隊も含めて絨毯爆撃をしてやった。

数百発の爆弾をばら撒いてやったので、外にいた敵部隊は文字通り全滅したのではないかと思う。

ちなみにこの爆弾は爆風と破片による殺傷が目的なため、城壁に穴をあけたり崩したりといったことはできない。衝撃波でガラスなんかは割れているだろうが、建物は健在だ。

だがこれだけの被害を受けたのだから、砦の士気はかなり削がれたに違いない。

そう考えた俺は爆撃を終了し、三つ目の砦へと向かった。

これで最後の砦なので、最後に別の兵器を試してみることにしよう。いつもの爆弾では砦の中にいる敵兵にはダメージを与えられない。

そこで、今回は建物にダメージを与えるため先ほどまでとは違う種類の弾を錬成する。結構な魔力を持っていかれたものの錬成は成功し、ずんぐりむっくりとした巨大なガラスの容器が落下していく。

やがて砦の建物にぶつかったそれは砕け散った。中に封入された無色透明の液体が飛び散り、すぐに爆発音がすると一瞬で火の手が上がる。

よし。どうやらうまくいったようだ。

この兵器はなんちゃって焼夷弾で、ガラスの中に封入されているのはガソリン風の良く燃える液体だ。

　これで自動車を動かせるのかはわからないが、常温でも気化するし良く燃える。ちなみにガソリンというとピンクやオレンジ色の液体を想像するかもしれないが、あれはわかりやすくするために添加物を加えて着色しているだけで本来の色は無色透明だ。そのため、錬成で作ったこのガソリン風の液体も無色透明だ。

　また、信管の代わりに使ったのは塩から錬成で取り出したナトリウムと水だ。ナトリウムが水と反応すると急激に発火するという現象を利用して信管の代わりとしてみた。

　はっきり言って素人の適当仕事なため、本職の人から見たら笑われてしまうレベルだろう。

　だが俺にはこの辺りの知識がないため、開発が間に合わなかったのだ。そこで、誰もが知っているであろう化学知識を応用して作ってみたのだ。

　ただ、実験では不発弾が結構な確率で出てしまっている。感覚的には火のついた松明（たいまつ）を一緒に投下し、落下中に火が消えないことを祈るのと大差ないような気がしないでもない。

　どうやら水とナトリウムが反応したとき、もしくは水素が燃焼したときにたまたま気化したガソリンがそこにあれば着火しているという状況のようだ。

　そのため、このなんちゃって焼夷弾についてはまだまだ改善の余地があると思う。

　まあ、個人的にはこんな強引な仕組みではなくてもっとちゃんとした仕組みの物を作りたいのだが……。

　さて。戦況に話を戻そう。

突然火の手が上がったことに驚いた帝国兵たちは慌てて消火にやってきた。そこに俺は容赦なく再びガソリン風の液体入りの瓶を投下していく。

一度火がついてしまえば、あとはガソリン風の液体をぶちまけるだけでそこは地獄と化す。

そうして大量の焼夷弾をぶちまけているうちに、瓶を錬成するためのガラスの材料が尽きてしまった。

一方の攻撃目標である砦は激しい炎に包まれている。こうなってしまえばもはや消火は不可能だろうし、この砦を維持すること自体が現実的ではないはずだ。

ということは、これで三つの砦の戦意と戦力をほぼ除去したと言えるだろう。

よし。任務完了だ。帰投しよう。

機首を俺たちの砦のほうへと向けると風魔法エンジンを吹かして加速する。

砦へと向かう帰り道で友軍とすれ違った。どうやら最初の二つの砦を攻め落とし、先ほど俺が燃やした三つ目の砦に向かって進軍しているところのようだ。

おや？　友軍がなにやら俺に向かって剣を掲げているぞ？

なるほど。どうやらあれは俺に向かって挨拶をしてくれているようだ。

空中で機体を一度大きく旋回させ、挨拶を返した俺はそのまま一足先に帰投したのだった。

第十六話　町人Aは要塞都市を蹂躙する

三つの砦を陥落させてから五日目の朝を迎えた。それまでの間、俺は要塞都市カルダチア以外の砦や駐屯地を徹底的に爆撃して回った。

その結果、このブルゼーニ地方に残るエスト帝国の主要な支配地域は要塞都市カルダチアのみとなった。

そしてそのカルダチアはというと、三つの砦を一日で陥落させたあの日からセントラーレン王国軍に包囲されている。

ただ、カルダチアには数多くの民間人が住んでいる。そこで人道的な観点からセントラーレン王国はカルダチアの民間人に対して退避勧告を行った。

五日後に無差別攻撃を行うと通告し、エスト帝国の民間人が避難できるように東門のみ意図的に包囲を解いたのだ。

最初の二日間はかなりの人数が逃げ出した。三日目にはその数が目に見えて減り、昨日はわずか数家族だけだった。

そして今日は五日目。運命の朝を迎えたというわけだ。

これまでは兵隊を相手にしていたが、今日は残っていた民間人を殺してしまう可能性もある。俺の場合は上空からの爆撃が仕事なため、地上戦を戦う彼らよりはショックは少ないだろう。だがそれでも市街地へ爆撃をすればほぼ間違いなく民間人にも被害が発生するのだ。この状況はさすがにくるものがある。

とはいえ、もはや今さらだろう。俺は俺のエゴのために、これまで人を殺してきた。

そんな道を選んだのは俺自身なのだ。

アナを取り戻し、そして今度こそ必ず守り抜く。

今の俺にとってそれ以上に大切なことなどない。

俺はブイトール改に乗ると、風魔法エンジンを始動する。

「頼んだぞ！」

そう声をかけてきた守備隊長に俺はサムズアップを返す。やがてブイトール改はぐんぐんとスピードを上げ、大空へと飛び立った。

「考えるな。考えるな。相手は敵だ。警告に従わず、戦うことを選んだんだ」

そう自分に言い聞かせているうちに俺は要塞都市カルダチアの上空に到達した。

まずは町の中央にある立派な建物へなんちゃって焼夷弾を次々と投下していく。ここはカルダチアを守る領主の屋敷で、市庁舎と兵舎を兼ねているらしい。

ただ、どうやら帝国軍も最近の攻撃が上空を飛んでいる俺からのものであることに気付いているらしい。俺を指さしては尖塔の上から矢を放って撃墜しようとしてくる。

だが、当然ながらそんな攻撃は届くはずもない。

俺は高度二百メートルくらいの場所を飛行しているのだ。

魔法の射程は数十メートルだし、たとえロングボウでも有効射程は百メートルが精々だろう。仮に水平に二百メートル飛ばせる弓があったとしても、重力に逆らって高度二百メートルまで飛ばせるわけではない。

よしんば高度二百メートルまで飛ばせたとしても、高速で飛行している俺のブイトール改に命中する可能性などほとんどない。

俺は専門家ではないので詳しいことは譲るが、戦争において技術レベルの差は非常に大きな意味を持つ。これだけの大差ともなれば、それを覆して勝つことなど不可能だ。

どこかの国では成層圏に近い高度を飛行する爆撃機を竹槍で落とそうと考えた人がいたそうだが、そんなことはありえない。

攻撃が届かないアウトレンジから一方的に火力を叩き込んでくる相手に正面から組み合って勝つなど、どんな名将でも不可能だ。

できることは降伏か撤退、もしくはひたすら籠城して時間を稼ぐくらいだろう。

これは、そんな一方的な蹂躙戦なのだ。

俺は心を無にし、黙々となんちゃって焼夷弾を投下していく。それらは幾つかの不発弾の後に一つが無事に着火し、爆発を伴って激しく炎上した。その炎は他の不発弾のガソリン風の液体にも引火して猛烈にその勢いを強めていく。

こうなれば、後はなんちゃって焼夷弾を落とすだけで火災が拡大していく。

こうしてカルダチアの中枢が炎に包まれたことを確認した俺は、次に地図で教えられた兵舎に向かい爆撃を加えていく。

何が起こっているのかはもう見ないようにした。

その後はカルダチアの上空を飛び回り、町中を歩いている敵兵の付近に爆弾を落とす。だがきちんと命中したかは見ていない。

振り返って考えてしまったら、民間人が巻き込まれて死ぬところを見てしまったら、きっとそこから先に進めなくなってしまうから。

そうこうしているうちに友軍が門を破り、内部への侵入に成功した。しかしすでに帝国軍はボロボロになっており、それを押し返すだけの余力は残されていなかった。

侵入したセントラーレン王国軍はあっという間に各所を制圧していく。

やがて焼け落ちた領主の屋敷前の広場に、兵舎に、そして各城門にセントラーレンの国旗がはためくのを確認した俺は砦へと帰投したのだった。

◇◆◇

市街地への爆撃から二日後、俺は守備隊長と共に完全制圧されたカルダチアへと入った。このカルダチアをセントラーレンが奪還するのは実に半世紀ぶりだ。

ちなみに、昨日はゲリラ攻撃を仕掛けてきた民間人や敗残兵と激しい戦闘になったそうだ。敵味方の双方にかなりの死傷者を出したこの壮絶な市街戦は俺たちセントラーレンの勝利で終わり、カルダチアの奪還という快挙が成し遂げられた。

なお、市内に残っていた民間人は一部を除いて追放処分となり、馬車に詰め込まれてエスト帝国へと送られた。それと共に怪我をしている捕虜もそのまま民間人と同じ馬車でエスト帝国側へと引き渡された。

住民を追い出すというのは凄まじい政策だと思ったが、テロリストと化した住民との泥沼の市街戦を避けるためにやっているのだろう。

それにセントラーレンが以前カルダチアを失陥した際にも、エスト帝国は同じことをしたのだそうだ。

こうしてこの要塞都市カルダチアに残っているのは俺たちセントラーレン王国軍と一部の民間人、そして健康な捕虜だけとなった。

ちなみに健康な捕虜を残したのは強制労働をさせるためだ。畑を耕したり、壊れた建物を修復したりといったことをさせるのだそうだ。

まあ、今の文明レベルを考えればこんなものなのかもしれない。それにゲームでは王都の住民が虐殺されたことを考えれば、これはかなり人道的な対応といえるだろう。

こうして俺は久しぶりに狭い砦ではなく、広い部屋とふかふかのベッドで眠ることができた。

そしてその夜、どうしても知りたかった情報が遂にもたらされたのだった。

Side．アナスタシア（五）

国王陛下の用事とは一体なんだろうか？

お父さまに対してではなく私に直接、しかもわざわざ殿下に届けさせるというのは妙な話だ。だが、それでも陛下の封蝋と玉璽による印影があるのだ。

きっと、そういった手続きを飛ばさなければならないほど緊急の用事なのだろう。

そう考えた私は疑いもせず、殿下が手配したという馬車を待つ。するとそこへ殿下がやってきて、おかしなことを言い出した。

「アナスタシア・クライネル・フォン・ラムズレット、お前には貴族としての責任を果たしてもらうぞ？」

意味がわからない。私は今、学生としてやるべきことを全力でやっているつもりだ。少なくとも、殿下よりも努力をしているという自負はある。

にもかかわらず、なぜ殿下にそのようなことを言われなければならないのか？

「……殿下。一体何を仰っているのですか？」

意図がわからずに聞き返そうとすると、殿下が新たな命令書を手渡してきた。その内容を確認した私は血の気が引いた。

『アナスタシア・クライネル・フォン・ラムズレット公爵令嬢にエスト帝国魔術師団長ギュンター・ヴェルネルへの輿入れを命ずる』

どう考えてもおかしな内容だ。こういった話はまずお父さまに話を通すのが先だろう。

だが、その命令書には玉璽によって印が押されている。

ということは、正規の命令書だ。

「玉璽が押されている以上、これは王命だ。これを拒めばお前とラムズレット公爵家は晴れて反逆者だな」

「ぐっ」

玉璽を持ち出されては反論も難しい。しかし、こんな話がありえるのか？

いくら王家といえども公爵家になんの断りもなく他国の、しかも家柄のまるで釣り合わない男に嫁げなど。

私がふと周りを見渡すと、こちらへと向かってくる馬車と遠くからこちらを見ているエイミーの姿が目に入った。彼女は唇をゆがめ、黒い笑みを浮かべているように見える。

まさか、あの女の指金なのか？

いや、あり得るはずがない。玉璽だぞ？　偽造などできないはずだ。仮にできたとしても、見つかれば何人たりとも死罪は免れない。

そう。たとえそれが殿下であってもだ。

それとも、私たちの邪魔さえできればあとはどうでもいいということか？

迷っている私の前に、王宮のものにしてはいささか簡素な馬車が停車した。そして中から数人の騎士が降りてくると殿下に対して敬礼する。

ん？　なんだ？　この違和感は？　こいつらは本当に騎士なのか？

「アナスタシア嬢を連れていけ」

「ははっ。それでは、ご同行願います」

そう言うと一人が私をエスコートするために手を差し出し、残りの者は周りを囲んだ。

なるほど。これは私が逃げないようにしているのだ。

騎士なのかは疑問が残る連中だが、しっかりと訓練されていることは間違いない。

それに、ここで抵抗しても玉璽の押された命令書がある。余計な騒ぎを起こして反逆者の汚名を着せられるよりも、まずは陛下に真意を確認するのが先決だろう。

そう考えた私はまるで連行されているかのようで不愉快ではあるが、馬車へと向かう。

だが、私には心に決めた男性がいるのだ。このような結婚も命令も受け入れることはできない。

そんな抗議の意味を込め、エスコートは拒否した。

そうして無骨な内装の馬車に乗り込んだところで私はようやく決定的な疑問に思い至る。

無骨な内装の馬車？　なぜ王宮の馬車に王家の紋章が入っていないのだ？

「まさか！　お前たちは！」

「そういうことだ。お前はそっちの王太子サマに売られたんだよ。エスト帝国にようこそ」

反応の遅れた私は複数の男たちによってあっという間に取り押さえられてしまう。そのまま後ろ手に縛られ、猿轡（さるぐつわ）をかまされた状態で大きな袋に入れられた。

暗い。苦しい。

ああ、私は馬鹿だ。常識に囚われて何も見えていなかった。

アレン！

助けて……！

◇◆◇

何回か馬車を替えた後、下水道を通って王都から秘密裏に連れ出されたようだ。今は再び馬車に乗せられ、どこかへと運ばれているようだ。

らしいというのは、袋に詰められているせいで状況の確認ができていないのだ。何度か宙に浮いたような感覚があったので、それがきっと馬車から馬車へ荷物として積みかえられたときの感覚ではないかと思う。

それから誰かに担いで運ばれたようなのだが、鼻の曲がるようなきつい匂いと水の音が長時間聞こえた。だからこれはおそらく下水道なのだと思う。

だが、エスト帝国の連中にこの下水道のことが知られているのはまずいのではないか？

王都が攻められたときに城壁が意味を成さなくなってしまうではないか。

と、そこまで考えたところで思わず小さく笑ってしまった。

殿下に、いや次期国王にこれほどの仕打ちを受けたのだ。にもかかわらず、なぜ私はいまだに王国の行く末を案じているのだろうか？

そんなことを考えているといると、どうやら馬車が目的地に到着したらしい。再び担いでしばらく運ばれると、乱暴に地面へと置かれたようだ。

袋の口が開けられ、私は久しぶりに袋から出ることができた。

私の隣にはガタイの良い男がいる。おそらくこの男が私を運んでいたのだろう。さらには十人ほどの男たちが私を取り囲んでいる。

なぜか猿轡が外されたので、私は目の前の男たちを睨み付けた。

「お前たち。私にこのようなことをしてタダで済むと思うなよ？」

「おうおう。ラムズレット公爵家のお嬢様は怖いねぇ」

ガタイの良い男がニヤニヤとイヤらしい笑みを浮かべながらそう言った。他の男たちも私の体を上から下まで舐めまわすように見ている。

「でも、タダで済むんだなぁ。なぜならお前は王太子様に売られたのさ。そんで、お嬢様の実家は近いうちに国家反逆罪で全員処刑予定だからな。外国から攻められてるのに協力しないなんて、反逆者だもんなぁ？　ま、全部俺らの計画なんだけどな」

ガタイの良い男が下品な笑い声を上げ、周りの男どももギャハハと下卑た笑い声をあげた。

「で、あんたの買い取りをご希望されたのが我らがエスト帝国の魔術師団長サマってわけだ」

「私はそんなやつの妻になど！」

私は怒気をはらませて強く言うが、それに対する返事は予想外のものだった。

「あー、そういうんじゃないらしいから」

「……は？」

「まあ、よく知らないけどよ。五体満足でさえあれば心は壊れてていいんだとさ。というわけで、今日からエスト帝国の帝都に着くまでの間、毎晩俺ら全員でマワさせてもらうからよろしくな？」

「え……？」

おぞましい！　アレン以外の男のものを受け入れるなど！

私はとっさに魔法を使って抵抗しようとする。

「マナよ、万物の根源たるマナよ。氷の槍となりて我が敵を撃て。氷槍！」

しかし、慣れ親しんだはずの魔法は発動しない。

「な、なぜだ？」

「お嬢様。お勉強はできるそうだが随分と頭が悪いみたいですねぇ。お嬢様を縛っているその縄には魔封じの効果があるんですよ。魔術師団長サマに頂いた優れモンなのさ」

「そ、そんな……」

腕は後ろ手に縛られており抵抗は不可能だ。魔法も使えない。

どうやらすでに対抗手段はすべて取り上げられていたらしい。

私の心を絶望が塗りつぶしていく。

「さて、それじゃあよろしくお願いしますよ」

「い、いやっ！」

後ずさるが、すぐに壁際に追い詰められてしまった。

「ギャハハ、かわいい声も出せるんじゃねぇか」

そう言って男たちは汚らわしい手を私へと伸ばしてきた。

その手が私の胸元に近づいた瞬間、その男は何かに弾き飛ばされるように十メートルほど吹っ飛んだ。

「ぐっ……」

「お、おい！　何をしやがった！」

周りの男たちが手を伸ばしてくるが、やはり彼らも同じように吹っ飛んでいった。

これは……ロー様だ。きっとロー様が守ってくださっているに違いない。

勇気が湧いてきた。縛られているせいで逃げ出すことは難しいが、それでも耐えていればきっと希望はあるはずだ。

そう。きっとアレンが助けに来てくれる。

根拠はない。だがきっとアレンならば……！

◇
◆
◇

袋の口が開けられた。どこかの村のようだが、住民の姿が見えない。目に入るのはエスト帝国軍の兵士ばかりで、何やら大規模な工事をしている様子だ。

「……ここは？」

「ここはイエルシュドルフとかいう名前の村だった場所だ。今はエスト帝国軍の前線基地だがな」

イエルシュドルフといえば、たしか国境の山の近くにある辺境の小さな村だったはずだ。

「あの山を越えて軍を進められると言うのか!?」

「ずっと昔から準備していたんだぜ？　冒険者どものせいで何度も邪魔をされてたらしいがな」

そういえば、イエルシュドルフへの道では盗賊の被害が妙に多発していると聞いたことがある。

「……村人たちはどうした？」

「さあな。そんなことよりも、自分の心配をしたらどうなんだ？」

「お前たちこそ、私をどうにかできるとでも思っているのか？」

その問いには直接答えず睨みつけてやった。するとこの男は小さく舌打ちする。

「ま、いいさ。俺たちがどうにかできなくても、あのお方ならどうにかするだろうよ」

そう言って力のない笑みを浮かべると、肩をすくめた。

「ここを越えたら、目的地まではすぐだ。覚悟しておくんだな」

どういうことだ？　この近辺には他に町や村はないはずだ。

ということは、どこかに監禁して私を人質として使うつもりか？

◇
◆
◇

翌日、私は再び袋詰めにされて運ばれた。その日は終日山道を歩いていた様子で、その晩の寝床はどこかの洞窟だった。

だが、その翌日からはうってかわって進みが早くなった。

なんと、川を船で下り始めたのだ。

なるほど！　そういうことか！

この川を使えば、セントラーレン王国からエスト帝国への侵攻が容易になるだろう。それにもしこの川が帝都を流れる川と合流しているのだとすれば、イエルシュドルフはエスト帝国にとって喉元に刺さった棘のようなものだ。

まさか、こんな手札があったことに気付かなかったなんて！

この川を押さえられれば帝国に対する強力な抑止力になるはずだ。

愚かな戦争で民が傷つく未来を少しでも減らすためにも、私はなんとしてでも生きて帰らなければならない。

そして愛するアレンや家族のためにも！

◇◆◇

どうやら目的地に着いたようだ。

袋が開けられ、そこから顔を出した私は思わず顔をしかめる。

目の前に広がる光景はこれまでとは違い、まるで宮廷の中のように煌びやかな部屋だった。豪華なシャンデリアが吊り下げられ、調度品は高級なものばかりだ。

「アナスタシア・クライネル・フォン・ラムズレットよ。ようこそ、エスト帝国へ。旅路はいかがだったかな？」

声のしたほうを振り返る。するとそこにはエスト帝国の皇帝、皇太子、それに帝国魔術師長の姿があった。

そして私の隣にはここまで私を運んできたあの男がいる。

「エスト帝国皇帝、アドルフ」

「陛下、が抜けておるぞ？」

馬鹿にしたようにそう言ってきたアドルフを私は睨み付ける。

「陛下、申し訳ございません。我が妻はこれから私がきちんと躾けておきますゆえ」

「無理やり攫ってきておきながら何が妻だ！　私はお前のような者の妻になどなるものか！」

そう強く抗議し、ギュンターを睨み付ける。

「だ、そうだぞ？」

そんな私の怒りを茶化すかのような口調でギュンターに問いかけたのは皇太子のイゴールだ。

「やれやれ、我が妻は素直ではありませんね。どうですか？　イゴール殿下も教育に参加されては？」

するとイゴールはニヤリと下卑た笑いを浮かべる。

「そうだな。だがこうも汚れていてはな。臭くて抱く気もおきん」

「それもそうですな」

私は思わず赤面するとともに、憤りを覚えた。

確かにここに連れてこられるまでの間、一度も風呂に入れていない。それに髪や服装だって整えられていない。今の私はさぞ惨めな姿をしていることだろう。

だが、そうさせたのはお前たちではないか！

そう思って彼らを睨み付けていると、ギュンターが私を連れてきた男を詰問するかのように問いかける。

「おい、なぜこれほど抵抗する気力が残っているのだ？　毎日犯したのではなかったのか？」

「そ、それが。実は不思議な力で……」

その男はそう言って困ったような仕草をしながら愛想笑いを浮かべた。

「不思議な力？　魔封じの縄で拘束すれば魔法は使えないはずだ」

「それが、この女を使おうとするとでもねぇ力で吹っ飛ばされまして。三人がかりでやっても全員吹っ飛ばされて動けなくなったんで、いくらなんでも無理だって」

「なんだ？　それは？　ならばここでやってみろ」

ギュンターが私を運んできた男に命令すると、そいつは露骨にイヤそうな顔をした。

「どうした？　首がいらないのか？」

「わ、わかりましたよ！」

そいつが私の服を脱がそうと手を伸ばしてくるが、その瞬間に弾かれて部屋の壁に強かに叩きつけられた。

「う、くうぅ。そ、そういう訳なんです」

男はよろよろと立ち上がり、壁にもたれるようにしてその体を支えた。

ロー様と数多の精霊様、そしてエルフの女王様にはどれだけ感謝してもしきれない。おかげで私は貞操を守れているのだから。

「そ、そういうわけですんで報酬は……」

「半額だな。私は毎日犯して心を壊せといったんだ。連れてくるだけでは片手落ちだ」

ギュンターが男に言い放った。どうやらこの男は正規の兵士ではなく、金で雇われる立場の男だったようだ。

つまり、セントラーレン国内で私が救出されていた場合は切り捨てるつもりだったのだろう。

「ちょ、待ってくれよ！　こんなの聞いてねぇよ！　最後はスカイドラゴンにまで追いかけられたんだぞ？　ちゃんと約束通り――」

「何か不満でもあるのか？」

ギュンターが睨み付けると男は不満を飲み込むかのように口を噤み、それから一礼をしてから退出していった。

「さて。予定外の事態ですが、まあいいでしょう」

ギュンターがそう言うと、皇帝アドルフがギュンターに質問してきた。

「おい、ギュンター。大丈夫なのか？」

「はい。問題ございません。心を壊す方法など、他にいくらでもありますからね」

「なら良い。では後は任せたぞ。ギュンター。イゴールも、あまり遊びすぎるなよ？」

「ははっ」

「わかっております、父上」

そう言い残して皇帝アドルフも部屋から退出していき、その様子を皇太子とギュンターが恭しく見送った。

それからギュンターは私のほうへと振り向くと、事務的に言い放つ。

「アナスタシア。あなたには我がエスト帝国の忠実なる戦士となっていただきますが、とりあえずは風呂に入っていただきましょう。それではいくらなんでも臭すぎますからね」

誰がエスト帝国の兵士になど！

腹立たしい物言いではあるが、風呂に入らせてもらえるのはありがたい。

私は無言の抗議を続けながらも、ひとまずは風呂で体を清めることにした。

◇◆◇

久しぶりの風呂で私はようやく自分の体を清めることができた。

しかも、ようやく縛られた状態から解放されたのだ。ずっと拘束されていたおかげで腕の感覚がかなりおかしくなってしまっているが、久しぶりに手足を自由に動かせる喜びは何物にも代えがたい。

とはいえ、魔封じの縄から解放された代わりに今度は魔封じの首輪をつけられてしまった。固い金属製の無骨な首輪で、鍵が付いているため自分では外すことは難しそうだ。

剣もなく、体は今まで拘束されていたせいで思うように動かない。

結局、私は虜囚のままということだ。

束の間のリラックスできる時間はあっという間に過ぎてしまった。

私が風呂から上がると、まるで下着のような卑猥な服が用意されていた。

くそ、こんな破廉恥なものを着ろと言うのか。これではまるで……。

だが裸のまま、というわけにもいかないだろう。

私は仕方なく用意された服に袖を通す。

しかし体を隠す面積の小さいそれは私の胸を、そして体のラインをイヤらしく強調しており、まるで男を誘っているかのようだ。

恥ずかしい！

私はその上にバスタオルを巻いて風呂場を出た。メイドにバスタオルを取られそうになったが、それだけは断固拒否した。

いくらなんでも、こんな服を着ているところを他人に見られるわけにはいかない。

だがこんな格好では、たとえ魔法が使えたとしても脱走は難しいだろう。

どうやらこの格好は私を辱(はずかし)めるだけでなく、そういった意味合いもあるようだ。

それからギュンターに連れていかれた先は地下牢だった。牢屋というには豪華だが、窓はなく鍵も外からかけるようになっている。だからここは牢屋で間違いないだろう。キングサイズの上質なベッドが設えてあり、その隣には私が着させられているような服が無造作に並べられている。


要するに、私が屈したらそういうことをさせるつもりなのだろう。汚らわしい！

きっと、きっとロー様と精霊様が、そして女王様が私を守ってくださる。そうしていれば、きっといつかアレンが助けに来てくれるはずだ。


そう信じて、私はどんなことをされたとしても耐え抜く決意を新たにする。

だが、ギュンターはそんな私の決意をあざ笑うかのようにそのまま扉を閉め、外から鍵をかけた。

そして扉にある覗き窓が開けられ、ギュンターの声が聞こえてきた。

「それでは、一年後に会いましょう。それまでパンと水だけで生きられると良いですね」

「え？」

それから覗き窓が閉じられると部屋を照らしていた明かりも消え、完全なる闇が私を包み込んだのだった。

◇
◆
◇

真っ暗で、何も見えない。

時間の感覚などとうになく、今どれくらいの時間が経ったのかもわからない。

私はアレンにもらった指輪を触り、そして女王様に頂いた髪飾りを触っては再会を信じて心を落ち着ける。

しかし、パンと水が差し入れられるときに言われる言葉が私の胸を抉る。

「お前の父親は死んだぞ。お前を王家が売ったことに抗議した結果、反逆者として一族郎党処刑されたらしい」

……嘘だ。そんなこと、できるはずがない。

「お前が輿入れを断ったせいで戦争になったぞ。貴族の義務を果たせば民も兵たちも死なずに済んだのに。もうブルゼーニは帝国の支配下だ」

……私のことは後から取ってつけた理由だ。だが、民は……。

「お前の愛する男は戦死したそうだぞ？　無様に腹を槍で刺されたそうだ」

「っ！」

違う！　嘘だ！

アレンがそんなこと！　あるはずがない。

「お前なんかがいなければ、あの男は死なずに済んだのになぁ。あーあ、可哀想に」

嘘だ！

嘘だ嘘だ嘘だ！

「お前のせいだなぁ。お前さえいなければ、あの男は今も生きて幸せに暮らしていたのになぁ」

アレン？　うそ……だよな？　アレン？

「あーあ」

アレン……。

それ以来、こいつは何も語りかけてくることは無くなった。

アレン……。

◇◆◇

一体どれほどの時間が経ったのだろうか？

相変わらずの真っ暗闇だ。しかし、そこに誰かがいるような気がする。

あれは……アレンか？

「アレン？」

そこにアレンの顔が浮かんだかと思うとすぐに消えてしまう。

「お、おい。アレン？　行くな。なぁ、私を、守ってくれるんじゃないのか？　なぁ、アレン？」

私の声は闇に響くだけだ。

そうだ。こんな場所にアレンがいるはずなどない。

いや、助けに来てくれるはずだ。

そんなことはない。幻覚だ。

いや、でも……！

私は左の薬指にある大切な指輪を触り、アレンのことを思い出す。

「なぁ、アレン？」

誰も、何も、答えてくれない。

私は……ひとりだ……。

目を開いても、そこには変わらぬ闇があるだけ。

まるで世界に私一人が取り残されたかのようで……。

私はぎゅっと膝を抱えて座り込む。

その感触だけが私がまだ生きていることを実感させてくれて……。

ちょうどその時だった。

ガタン、という音がする。

どうやらパンと水が差し入れられたらしい。

そう思った私は手探りでいつもの場所を触った。

しかし私の手に触れたのはいつものパンでもコップでもなく、固い棒のようなものだった。

「なん、だ？　これは？」

剣、か？　どうして剣がこんなところに？

そう疑問を感じた瞬間、私の中に何かが流れ込んできた。

慌てて手を離そうとするが、なぜか剣を握った手を開くことができない。

まるで指がピタリと吸いついてしまったかのように、どうやっても剣を手放せないのだ。

すると、なぜか急に絶望的な気持ちに襲われる。

私は誰からも必要とされていないのだ。

冷たくて、寂しくて、ひとりぼっち。

そんな気持ちがどこからか急激に湧き上がってくる。

違う！　私には家族がいる！　それに何よりアレンが！

そう思っているのに、こんな時になって投げつけられた言葉が蘇ってくる。

お父さまが、お母さまが、お兄さまが、処刑された。

アレンが、腹を槍で刺されて戦死した。

その光景はなぜか鮮明な画像となって頭の中に浮かび上がり、私はそれを違うと必死に否定する。

しかしそれは次々と私の中に入り込んできて、頭に浮かんだ悪いイメージは際限なく膨らんでいく。

私は……もう……誰からも……？

「あ……ち が……わた……し……」

私は自由になる左手で髪飾りに触れ、そして大切な指輪に祈りを込めてその悪いイメージを拒絶する。

アレンとの、約束だって……！

必死に抵抗を続けるが、絶望が止まってくれることはない。

永遠とも思えるほどの時間が経過した。私の意識は少しずつ、少しずつ恐怖と絶望に蝕（むしば）まれ、やがて真っ黒に塗りつぶされていく。

いや……だ……。

アレ……ン……たす……け……。

第十七話　町人Aは悪役令嬢をどうしても救いたい

アナを攫った連中は帝都に逃げ込んだ。そう知らせてくれたのはメリッサちゃんだった。

深夜、要塞都市の自室で横になっていた俺のところにメリッサちゃんがやってきて教えてくれたのだ。皆が寝静まったころだったため、窓にメリッサちゃんの顔がぬっと映ったときは一瞬心臓が止まりそうになったが、すぐにアナのことだと理解できた。

「ありがとう。メリッサちゃん」

お礼を言うとすぐさま部屋を飛び出し、ブイトール改に乗り込んだ俺は空高く舞い上がる。

「ちょっと、どうする気？」

「何をしてでも取り返す！」

「はあ、全く。いいわ。あたしたちも手伝ってあげる」

ブイトール改のスピードにも遅れることなく、あっさりと横に並んだメリッサちゃんはこともなげにそう言ってくれた。

「え？　でもお礼はもう」

「いいのよ。今のアレンさんはなんだか焦りすぎてて放っておけないのよね」

自分では冷静でいるつもりだったが、どうやらメリッサちゃんからはそんな風に見えているらしい。

「大体ね。いつだってアレンさんは他の誰かのことばかり。ジェリーのことだって放っておけばよかったんだし、ピンクの変なのが攻めてくるのだってわざわざ知らせる必要なんて無かったでしょ？」

「あ、それは……」

「だって、わざわざアレンさんがそんなこと言ったってことは、ピンクの変なのはあなたに関係ある人なんでしょう？」

「ま、まあ。関係があると言えばあるが……」

「しかもあんなに弱かったってことは、あなたが何か手を回していたからなのよね？」

あの決闘で俺が勝ったから、色々と歯車が狂ったことは間違いない。だが、そんなものはただの結果論だ。

メリッサちゃんとジェローム君のために何かをしたわけではない。

「それは、結果的にそうだったってだけで俺は別に感謝されるようなこと……」

「やっぱりそうなんじゃない。だったら、黙ってあたしたちに手伝われなさい。そもそもね。アレンさんの番（つがい）を攫っていく奴らなんか全員滅べばいいのよ！」

まるで俺の気持ちを代弁してくれているかのようで、少しだけ胸のつかえがとれた。

そうだな。せっかくだし、ここは好意に甘えてしまおう。

「ありがとう。でも、無理はするなよ？」

「そうよ。それでいいのよ」

メリッサちゃんは笑みを浮かべた。

そうして飛んでいると、今度はジェローム君の声が聞こえてくる。

「ア、ア、ア、アレンさん！」

ものすごいスピードで俺たちと並んだジェローム君は、またもや過激な発言をする。

「ききき、聞いたよ。任せて！　テート？　とかいうの！　ぼ、ぼ、ぼ、僕が滅ぼすから！」

「いや、だからそうじゃねぇって。無差別攻撃したらアナに当たるかもしれないからダメだ。まずは忍び込んで情報収集をする」

「じゃ、じゃぁ、当てなければ、いい？」

「まあ、絶対に当たらないならな」

「わかった。任せてよ！」

なんとも器用なことだが、飛んでいるにもかかわらず嬉しそうに尻尾をブンブンと振っている。

ジェローム君のこの癖は今でも変わっていない。ヘタレだったジェローム君も、今ではとても頼もしく感じる。

「俺は町の中に忍び込んで探す。だから、メリッサちゃんとジェローム君は脱出の時の陽動を頼む」

「ええ。任せなさい。それと、アレンさんの番の娘は帝都の真ん中にある一番大きな建物の中にいるわ」

「どうしてそんなことが？」

「当たり前でしょ？　スカイドラゴンであるあたしたちがあれだけきっちり匂いを嗅いで覚えたのよ？　どこにいるかなんてすぐにわかるわ」

「おお、すごいな」

「ふふん。どう？　あたしたちが仲間で良かったでしょ？」

「ああ。本当に。ありがとう！」

「ふふ。どういたしまして！」

こうして俺は頼もしい二匹の仲間とともに、星明かりを頼りにエスト帝国の帝都へと向かって飛び続けたのだった。

◇◆◇

やがて俺たちは闇夜に紛れて帝都の上空に到着した。有視界飛行をするにはあまりも暗すぎる夜だったが、それでもメリッサちゃんとジェローム君が案内してくれたおかげでこうして迷うことなく辿りつくことができたのだ。

俺は、本当に良い友に恵まれた。

眼下の帝都は夜中だというのに大通りの街灯には明かりが灯されている。それに、町の中心にある宮殿や大きな建物の窓からも明かりが漏れている。

どうやら、王都と比べても随分と栄えているようだ。侵略国家がこれほどまでに繁栄するために、一体どれだけの犠牲が払われたのだろうか？

俺は、アナを誘拐した帝国を絶対に許さない。

「一発、ぶちかましてやる」

なんちゃって焼夷弾を錬成すると宮殿の正門近くに投下し、そのまま宮殿の上空を通過した。

すると俺たちの後方で爆発音がし、すぐさま火の手が上がった。

どうやら今回はきちんと一発でうまく行ったようだ。火の気のないはずの場所で突如発生した爆発に、どうやらかなりの騒ぎとなっているようだ。

「もういけるんじゃないかしら？」

「そうだな」

俺たちは警備が薄い宮殿の裏庭に着陸し、ブイトール改を錬成で地面の下に埋めて見つからないように隠した。

「アレンさん。頑張ってね！　番の娘の匂いはあの建物からよ。でもこれだけ近いのにものすごく弱いから、もしかしたら建物の奥深くかもしれないわね」

「わかった！　ありがとう！」

お礼を言うとすぐに【隠密】で隠れ、メリッサちゃんの指さしたその建物へと駆け出した。

そんな俺を見送ったメリッサちゃんが翼を広げ、そのまま上空へと飛び立っていくのが目の端に映る。

「ありがとう」

もう一度感謝の言葉を呟いた俺は、建物の扉にそっと手をかけた。鍵は錬成して変形させることで簡単に無力化できる。

鍵の外れた扉をそっと開き、内部へと侵入した。どうやらここには誰もいない。このまま【隠密】を解除しなければ誰にも見つからずに行動できる。

そのまま扉を閉めて建物の内部を歩いていく。不必要なほどに豪華絢爛なこの宮殿だが、なんと驚いたことに人が活動している。これほどの深夜だというのにだ。

これは要するに、夜中に灯りをつけていられるほど魔石の供給が潤沢だということだ。そのこと一つとってみても、帝国の国力がどれほど強大かということがよくわかる。

だが、それはそれで好都合だ。人がいれば盗み聞きすることができるため、情報を集めやすい。

目指すのは地下室だ。

俺は聞き耳を立てつつもその入り口を探すが、なかなかそれらしい場所は見つからない。

ちなみになぜ俺が地下への入り口を探しているかというと、それはメリッサちゃんの言っていた言葉から推測した結果だ。

メリッサちゃんは「匂い」で俺やアナの場所を感知していると言っていた。

だが、俺はメリッサちゃんの言っている「匂い」が俺たち人間にとっての匂いと同じだとは考えていない。

というのも、俺たち人間にとっての匂いだけで「アナがどこにいるかすぐわかる」などということはありえないからだ。

たとえどれだけ敏感な鼻を持っていたとしても、距離が離れれば他の匂いが混ざることは間違いない。風向きなどの条件も考慮すれば、何十キロも離れた場所からすぐにわかるなんてことはあり得ないのだ。

確か前世の世界において、世界でもっとも鼻のいい動物として有名だったのはゾウだ。だがそのゾウですら、風向きの条件が上手く噛み合ってようやく数キロ先の匂いを感じ取れるといったレベルだったと記憶している。

ということは、だ。俺たち人間にとっての匂いではなく別の何か、それこそ魔力的なものを「匂い」と呼んで追いかけており、スカイドラゴンはそれを鼻で感知しているとしたらどうだろうか？

もちろんこれは推測だが、割と正解に近いのではないかと俺は思っている。

そして、メリッサちゃんは建物の奥にいると「匂い」が薄くなると言っていた。一方で、カルダチアの俺の部屋は一発で見つかった。しかも要塞都市だったため、俺の寝ていた建物もこの宮殿と同じように分厚い石造りだった。

ではその違いは一体なんなのか？

俺は、その答えが窓の有無であると考えた。

分厚い石はメリッサちゃんたちにとっての「匂い」を減衰させるが、窓ガラスはそうではないという仮説だ。

こういった宮殿の部屋は通常、明かりを取るための窓が存在する。それにこの建物を上空から見たところ、中庭が存在していた。

では中庭が存在するこの建物において天井から床、そして四方の壁に至るまで全てが分厚い石で囲まれ、なおかつ窓の一切存在しない部屋が存在する可能性が高いのはどこだろうか？

答えは地下室だろう。

それに地下室であれば、もしアナが脱出を図ったとしてもその経路を制限できる。誰かを監禁するのにこれほど適した場所は他にないはずだ。

そこまで推測はできているのだが、肝心の地下室が中々見つからない。

アナ、無事でいてくれ！

そう祈りつつも、俺は懸命に探索を続けるのだった。

◇◆◇

侵入してから一時間ほどが経過した。【隠密】のおかげでいまだに俺は誰にも見つかっていない。

引き続きアナを探して廊下を歩いていると、身なりの良い二人組の男が正面から喋りながら歩いてきた。

「おい。ギュンター。アレの調子はどうだ？」

ギュンター？　ということは、この男が宮廷魔術師長か？

そう思って身構えたが、俺に気付いた様子はない。

「もう少しといったところですね。普通なら一日ともたずに自我が崩壊するはずなんですがねぇ」

「流石はラムズレット公爵家の娘といったところか」

「！」

俺は思わず銃を突きつけて問い詰めたくなったが、すんでのところでその衝動を堪えた。

どこにいるのか、一体何をされたのかをきちんと把握する必要がある。

こんなところで激情に駆られ、失敗するわけにはいかないのだ。

「ええ。殿下。ですがいい感じに弱ってきたので昨晩、氷絶の魔剣を持たせておきました。あとは時間の問題でしょう」

殿下？　それにこの年齢は！　じゃあ、こいつがこのエスト帝国の皇太子か？

それに魔剣だって？　それじゃあアナは！

闇堕ちした悪役令嬢が、凍り付いた表情で王都を蹂躙するスチルが俺の脳裏を過る。

「しかし、公爵家の娘に想い人がいるとは意外でしたね」

「婚約指輪をしていたからな。婚約者でもいたのだろう。風呂に入ったときも指輪と髪飾りだけは外さなかったと聞いているぞ？」

「あのボンボンの馬鹿王太子に捨てられたそうですがね。まあ、どうせ下男あたりにでも浮気をしていたのでしょう。戦争で死んだと言ってやったら面白いほど動揺していましたからね」

「なるほど。その男も捕まえられるか？」

「心を壊して意のままに操れば、聞き出すことも可能でしょう」

ふざけるな！　このクズが！

アナは、物じゃないんだ！

「ならば、その男の目の前であの女に股を開かせるのも一興だな」

「相変わらずですね。ですが、そこまでの調整をするにはまだ時間がかかるでしょう。まずは魔剣の絶望で心を支配することが最優先です。あれは【氷魔法】と【騎士】という二つの加護を持つ唯一無二の素体です。氷絶の魔剣のために存在しているのですから、今回ばかりは失敗は許されませんよ」

こいつら……人間をなんだと思っているんだ。

「ちっ。まあいい。あの女は顔も体も最高だからな。早く調整しろよ」

「もちろんです」

自分の頭に血がのぼっていくのがはっきりとわかる。

今すぐにでも！　こいつらを殺してやりたい！

……俺はその衝動を必死に抑え、音を立てないように後をつける。

大事なものは何か？　その順番を間違えてはいけない。

母さんの贈ってくれたこの言葉が俺に冷静さを留めてくれている。

「そういえば、セントラーレンの腑抜けどもは案の定だったぞ」

「ええ。順調のようですね」

「ああ。なんの準備もしていなかったようだからな。そろそろブルゼーニ全域の攻略も終わっていることだろう」

皇太子と男の会話は戦争の話題へと移った。

どうやらセントラーレンが負けることを前提として考えているらしい。

だが、残念だったな。ブルゼーニの全域を失ったのはお前たち帝国のほうだ。

心の中で罵倒していると、思わぬ言葉がこいつらの口から飛び出してきた。

「そのようですね。ただ、まさかあんな馬鹿げた取引に応じるとは思いませんでしたよ」

「あの王太子は正真正銘の馬鹿だからな。あの女がいたからどうにか取り繕えていただけで、中身は何一つとして無い。そもそも、あの女と引き換えにブルゼーニが還ってくると本気で信じ込んだのだからな」

なんだと!?　そんな取引があり得ると思ったのか!?

あの、馬鹿野郎が!

「しかし、よくラムズレット公爵を出し抜けましたね」

「なんでも、玉璽を盗用したらしいぞ?　しかも反対されると思って公爵に話を通さなかったらしい」

「はっ。愚かにも程がありますね」

男のほうが王太子を鼻で笑う。腹立たしいが、王太子が愚かにも程があるという意見には俺も同意せざるを得ない。

「今ごろザウスの連中がラムズレット公爵領に攻め込んでいるはずだ。いかに精強なラムズレット公爵軍でも国と分断してやればタダでは済むまい」

「あとは北のノルサーヌがどう動くかですね」

「セントラーレンを切り取りに動くさ。ウェスタデールとも話をつけてある。あの馬鹿王太子が王になれば御しやすいアホの国の出来上がりだ。そしてラムズレット公爵領が一部でも切り取られれば奴らは民を養えない。そうすれば後は勝手に滅んでくれる」

むむ、なるほど。どうやら本当にウェスタデールはエスト帝国と裏で繋がっていたらしい。

となると、クロードが表舞台に出てくることはもうないだろうな。

それに、悔しいがこいつらのセントラーレンに対する見立ては正確だ。やっぱりセントラーレン王国はもう……。

いや、今はそんなことを考えている場合じゃない。

それからしばらく尾行を続けていると、皇太子たちはなんでもない壁の前で立ち止まった。

「おっと、着きましたね」

そう言ってギュンターが壁に向かって何かの魔法をかける。すると壁が突然消え、階段が現れた。

なんと！　魔法仕掛けの隠し階段か。これはいくら探しても見つからないわけだ。

二人はランプに明かりをつけ、そのままコツコツと音を立てながら階段を降りていった。

俺もそのすぐ後をしっかりついていく。

こうして考えてみると、この【隠密】スキルを取っておいて本当に良かった。もともとの目的は鑑定のスクロールを入手するためだったが、このスキルが無ければこんなところへ一人で侵入するなんてとてもできなかっただろう。

長いらせん状の階段を降り、重たい鉄の扉の前に辿りついた。外側に錠前がついているため、ここが人を閉じ込めるための場所だということを如実に表している。

ギュンターが鉄の扉にある覗き窓を開き、中を覗き込んだ。

「ああ、いい感じに仕上がってきていそうですね。ちょっと刺激を与えてみましょう」

そう言って鍵を開けて鉄の扉を開くと、二人は中へと入っていった。当然俺もそれを追って中に入る。

するとなんと！

二人の持つランプに照らし出されたその先には、変わり果てたアナの姿があったのだ！

これは……一体、何をされたのだろうか？

煽情的な衣装を着せられているが、その顔に表情はない。目はうつろで、涙と鼻水で顔はぐちゃぐちゃになっている。だらしなく半開きになった口からはよだれを垂らしていて、汚物の臭いまで漂っている。

「ああ、これは相当抵抗したんですねぇ。こうなると再教育が必要ですね。もともと身につけていた剣や魔法が使えなくなってしまいますので」

「なんだと？　ちっ。元に戻せないのか？」

「無理ですね。こうなってしまってはもう手遅れです。ですが、実戦投入が何年か遅れるだけですから」

アナのことをまるで家畜、いや機械であるかのように言っていることに、またもや激しい怒りがこみ上げてくる。

一方のアナはというと、俺たちのほうに顔を向けてはいるものの、その瞳に何も映っていないであろうことは想像に難くない。

「あー、あー」

アナがまるで知性を感じさせない表情で小さく声を上げた。

そこにはアナを感じさせるものは何一つない。

……何一つ、ないのだ。

俺の腕の中でまるで天使のように美しく、安らかに眠っていたあのアナも。

可愛らしくもいじらしい声を聞かせてくれたあのアナも。

はじめて空を飛んで驚いて、まるで子供のようにはしゃいでいたあのアナも。

俺のプロポーズを受けてくれて、泣いて喜んでくれたあのアナも。

俺にお姫様抱っこをされて、恥ずかしさで耳まで真っ赤になっていたあのアナも。

慣れない抱っこをして、ミリィちゃんを落とさないかと緊張して強張っていたあのアナも。

俺とシェリルラルラさんの関係を疑って、やきもちを焼いてくれていたあのアナも。

俺を天才と何とかは紙一重と呆れていたあのアナも。

試験の成績が俺に追いついたと言って喜んでいたあのアナも。

何事にも手を抜かず、一生懸命に良いものを作ろうと努力していたあのアナも。

決闘の代理人が必要だったのに、代理人に立候補した俺を心配して怒ってくれていたあのアナも。

そしてその後再会したとき、真っ赤になって怒っていたあのアナも。

義務のために理不尽なことすらも、凍り付いた表情で必死に心を殺して耐え抜いていたあのアナでさえも。

どれもこれもが俺にとっては本当に大切で。

だけど、どんな時だって魅力的だったアナの姿はどこにもなくて。

もしかしたらあの男の言うとおり、もう手遅れなのかもしれない。

でも。

それでも。

……それでも！

俺は！　アナを！　どうしても救いたい！

無私の大賢者：思い出の物語

無私の大賢者ロリンガスがラムズレット公爵領の領都ヴィーヒェンにやってくる。

その報せに公爵邸は一時騒然となった。どんな貴族の招へいにも応じず、ひたすらに子供たちのために尽くしているというかの有名な無私の大賢者がやってくるのだ。

今回の訪問は公爵夫人であるエリザヴェータが幼少のみぎりに魔法を習ったという縁を頼ってのものだ。三歳になったエリザヴェータの娘を紹介するというのが理由ではあるが、それでもこうして無私の大賢者が招きに応じてくれたことは奇跡と言っても良いだろう。

なぜなら、無私の大賢者を招くのは王を招くよりも難しいとまで言われているからだ。

現に無私の大賢者はセントラーレン国王、エスト帝国皇帝、ウェスタデール王国国王が後継者の魔法の師にとの招へいをあっさり断った。

二つの加護持ちとして将来を嘱望されているセントラーレン王国王太子カールハインツ、エスト帝国皇太子イゴール、拳王の加護を持つウェスタデール王国のクロード王子。誰の師になったとしても、富と名声は約束されたようなものだろう。

しかしそんなオファーを蹴ってまで無私の大賢者が何をしていたかというと、名もない田舎の小さな村で食糧難に苦しむ子供たちのために畑づくりの指導を行っていたというのは有名な話だ。

最近では王族の招待に応じたことが二年前に一度だけあった。ザウス王国の第二王女が四歳となったころにふらりと現れたそうなのだが、たった一日だけ城に逗留するとすぐにいなくなってしまったのだという。

それほどの賓客である彼を歓迎するため、使用人たちはその準備に慌ただしく動き回っていた。

そんな公爵邸の広大な庭園にある池へとせりだすように築かれたガゼボから、ラムズレット公爵夫人エリザヴェータと三歳となった娘のアナスタシアがその準備の様子を見守っている。

エリザヴェータの膝の上に大人しく座るアナスタシアは、普段とは違う使用人たちに興味津々な様子でしきりに彼らの動きを目で追いかけている。

「おかあさま。なにかあるのですか？」

「わたくしに魔法を教えてくださった先生がいらっしゃるのよ」

「せんせい？」

アナスタシアは首をこてんと傾(かし)げた。

「そう。ロリンガス先生というのよ」

「ろり……かす……？」

「ロリンガス、よ」

「ろりんかす？」

「ロリン、ガス先生」

「ろりんかすせんせい！」

アナスタシアは難しい言葉が言えたと満足げな表情を浮かべているが、エリザヴェータは曖昧な笑みを浮かべている。

「……アナも、いずれはロリンガス先生に教えてもらいましょうね」

「はいっ！」

元気よく返事をしたアナスタシアにエリザヴェータは思わず顔を綻ばせたのだった。

◇◆◇

「ようこそいらっしゃいませ。無私の大賢者ロリンガス様」

予定の時刻ぴったりに公爵邸へとやってきたロリンガスをラムズレット公爵ゲルハルトとその妻エリザヴェータ、長男のフリードリヒとアナスタシアが出迎える。

彼らの視線の先にはローブを纏った老人の姿があった。顔に刻まれた皺と立派に蓄えられた長く白い髭が、彼の積み重ねてきた長い年月を強く主張している。

「わざわざこのような出迎えをいただき、感謝いたします」

そのような外見にもかかわらず、ロリンガスはしっかりとした口調でそう答えた。

「エリザヴェータ。久しぶりですね。元気そうで何よりです」

「はい。先生もお変わりなく。こちら、息子のフリードリヒと娘のアナスタシアですわ」

エリザヴェータに紹介されたフリードリヒは緊張した表情で歩み出た。

「だ、大賢者ロリンガス様！　はじめまして！　ぼくは、フリードリヒ・クライネル・フォン・ラムズレットと申します！」

なんとか言い切れたことに満足げな表情を浮かべるフリードリヒに対し、ロリンガスはしゃがんで視線の高さを合わせると優しく微笑んだ。

「フリードリヒ様。素晴らしいご挨拶をありがとうございます。はじめまして。ロリンガスと申します」

挨拶を褒められたことでさらに頬を緩めたフリードリヒが言葉を続けようとしたが、それをエリザヴェータが遮った。

「フリードリヒは今年で六歳ですわ。こちらのアナスタシアは三歳になりましたの」

するとロリンガスはアナスタシアの前でしゃがむと再び優しい微笑みを浮かべた。

「そうでしたか。アナスタシア様。ロリンガスにございます」

そう挨拶をしたロリンガスの表情をじっと見つめたアナスタシアは、小さな声で恥ずかしそうに自己紹介をする。

「ろりんかすせんせい。あなすたしあ・くらいねる・ふぉん・らむじゅれっとです」

「はい。ありがとうございます。アナスタシア様。きちんと自己紹介ができるなんて、すごいですね」

褒められたアナスタシアはニヒッと嬉しそうに微笑んだ。

「大賢者ロリンガス様。このような場所で立ち話もなんですので、どうぞ中へとお入りください」

「ありがとうございます。感謝いたします」

こうしてロリンガスは公爵邸に逗留することとなったのだった。

◇◆◇

ロリンガスが公爵邸にやってきた翌日の昼下がり、昨日のガゼボには二人に加えてフリードリヒとロリンガスの姿があった。

「あのね。ろりんかすせんせい。ことりさんがね」

アナスタシアの取り留めのない話に、ロリンガスはまるで慈しむかのような表情で耳を傾けている。

その様子をエリザヴェータはニコニコと見守っており、フリードリヒは何かを話したそうな様子ではあるものの妹の話を遮らずにいる。

「ことりさん。おかしがすきなの。わたくしのね。くっきーもね。すきだけど、あめだまもだいすきなの」

「それはそれは」

ロリンガスは相変わらずニコニコと笑顔で話に耳を傾けている。

「あ！　そうだ！　ろりんかすせんせいにもね。おかしあげる」

アナスタシアはそう言うと、ティースタンドに載っているお菓子を選び始めた。

「あのね。このくっきーがね。おいしいの。ことりさんもだいすきでね。あ！　このすこーんにね。じゃむをつけるとね」

目をキラキラと輝かせてアナスタシアはお菓子の美味しさを一生懸命に説明していく。

「それを全部くれるのですか？　アナスタシアの食べる分がなくなってしまいますよ」

ロリンガスがそう言うとアナスタシアは目を見開き、うんうんと悩み始める。

クッキーに視線を送ってはロリンガスを見て、スコーンを見てはロリンガスを見る。

そうしてしばらく悩んだ末にアナスタシアは答えを出した。

「あのね。はんぶんこするの」

「それはそれは。では、そうしましょうね」

ロリンガスは破顔し、何かの魔法を発動した。するとクッキーとスコーンが一つずつ、音もなくふわりと宙に浮く。そしてまるで鋭利な刃物で切ったかのように真っ二つになると一方がアナスタシアの目の前のお皿に、もう一方がロリンガスの前のお皿に移動した。

アナスタシアは驚きのあまり目をまん丸にしており、その隣ではフリードリヒが目をキラキラと輝かせている。

「すごい！　ロリンガス様！　これが魔法なんですね!?」

「そうですよ。フリードリヒ。風魔法を使いこなせばこのようなこともできるのです」

「すごい！　本当にすごいです！　どうして詠唱もせずに魔法が使えるんですか？」

「無詠唱のスキルを身につけることですね」

「無詠唱！　どうすればそんなスキルが身につけられるんですか？」

「努力を続けることです。一日たりとも怠らず、努力を続ければいずれは身につけられるかもしれません」

「はい！」

それからはフリードリヒがロリンガスに対して質問をぶつけ、ロリンガスは嫌な顔一つせずに答えていく。

そうしているうちに習い事の時間となったフリードリヒが中座した。

そんなフリードリヒと入れ替わるようにして今度は数羽の雀が舞い降りてきた。

雀たちはアナスタシアたちが囲むテーブルの上を無警戒に歩き、まるでお菓子をねだるかのようにアナスタシアの前へとやってくる。

「あっ。ことりさん」

自分のクッキーをその小さな指で割り、手のひらに載せて雀たちの前に差し出した。すると雀たちはアナスタシアの手から直接クッキーの破片を啄み始める。

やがて満足したのか、雀たちはそのままガゼボから飛び立っていった。

「えへへ。ことりさんたち。くっきーがだいすきなの」

「そうですね。でも、アナスタシアの食べる分がありませんよ」

「え？」

ロリンガスにそう指摘されたアナスタシアはまたも目を見開き、まるでこの世の終わりとでも言わんばかりの表情で絶望する。

「ではこのロリンガスの分を差し上げましょう」

「え……?」

ふわりと自分のお皿にあるクッキーを宙に浮かせ、そのままアナスタシアのお皿の上に載せてやった。

アナスタシアはそれをじっと見つめ、それからロリンガスの顔をじっと見つめる。さらに何か悩んだような素振りをしたアナスタシアにロリンガスは笑顔で頷いた。

するとアナスタシアはぱあっと笑顔の花を咲かせ、ロリンガスに与えられたクッキーを大きな口を開けて頬張った。

口いっぱいに広がる甘さにアナスタシアは幸せな笑みを浮かべ、それをロリンガスとエリザヴェータは笑顔で見守るのだった。

◇◆◇

「あのね。あめだまがね。おいしいの」

公爵邸内を歩くロリンガスに抱っこされたアナスタシアはご満悦な様子だ。

「あ、あっち!」

「はい」

アナスタシアの指示どおりに歩いたロリンガスは、やがて厨房へと到着した。

「え？　奥様とお嬢様……無私の大賢者様!?」

突如現れた賓客に、厨房内は緊張が走る。

「あのね。あめだまをね。もらいにきたの」

「あ、お嬢様……」

料理人たちは申し訳なさそうな表情を浮かべている。

「料理長。何かあったんですの？」

エリザヴェータが問いただすと、中から料理長の男が歩み出てきた。

「それが……実は砂糖が手に入らないです」

「砂糖が？　どういうことですの？」

「今月分の砂糖を積んだ船が海賊に襲われたそうでして。本当は補充できているはずだったんですが……」

「海賊？」

「ええ。そのせいで荷が届かないのです」

「そうですか……」

「え？　あめだま、ないの？」

「ええ。海賊という悪い人たちが、飴玉の材料を盗んでしまったの。だから、今は飴玉がないの。

また今度にしましょうね」

悲し気な表情を浮かべるアナスタシアをエリザヴェータがそう諭す。それを聞いたアナスタシアはまたもや目をまん丸にして驚き、それからすぐに目が潤んでいく。

今にも泣きだしそうな雰囲気のアナスタシアだったが、ぐっと涙を堪えるとロリンガスの肩に顔を埋(うず)めた。

「ろりんかすせんせい。あめだま、ないんだって。あげたかったけど、ごめんなさい」

耳元で囁かれたその言葉にロリンガスは一瞬驚きの表情を浮かべ、それからすぐに優しい表情に戻るとアナスタシアの背中を優しくさする。

「アナスタシア。優しい子ですね。安心してください。このロリンガスが悪い海賊を退治し、アナスタシアに飴玉をプレゼントしてあげますよ」

「えっ？　ほんとう？」

「ええ。本当です。安心していてください」

「ロリンガス先生！　そんな！　先生に海賊退治など！」

「いいんですよ。アナスタシアのような小さな子供には笑顔でいてほしいですから」

「先生……」

◇◆◇

こうしてロリンガスはアナスタシアに飴玉を食べさせてやるべく、海賊退治に出掛けたのだった。

「思ったよりも近かったんだお」

木製の粗末なボートの上に立つロリンガスは、水平線の向こうに見えてきた小島を鋭い眼光で睨むとそう呟いた。

この島はヴィーヒェンの南にある港町から船で二週間くらいの洋上に浮かんでいるのだが、その距離をなんとロリンガスはこの粗末なボートでわずか三日間やってきた。

強大な魔法の力によって海面を滑るように進むボートはみるみるうちに小島へと接近すると、小島に作られた港には大きな帆船が停泊していた。

そこにはドクロの旗が掲げられており、自分たちが海賊であることを強く主張している。

「小さい子供たちを泣かせるやつは許さないんだお」

再び独り言を呟いたロリンガスを乗せたボートはついに港へと滑り込んだ。老人を乗せたボートがものすごい速さで、しかも水しぶきすらほとんど立てずに突っ込んでくるというあまりにも異様な光景に海賊たちは呆然とその様子を見守る。

やがてボートが急停止し、ロリンガスはそのまま慣性に従ってボートから放り出される。

「な？　じ、じいさん！　おい！」

我に返った海賊の一人がそう声を上げるが、ロリンガスはそのまま華麗に木製の桟橋に着地した。

「は？」

またも繰り広げられる意味不明な状況に海賊たちの目は再び点になる。

「ここが、ラムズレット公爵領との貿易船を襲っている海賊（ゴミ）どもの巣穴かお？」

そう尋ねたロリンガスに対して海賊たちの反応は様々だ。

「かお？　ってなんだ？」

「なっ!?　ジジイ！　貴様、ラムズレット公爵の差し金か!?」

「いや、それよりどうやってここまで来やがった！　この島は海流が複雑で、普通の船乗りなら座礁してるはずなのに！」

驚く海賊たちをビシッと指さし、ロリンガスは決め台詞を放った。

「小さな子供を泣かせるなど、このロリンガスが許さないんだお！」

その言葉を聞いた瞬間、海賊たちの雰囲気が一気に剣呑（けんのん）としたものへと変化した。

「子供だと!?　どうしてガキを奴隷にして売っ払ってんのがバレてんだ！」

「わからねえが、やっちまえ！」

すぐさま海賊たちは抜剣し、ロリンガスに向かって斬りかかってきた。だが次の瞬間つむじ風が海賊たちを襲う。すると着ていた衣服が一瞬にしてバラバラになり、全裸となった彼らに突然の高波が襲い掛かった。

「な、なんだごりゃあ!?」

「うわぁぁぁぁ」

そのまま海賊たちは波にさらわれて全裸のまま海に引きずりこまれる。

「そこで反省するんだお」

ロリンガスがそう言うと海は一瞬にして凍結し、海賊たちは首から上だけが海面に出た状態で固定された。

「ちょ。さ、寒い！」

「た、助けてくれ」

「ふざけんな！　このジジイが！」

そんな彼らを尻目にロリンガスは、目の前に見えている海賊たちのアジトへと足を踏み入れるのだった。

◇◆◇

「たのもー、だお」

「なっ！　んだてめぇは！」

「お前たちを退治しに来たんだお」

「だお？　なんだそりゃ？」

「子供たちの笑顔を返してもらうんだお」

「なっ!?　ジジイ！　てめぇはセントラーレンのやつらか！　それともザウスのやつらか！」

「なんだ。どっちからも略奪していたのかお？　ま、どうでもいいお。お前たちのようなゴミクズは鉱山送りなんだお」

「なんだと？　このジジイが！　やっちまえ！」

海賊のリーダーらしき男がそう叫ぶと、部下と思われる男たちがぞろぞろと飛び出してきた。そして問答無用でロリンガスに襲い掛かる。

しかしロリンガスに焦った様子はなく、小さく肩を竦めるだけだ。

「はっ！　死ねやぁぁぁぁぁぁ！」

海賊たちの剣がロリンガスに次々と突き立てられ、彼はそのまま大量の血を流して倒れた。

いや、リーダー以外にはそのように見えたのだ。だが、リーダーには部下たちが誰もいない場所に剣を突き立て、何も無い床を指さしてはゲラゲラと品の無い笑い声を上げている光景が見えているのだ。

「お、おい。お前ら。一体何やってんだ？」

「そいつらは幻を見ているんだお。お前にはどんな幻がいいのかお？」

「なっ!?　てめぇ！　魔法使いか！　なら詠唱さえさせなければ！」

リーダーは即座に反応してロリンガスに剣を突き立てた。

「どうだ！　油断してやがるからだ」

ロリンガスから剣を引き抜くと、そのまま血を流して床に倒れる……はずだった。

だがロリンガスはポンという音を立てて煙となり、大きさが半分になった二人のロリンガスが目の前に現れたのだ。

「な、なんだこれは！　くそ！　くそ！」

パニック状態に陥ったリーダーは必死にロリンガスのことを剣で刺すが、刺すたびにロリンガスは分裂して再び迫ってくる。

「「「さあ、子供たちを解放するんだお」」」

分裂したロリンガスは大きさによって声の高さが異なるようで、様々な高さの声が重なっている。

さらなるパニックへと陥ったリーダーは手当たり次第に分裂したロリンガスを刺していくが、実態は悪化していくだけだ。

「「「「「さあ」」」」」

「うわぁぁぁぁぁ。た、助けてくれ。俺が悪かった。悪かったから！」

ついに耐えきれなくなったリーダーは剣を放り出すと小さなロリンガスたちに向かって泣いて謝り始めた。その股間には情けない染みができている。

「「「「「じゃあ、子供たちと奪った荷物のところに案内するんだお」」」」」

「は、は、はいぃぃぃぃぃぃ」

涙を流し、這いつくばりながらもリーダーは建物の奥へと走り出す。あまりに気が動転しているためか途中で何度となく転んだものの、ようやく地下にある暗い牢屋へと辿りついた。

「こ、こ、ここにいるのが全てです！　だからどうか！　命だけは！」

「案内ご苦労なんだお」

いつの間にか元の一人に戻っていたロリンガスが手を小さく振ると、リーダーの男はその場に倒れ込んだ。

リーダーには目もくれずに牢屋の中を覗き込んだロリンガスは、そのあまりの状況に眉を顰める。

「これは、ひどい状況なんだお……」

牢屋の中の衛生状態は悪く、異臭が漂ってくる。閉じ込められている子供たちは絶望しているのか、栄養失調なのも相まってか気力というものが感じられない。

「皆さん。助けに来ましたよ。おうちに帰れますよ」

しかしその呼びかけにも子供たちはちらりと視線を向けただけだった。どうやら反応する元気もないようだ。

「まずはこの牢屋を破壊します」

ロリンガスはそう言うと牢屋の格子に手を当てた。するとその格子はまるで砂にでもなったかのようにサラサラと崩れ落ちていく。

すぐさま牢屋の中に飛び込んだロリンガスは、近くでぐったりしている一人の子供に声をかける。

「ほら。お家に帰りましょう」

「あ、う……おう、ち？」

「そう。こんなところで閉じ込められることもないのですよ。行くところがないなら、住むところだってあげましょう」

「う……ん……」

こうしてロリンガスは捕らえられていた子供たち一人一人を励まして回ったのだった。

◇◆◇

それから三日後、牢屋から解放されて元気を取り戻した子供たちを乗せた海賊船が港を出航した。

その海賊船の後ろには海賊たちが曳航されている。もちろん彼らは氷漬けのままで、首から上だけが海面から飛び出ている状態だ。

「わぁー！　すごい！　ロリンガスおじちゃん！　魔法使いってすごいんだね！」

子供たちの歓声にロリンガスは満足げな表情を浮かべる。

「あと三日ほどで着きますよ」

「うんっ！」

元気な子供たちの声が甲板に響き渡る。そんな楽し気な船の後ろからは弱々しい恨み言が聞こえてくるのだった。

子供たちを連れて港に戻ったロリンガスは海賊たちを役人に突き出すと、そのまま子供たちを連れてヴィーヒェンへとやってきた。そして今、ラムズレット公爵ゲルハルトとの面談に臨んでいる。

「ロリンガス様！　まさかこれほど早く海賊どもを捕まえてくださるとは！　さすがは、無私の大賢者様ですな」

「いえ。当然のことをしたまでですから」

「しかも子供たちまで救出していただき、このゲルハルト、なんとお礼を申し上げたらよいか」

「それでしたら、救出した子供たちを親元へと返してやってください」

「もちろんです。ですが、身元のわからない子供たちも多く……」

「孤児院はないのですか？」

「あるにはあるのですが、何しろ人数が多いためすぐに用意できるかは……」

「では、これを使ってください」

ロリンガスはそう言って金貨の山ほど入った袋を差し出した。

「なっ!?　こ、これほどの大金を!?」

「あの海賊どもが蓄えていた宝ですが、私には不要なものです。どうかこのお金で子供たちのための孤児院を開設し、身寄りのない子供たちを笑顔にしてやってください」

そう言ったロリンガスは、聞こえないように小声で「それをボクチンは遠くから眺めるんだお」と呟いた。

その独り言が全く聞こえていないゲルハルトはさも感銘を受けたといった様子で身を乗り出した。

「……ロリンガス様！　かしこまりました。このゲルハルト、必ずやロリンガス様の孤児院を作るお役に立ちましょう！」

この時、ゲルハルトの脳内ではこのような計算をしていた。

ロリンガスの名前を冠した孤児院を建設し、ロリンガスを所長としてしまえば「無私の大賢者」をヴィーヒェンに留めることができる。そうすれば各地の貴族や他国に対してラムズレット公爵家の力を示せるとともに、フリードリヒとアナスタシアに世界一の魔法の師を与えてやれる、と。

だが、ゲルハルトのそんな計算はロリンガスの次の一言によって完全に打ち砕かれる。

「いえ。私の孤児院を作る必要はありません。ラムズレット公爵家の孤児院を開設し、ラムズレット公爵家で運営をしてください。そして、必ずや子供たちを笑顔にしてあげてください（それに、この町にいたら色んなロリが見られないんだお。ロリは触らずに遠くから愛でるのが一番なんだお。そもそも、ボクチンにはロリのなんたるかを探求するっていう夢があるんだお！）」

「なっ？　では、ロリンガス様は……？」

「あと数日はお世話になりますが、また旅立つつもりです」

「……それはこの町だけでなく、各地の子供たちのためでいらっしゃいますか？」

「そのとおりです。私は世界中の子供たちの笑顔が見たいのです（観察するだけならタダなんだおっ。それに、こういう堅苦しいのはリザたんのときで懲りたんだお）」

そんなロリンガスをじっと見つめたゲルハルトは小さくため息をつき、それから真顔でロリンガスに宣言した。

「かしこまりました。このゲルハルト、感服いたしました。ロリンガス様の仰るよう、子供たちが笑顔でいられるように全力を尽くしましょう。いただいたこのお金で必ずや孤児院を開設し、子供たちのためのみに使うことをお約束いたします」

「はい。そうしてください」

こうして二人は握手をすると部屋を出た。

すると外で見守っていたアナスタシアがとててとロリンガスに駆け寄ってきた。

「ろりんかすせんせい。おかえりなさい」

「はい。アナスタシア。ただいま」

抱きついてきたアナスタシアをロリンガスは優しく抱き上げる。

「ああ、そうだ。アナスタシア。お土産がありますよ。口を開けてください」

「んー？　なあに？」

そう聞きつつも疑問を抱かず大きな口を開けたアナスタシアの口に硬いものが放り込まれた。

「あ！　あまーいっ！　あめだまだぁ！」

口の中で飴玉を転がすと、口いっぱいに広がる甘さにアナスタシアは思わず笑みを浮かべた。

「ろりんかすせんせい。だぁーいすき！」

ラムズレット公爵邸にアナスタシアの嬉しそうな声が大きく響き渡るのだった。

◇◆◇

「これが、ロリンガス様とお会いできた最初で最後の思い出だ。お母さまは私の魔法の師としてロリンガス様をお招きしようとしてくださったそうだが、どうやらそれは断られていたらしい」

「そ、そうなんだ」

ブイトールで王都へと戻る途中、たまたま変態の話になってアナがその思い出を話してくれた。

変態がいいことをしたのは間違いない。海賊を退治して誘拐された子供たちを助け、見返りとして貰えるはずのお金を全て渡して孤児院を建てるなんて並大抵の人間にできることではない。ないのはたしかなのだが……あいつの場合は性癖に全振りしているだけなんだよなぁ。

まあ、やらない善よりやる偽善ではあるが。

「だが、私はそれで良かったと思っているんだ。ロリンガス様は迷いの森で行方不明となるまで、常に子供たちをお救いになり続けたのだ。それを私のような人間が独り占めするなどもったいない。たとえ直接のご指導をいただいていなくとも、お母さまがロリンガス様の弟子なのだ。ということは、私はロリンガス様の孫弟子にあたるのだ。だから私はロリンガス様の遺志を継いで、将来は子供たちを助ける活動をしたいと思って……おい。アレン？　聞いているか？」

「え？　あ、うん。聞いてるよ」

熱っぽく変態のことを語るアナの話を聞いていると、なんだか変態が変態じゃないみたいに思えてくるのだから不思議だ。

どうせ王や皇帝からの誘いを断ったのだってロリじゃないからで、ザウス王国の件はロリの王女様に釣られただけなのではないだろうか？

変態の内面は完全にアレなくせに、やっていることがいちいちまともなんだよな。こういうのは絶対にどこかでバレるものだと思うのだが……。

「アレン？　なあ？」

「うん。そうだね」

そんな俺たちを乗せ、ブイトールは夏の大空を滑空するのだった。

あとがき

お読みいただきありがとうございます。いかがだったでしょうか？

これまで持っていた「ゲームの知識のおかげで未来を知っている」というアドバンテージが消失し、主人公にとって未知の領域へと突入しました。

そんな状況を主人公は視座を上げ、ラムズレット公爵と連携して慎重な対応をすることで乗り越えようと考えました。にもかかわらず、変態の後押しもあって主人公はアナスタシアと越えてはならない一線を越えてしまったわけですが……。

ただそれを契機として主人公は覚悟を決め、自分自身の立ち位置を完全に決めることとなりました。今後、主人公は「何を優先して守るのか」の選択を迫られ続けることとなるでしょう。

一方のエイミーはゲームのヒロインであるということに固執し、ゲームの運命（シナリオ）どおりとなるよう暗躍しました。

その結果として帝国へと連れていかれたアナスタシアは乱暴こそされずに済んだものの、「ホワイトトーチャー」と呼ばれる拷問を受けてしまいました。これは人間を様々な刺激から隔離することで精神崩壊を起こさせるという恐ろしい拷問で、今でもどこかの国で行われているという説もあります。

はたして主人公はアナスタシアを取り戻すことができるのでしょうか？　そして拷問を受けてしまったアナスタシアの運命や如何に。

どうぞ最終章となる次巻をお待ちいただければ幸いです。

また、本作ではウェブ版と比べて重要な部分で大幅な改稿が行われています。ウェブ版において記述が不足しており、わかりづらかった部分を中心に事実関係を洗い直し、きちんと描写をいたしました。他にもわかりやすいように地図を作成するなど、作品としての完成度を大きく高められたのではないかと思っておりますが、いかがだったでしょうか？

次巻も楽しんでいただけるように書籍版だけの特典を準備しておりますので、引き続き応援のほどよろしくお願いいたします。

『町人Aは悪役令嬢を
どうしても救いたい』
2巻もイラストを担当させて
いただきました。
どうぞよろしくお願いします！

EARTH STAR NOVEL

町人Aは悪役令嬢をどうしても救いたい ②

発行 ―――― 2021年9月15日　初版第1刷発行

著者 ―――― 一色孝太郎

イラストレーター ―――― Parum

装丁デザイン ―――― シイバミツヲ（伸童舎）

発行者 ―――― 幕内和博

編集 ―――― 筒井さやか

発行所 ―――― 株式会社アース・スター エンターテイメント
〒141-0021　東京都品川区上大崎3-1-1
目黒セントラルスクエア　7F
TEL：03-5561-7630
FAX：03-5561-7632
https://www.es-novel.jp/

印刷・製本 ―――― 図書印刷株式会社

ISBN 978-4-8030-1560-7